YOU&I FOREVER.

the MAKE IT COUNT experience

The Oceanside Love Stories

Pseudonym von Anne Freytag
Titel: Make it count - Dreisam
Autorin: Ally Taylor
1. Auflage
www.freytag-literatur.de
kontakt@annefreytag.de
1. Korrektorat: Susanne Schillhuber
2. Korrektorat: Konni Friedenauer
Umschlaggestaltung und Satz: ad.
www.annadavis.de
Coverbild: © lassedesignen

Die Deutsche Nationalbibliothek verzeichnet diese Publikation in der Deutschen Nationalbibliothek; detaillierte bibliographische Daten sind im Internet über http://dnb.d-nb.de abrufbar.

ISBN-10: 1500772801
ISBN-13: 978-1500772802

das MAKE IT COUNT Prinzip

The Oceanside Love Stories

„Make it count" ist eine Serie von Liebesromanen von Ally Taylor & Carrie Price.

Bisher erschienen:

„Make it count - Gefühlsbeben"
„Make it count - Sommersturm"
„Make it count - Gefühlsgewitter"

Jeder Oceanside-Roman ist in sich **abgeschlossen.** Es gibt keine Reihenfolge.

Epic love has a home. Welcome to Oceanside – the fictional Drama-City.

Ally Taylor

MAKE IT COUNT

Dreisam.

Julie & Jake

Für das *Team* in meiner *Ecke*.

Ihr habt daran geglaubt, dass ich es schaffe, als ich es nicht mehr tat.

Julie

Stille. Als hätte man die Welt ausgeschaltet. Ich höre nur meinen Puls und ein dumpfes Rauschen. Das Wasser umhüllt mich, nimmt mich in die Arme, lässt nichts zwischen uns kommen. Wie eine zweite Haut. Es ist seltsam. Ich müsste nur einatmen. Ein tiefer Atemzug. Dann wäre alles vorbei. Ich öffne die Lippen einen Spalt und das Wasser dringt in meinen Mund. Immer tiefer. Bis in den Rachen. Es schmiegt sich an die Schleimhäute. Nur der Geschmack von Chlor ist falsch.

Die Welt ist verschwommen. So als würde sie sich zurücknehmen. Als wären die Regeln plötzlich andere. Ich bin noch immer ein Teil von ihr, aber eben schwerelos schwebend in dieser perfekten Temperatur, zwischen kalt und erfrischend. Alles pulsiert, ist unscharf und weit weg, während das Wasser mich verschluckt. Meine Lunge rebelliert. Sie sucht nach Luft, findet aber keine. Meine Arme und Beine von mir gestreckt liege ich da und starre von unten auf die Wasseroberfläche, die inzwischen fast glatt geworden ist. Alles ist friedlich. Ich bin allein in der Stille. Niemand kann mich ansprechen. Niemand findet in diese Welt. Sie gehört mir und es gibt keinen Ort, an dem ich mich wohler fühle. Freier. An dem ich mich *lebendiger* fühle. Diesen einen Atemzug vom Tod entfernt. Mein langes Haar treibt in Richtung Oberfläche. Wie braune Flammen, die in

Zeitlupe neben mir hochsteigen. Jeden Augenblick muss ich Luft holen. Alles in mir will atmen. Die Panik setzt ein. Langsam. Schleichend. Ich brenne von innen, während das Wasser mich angenehm kühlt. Meine Muskeln zucken, so als wollten sie mich aufwecken. Als wollten sie mir zeigen, dass das kein Traum ist. Dass ich endlich atmen muss. Luftblasen verlassen meine Lunge und steigen auf. Es waren die letzten. Ich bin leer. Ich schließe einen Moment die Augen und genieße die Stille.

Ein dumpfes Geräusch lässt mich unvermittelt hochschauen. Das Wasser aufgewühlt, voll winziger Bläschen, ein Umriss, Hände, die nach mir greifen, dunkle Augen, die mich ansehen, starke Arme, die mich packen, sich eng um mich legen. Ich spüre Muskeln, die sich anspannen, spüre, wie mich jemand festhält, dann stößt er sich vom Boden ab. Der Luft entgegen. Und mit ihr dem Lärm und dem Leben.

Mein Kopf verlässt das Wasser. Alles dreht sich. Die Welt pulsiert, während ich nach Luft ringe. Ich habe die Orientierung verloren. Vielleicht habe ich es dieses Mal übertrieben. Alles in mir brennt. Jeder Atemzug. Vielleicht war das zu viel. Die Welt dreht sich so viel schneller, als meine Augen ihr folgen können. Bis sie etwas finden, das sie unwiderstehlich anzieht. Einen Fixpunkt. Ich gehe ins Netz, als wäre er ein Köder. Als wäre ich die Nadel und er der Norden.

„Fuck!? Alles okay?“, fragt er atemlos.

Ich schaue in dunkle Augen. In ein Gesicht, das mich trifft wie ein Kinnhaken. Sein Körper presst meinen gegen die Pool-Wand, seine Arme liegen um mich wie ein Schutzschild, während ich einfach nur versuche zu atmen. Ich erliege dem Ausdruck in seinen Augen wie einem Giftpfeil, der mich aus dem Nichts zwischen die Schultern trifft. Diesem fremden Gefühl. Der Gänsehaut, die sich um meinen Körper spannt. Dem plötzlichen Krampf in meinem Magen, der sich rumorend ausbreitet. Ich atme flach, aber ich atme. Ich spüre wie sich meine Eingeweide bei seinem Anblick abrupt zusammenziehen. So, als würden sie gerade von zwei Händen tief in meinem Inneren ausgewrungen. Wie Teig, der geknetet wird. Sein Herz schlägt gegen meines.

„Bist du okay?“, flüstert er und ich nicke, weil ich nicht sprechen kann. Er wischt sich das Haar aus der Stirn. Es ist so dunkel wie seine Augen. Ein Ton wie Zartbitterschokolade. In seinen langen Wimpern sammeln sich Wassertropfen und laufen über seine Wangen. Sein Brustkorb drängt sich an meine Brust. Sein Becken berührt meines.

„Sicher?“

„Es geht mir gut...“ Tut es das? Geht es mir gut? Bin ich vielleicht tot?

Meine Augen gleiten über seine Lippen. Über diesen Mund, auf dessen Winkel sich ein schiefes Lächeln legt, während seine Augen mich festhalten. Ich spüre sie wie Hände auf meinem Gesicht. Aber eigentlich ist es nur ein Moment, den unsere Augen teilen. Ein Blick wie eine Berührung, wie ein Kuss, wie eine Fantasie.

„Du... du kannst mich jetzt loslassen...“ Habe ich das gerade gesagt? Und wenn ja, warum?

„Okay", flüstert er, bewegt sich aber nicht. Bei jedem Atemzug presst sich seine Brust gegen meine. Außer unserem flachen Atem und dem Plätschern des Wassers ist alles still. Weit entfernt brechen die Wellen und donnern an Land. Meine Welt ist stehen geblieben. Sie ist eingefroren. Sie besteht nur noch aus diesem Anblick. Meine Augen baden in seinem Gesicht. Versinken in seinen maskulinen Zügen, den dichten Brauen und dem Dreitagebart. Das Problem ist, er weiß, wie gut er aussieht. Und außerdem gibt es da noch die Sache mit Kyle. Bei diesem Gedanken wird das Rauschen der Wellen plötzlich lauter.

Mein Körper will den Moment noch behalten, aber es macht keinen Sinn. Typen wie er sind das Zeug, aus dem Albträume gemacht sind. Verdammt reich und genauso sexy. Das sind die, die denken, sie können alles haben. Aber da ist etwas hinter der Bad-Boy-Fassade in teuren Klamotten. Verborgen hinter diesem Lächeln, das ich als Pochen in meinem Bauch spüre, erkenne ich einen klitzekleinen Hauch *Peter Pan.* Er versteckt sich ganz tief in diesen schwarzen Augen, die ein Spiel mit mir spielen.

„Wie heißt du?", flüstert er und ich spüre seinen warmen Atem auf meiner Haut.

„Julie... Julie Donovan..."

„Ich bin Jake Baker..."

Seine Lippen sind nur noch ein paar Zentimeter von meinen entfernt. Unser Atem vermischt sich und der Kuss schwebt wie eine Fantasie zwischen unseren Lippen. Oh mein Gott, ich wollte noch nie jemanden so dringend küssen wie ihn. Ich bin benommen und betäubt. Wie im Rausch. Dann weicht er ein Stück zurück und sieht mir ein letztes Mal tief in die Augen. Da ist kein Lächeln. Nur dieser fordernde Blick, der mein Hirn in vier Zügen schachmatt setzt, und dieser undurchdringliche Abgrund dahinter. Jake lässt mich los, aber seine Hände hinterlassen warme, kribbelnde Abdrücke auf meiner Haut. Er schaut ein letztes Mal zu mir, dann stößt er sich ab und stemmt sich aus dem Wasser.

Jake

Ich ziehe sie aus dem Wasser und halte sie fest, weil ich nicht anders kann. Meine Hände suchen ihre Nähe. Und nicht nur sie.

Die Jeans klebt kalt an meinen Beinen, das Shirt auf meiner Haut. Ich höre, wie mir das Blut durch die Adern rauscht. Mein Herz rast und meine Hände kribbeln. Wassertropfen laufen über mein Gesicht. Aber das ist es nicht. Das ist alles egal. *Fuck*. Ich atme tief ein und sehe sie an. Ertrinke in ihren türkisblauen Augen. Und diesem Ausdruck in ihren Tiefen, der sich wie eine Faust um mein Herz legt. *Was ist los mit mir?*

„Ich." Sie sieht an sich hinunter und ich folge ihrem Blick. „Ich muss mich umziehen..."

Ihr flacher Atem hebt und senkt ihre Brüste, das lange braune Haar klebt strähnig auf ihrer Haut, ihre nackten Beine schimmern, Wassertropfen zeichnen ihre Konturen nach. Sie sieht mich an. Ihre Augen sprechen mit mir, flüstern mir etwas zu. Etwas, das ich nicht verstehe. Ich spüre ihren Atem auf meiner Haut. Ihre Lippen locken mich an. Sie schluckt hart und lässt meine Hand los.

„Ich mich auch", sage ich schließlich und weiche einen Schritt zurück.

Julie streicht sich eine Strähne hinters Ohr und sieht mich an. Unschuldig. Zerbrechlich.

Ich sehe ihr zu, wie sie ihre Tasche aufhebt und in Richtung Strand verschwindet. Sie dreht sich ein letztes Mal um und lächelt mich an, und dieses Lächeln läuft als Schauer über meine Haut. Das ist nicht gut. Aber es fühlt sich fantastisch an.

•••

Ich parke den Wagen und laufe in Richtung Haus, und da steht Denise. *Fuck*. Wie konnte ich das nur vergessen?

„Jake, hi...", sagt sie und lächelt. „Hast du mich vergessen?" *Fuck*. Ich atme tief ein und sehe sie an, während meine Gedanken wieder zu Julie driften. Zu der Art, wie sie mich angesehen hat. Ihrem Körper an meinem. Ich schlucke hart. „Was ist passiert?" Denise sieht an mir hinunter und legt ihre Hand knapp neben meinen Schritt. „Warum bist du so nass?"

Normalerweise würde das reichen. Ich weiß, dass es reichen würde. Ich würde sie jetzt küssen und in ein paar Minuten würde ich sie ficken. Und es wäre gut. Vielleicht nicht gerade weltklasse, aber gut. Ich wünschte, ich hätte Julie nie gesehen. Sie und diese Augen, die mich verfolgen. Die mich nicht loslassen. Das Adrenalin jagt durch meinen Körper und mein Brustkorb zieht sich zusammen. Los, konzentrier dich, Jake. Auf Denise. Auf ihre Wahnsinns-Titten. Sie lächelt mich an. Ich könnte sie flachlegen. *Jetzt*. Ganz ohne das blöde Date, auf das ich ohnehin keine Lust hatte. Sie rückt näher an mich heran. Ihr warmer Körper drängt sich an meinen. *Komm schon, werd endlich hart.*

„Wir sollten dich aus den nassen Klamotten rausholen", flüstert sie und ich spüre ihren Atem auf meiner Wange. „Es hat ganz schön abgekühlt..." Ich drücke sie von mir weg und sehe ihr in die Augen. Schaue auf ihren Mund. Sie sieht mich von unten an und befeuchtet sich die Lippen. „Komm schon, lass uns reingehen..."

Okay. Du kriegst das hin. Ich atme tief ein und die Luft dehnt meinen Brustkorb. *Du willst sie. Sie ist heiß.* Ja, sie ist heiß. Aber ich will sie nicht mehr. *Fuck.*

„Denise... ich..."

Der dünne Stoff von ihrem weißen Kleid ist nach unserer Umarmung feucht und durchsichtig. Ihre Brustwarzen ziehen sich zusammen und zeichnen sich darunter ab. Mein Atem geht schneller. Aber mein Kopf macht nicht mit. Er will Julie. Und allein beim Gedanken an diesen Ausdruck in ihren Augen und ihre kleinen festen Brüste werde ich hart.

„Gib mir fünf Minuten", sage ich und zwinge mich dazu zu lächeln. „Ich ziehe mich schnell um."

Ich laufe nach oben, werfe die nassen Sachen ins Bad und renne nackt ins Schlafzimmer zurück. Ich greife gerade nach dem Handtuch, das ich vorhin nach dem Duschen aufs Bett geworfen habe, und trockne mich oberflächlich ab, da höre ich, wie unten die Tür aufgeht.

„Jake?"

„Ich bin gleich da!", rufe ich und ziehe frische Kleidung aus meiner Reisetasche. Und bei jedem Handgriff sehe ich Julie und diesen Blick, der mich für einen Moment alles andere vergessen lässt. Da sind nur ihre großen, beinahe kindlichen Augen, und diese zweideutige Aufforderung, die die Unschuld durchbricht. Sie lauert hinter der Fassade.

Ich habe nur ein paar Minuten mit ihr verbracht. Ein *paar Minuten.* Ich kenne sie nicht. Ich habe keine Ahnung, wer sie ist, aber etwas an ihr zieht mich unwiderstehlich an. So, als wäre zwischen uns ein unsichtbares Band, über das sie die Kontrolle hat. Und damit auch über mich.

Ich habe in meinem Leben wirklich schon viele gutaussehende Frauen gesehen. Frauen, die so schön waren, dass ich sogar kurz an Gott geglaubt habe. Aber Julie ist so viel mehr als nur schön. Sie ist unnahbar und provokant, zerbrechlich und zart, aber zur selben Zeit so *verdammt* sexy, dass ich ihr am liebsten die Kleider vom Leib gerissen hätte.

Ich greife nach den Boxershorts und der Jeans und ignoriere die Tatsache, dass allein der Gedanke an diesen Ausdruck in ihren Augen gereicht hat, dass ich hart werde. Diese unbeschreiblichen Augen, die mir etwas vormachen. Die mich täuschen und mit mir spielen. Die mir etwas versprechen und gleichzeitig so tun, als wäre sie zurückhaltend und schüchtern. Ein Teil von mir will sie beschützen, der andere über sie herfallen, und das in *derselben* Sekunde.

„Jake?"

„Warte... ich bin gleich soweit. Einen Moment..."

Aber sie wartet nicht. Sie geht einfach die Stufen hoch und öffnet die Tür. Ihr Blick fällt auf meinen steifen Schwanz und sie lächelt.

„Einen Augenblick dachte ich wirklich, du willst nicht..." Sie kommt näher und streift sich die Träger über die Schultern. Ich stehe nur da. Das Handtuch in der Hand. Ich will etwas sagen, aber ich weiß nicht was. „Ich brauche kein Date", haucht sie und lässt das Kleid zu Boden fallen. *Fuck*. Beim Anblick dieser Titten pulsiert mein Schwanz und sie grinst.

Sie schubst mich und ich stolpere einen Schritt rückwärts, bis ich die Bettkante in den Kniekehlen spüre. Denise drückt mich in die Matratze und kniet sich zwischen meine Beine. Sie nimmt lächelnd ihr Haar zusammen und gleitet langsam nach unten. *Hör auf zu denken. Hör einfach auf.* Vor einer Stunde wäre das der Hammer gewesen. Genau das wollte ich von diesem Date. Ich wollte sie ficken. Und jetzt? Ihre Lippen öffnen sich und legen sich eng um meinen Schwanz. *Fuck*. Ihre Zunge fährt den Schaft entlang, während sie den Kopf auf und ab bewegt. Ich schließe die Augen und atme scharf ein. Alles in mir spannt sich an. Jeder Muskel verkrampft sich. Ja, sie kann blasen.

Julie

Der laue Abendwind streift meine Haut und lässt mich erschauern, während ich zu den Angestellten-Unterkünften gehe. Ich bemerke nur am Rande, wie stark meine Unterlippe zittert. Dafür bin ich viel zu abgelenkt von den zitternden Muskeln in meinen Armen und Beinen. Und meinen Brustwarzen, die sich genüsslich zusammenziehen und gegen den dünnen Stoff des BHs reiben. Von der Gänsehaut, die jedes noch so kleine Haar an meinem Körper wie in Zeitlupe aufrichtet. Und von diesem rasenden Herzschlag, der jeden meiner Schritte begleitet wie ein aufgeregter kleiner Wachhund. Ich rede mir ein, dass ich friere, aber die Wahrheit ist, nur meine Unterlippe friert. Der Rest ist *Jake.*

Die nasse Kleidung klebt bleiern an meinem Körper. Beinahe wie die Gedanken, die ich nicht abschütteln kann. Zwischen den zugegebenermaßen kläglichen Ablenkungsversuchen meines Hirns bleibe ich immer wieder an *Jake Bakers* kantigem Gesicht hängen. An seinem Lächeln. Und diesem Blick. Und diesem Kinn.

Ich steige die Stufen zu unserem Apartment hoch, während meine Gedanken weiterhin wie eine Klette an diesen dunklen Augen hängen, in denen ich beinahe ertrunken wäre. Ich will gerade die Tür aufschließen, als mich ein hysterisches Kreischen fast zu Tode erschreckt.

„Awww, Süße, da bist du ja!!!“

„*Verdammt,* Caroline, willst du mich umbringen?“

Mein Herz stolpert gegen meinen Brustkorb und das Adrenalin rauscht durch meinen Körper. Und dieses Mal ist es nicht nur Jake. Sie ignoriert meine vor Wut zusammengekniffenen Augen und mustert mich.

„Will ich wissen, warum du klatschnass bist?“

„Nein...“

„Okay, dachte ich mir... Du hast echt ’nen Knall, Jules...“

„Da redet die Richtige...“, flüstere ich grinsend.

„Ja, das habe ich verdient...“

„Wie lang bist du schon da?“

„Vielleicht zehn Sekunden...“, sagt sie und lächelt mich an.

„Dann gebe ich dir eine Führung...“ Ich halte die Karte an die Tür und sie springt auf. „Komm schon, ich zeige dir alles...“

Ich nehme sie bei der Hand und ziehe sie hinter mir her. „Das hier ist die Küche...“ Sie ist wirklich sehr rudimentär, vier Kochplatten, ein ziemlich verlebter Kühlschrank, ein paar ziemlich abgenutzte Hängeschränke. In der Mitte ein weißer Plastiktisch und vier passende Stühle. An der Wand neben der Eingangstür ein improvisiertes Regal mit ein paar kümmerlichen Vorräten. „Und hier...“ Ich zerre sie in einen winzigen Flur. „... ist das Bad. Es ist klein, *aber* es ist sauber.“

„Machst du Witze?“, fragt sie und schüttelt den Kopf. „Wir haben unser *eigenes* Bad!“

„Jap, so ist es...“

Sie steckt den Kopf hinein und schaut sich um. Hellblaue quadratische Pool-Fliesen, die vielleicht bei einem Bauprojekt übrig geblieben sind, ein kleines Waschbecken mit Spiegel und Ablage, ein Fenster so groß wie ein Schuhkarton und eine winzige Dusche mit einem ziemlich abgenutzten Plastikvorhang, der irgendwann einmal vermutlich weiß war und nun eher in Richtung *sandfarben* geht. Im Vergleich zu den Sammelduschen ist das aber trotzdem der Himmel auf Erden.

„Und das hier...“ Ich ziehe sie hinter mir her, „...ist dein Zimmer.“ Ich stoße eine Tür auf. „Meins ist direkt gegenüber...“ Ich beobachte sie, während sie sich umsieht. Zugegeben, wenn man es genau nimmt, erinnern die Zimmer eher an zwei *begehbare Wandschränke,* aber wir schlafen hier ja nur.

„Jeder sein eigenes Zimmer und ein Bad?!“, sagt Caroline grinsend.

„Eben... Was will man mehr?“

„Später noch auf einen Sprung zur Strandparty? Und davor vielleicht noch ein kaltes Bier?“

Ich muss lachen. „Bier ist im Kühlschrank und was die Party angeht...“ Ich will gerade einen Grund dagegen finden, als mir der Gedanke durch den Kopf schießt, dass Jake auch dort sein könnte und ich höre mich sagen: „Warum eigentlich nicht?“

„Aber ich treffe Lucas dort“, sagt sie vorsichtig. „Ist das blöd für dich?“

„Überhaupt nicht..."

„Oh, Jules, ich freue mich so auf den Sommer!"

„Ach ja, bevor ich es vergesse..." Ich zeige auf die Tür rechts neben mir. „Du kannst natürlich auch dieses Zimmer hier haben, aber man kann von der Terrasse aus reinschauen..."

„*Nah*... da nehme ich lieber das hier..." Sie strahlt mich an. „Jules, wir haben einen ganzen Sommer, der noch vor uns liegt, einen echt gut bezahlten Job, Leute, die uns in Ruhe lassen, und einen *Haufen heißer Typen...*" Sie wirft ihre Handtasche aufs Bett, nimmt sich den Rucksack von den Schultern und stellt ihn ab. „Apropos heiße Typen...", sagt sie lächelnd und ich denke natürlich sofort wieder an Jake. „Du hast Kyle gerade verpasst."

„Verpasst?", frage ich und fühle mich auf eine seltsame Art ertappt. „Warum?"

„Hat 'ne Nachtschicht...", antwortet sie.

„Das ist nicht dein Ernst."

„Doch, die haben wohl irgendwas durcheinander gebracht... Er hatte nur noch Zeit zu duschen und musste sofort weiter... Armer Kerl."

„Und in welchem Apartment wohnt er?"

„7a."

Jake

Sie bebt unter mir. Ihr Atmen wird zum Stöhnen und dieser Klang vibriert überall. Das Raunen bin ich und der Film in meinem Kopf macht mich fertig. Julie liegt unter mir. Ihr Körper umschließt meinen. Und ich bekomme nicht genug davon. Will tiefer. Immer *noch* tiefer. Mit geschlossenen Augen genieße ich die Bilder mit dem Gefühl von weicher Haut unter meinen Händen. Den Geruch von Schweiß. Nicht mal das Kondom stört mich. Alles ist perfekt. Ich schiebe mich in sie hinein. So tief, dass mein Schwanz komplett in ihr verschwindet. *Fuck,* sie ist feucht. Ihr flacher Atem trifft mein Gesicht, ihre Hände halten mich, klammern sich an mir fest. Ihr Körper zuckt unter meinem und die Anspannung klettert immer weiter. Ihre Muskeln zittern. Ich spüre es. *Gleich* wird sie kommen. Sie stöhnt ungeduldig, flehend. Sie *muss* kommen. Sie muss, weil ich es nicht mehr lange halten kann. Julie atmet ein letztes Mal scharf ein und schließt die Augen. Ihr Mund ist zu einem stummen Schrei geformt. Sie hält die Luft an und erstarrt unter mir. Bohrt ihre Finger in mein Fleisch. Und dann kommt es. Das *Pulsieren. Oh Fuck. Fuck!* Ihr Körper massiert meinen Schwanz. Ich bewege mich schneller. *Okay. Gleich. Jeden Moment.* Ich öffne die Augen und sehe in das falsche Gesicht. Das war ein Fehler.

...

„*Mein Gott,* Jake...“, flüstert sie atemlos. „Das war...“ Denise liegt auf dem Rücken, ihre Brust hebt und senkt sich hektisch. Sie versucht das zu beschreiben, was eben zwischen uns passiert ist, nur dass es eben *nicht zwischen uns* passiert ist. Mein Kopf hat mit Julie geschlafen und zur Strafe bin ich nicht gekommen. Die Wut flutet meinen Körper. Sie brennt bis in meinen Magen. Ich kann mich nicht daran erinnern, jemals so scharf gewesen zu sein wie in diesem Moment. Und trotzdem muss ich meinem *beschissenen* Schwanz dabei zusehen, wie er in sich zusammenfällt. Denise dreht sich zu mir und stützt den Kopf auf der Handfläche ab. „Ich habe keine Worte dafür“, flüstert sie. „Im Ernst, Jake, das war unbeschreiblich...“

Ich steige in meine Boxershorts und zwinge mich zu einem Lächeln. „Ja, es war... ziemlich gut.“ Bis ich *dich* gesehen habe. Ja, das ist scheiße und es ist unfair, aber es fühlt sich an, als hätte ich mich beim Kommen verschluckt. Wie ein Niesreiz, der in dem Bruchteil einer Sekunde vor dem Niesen dann doch noch einen Rückzieher macht.

„Machst du Witze?“, fragt sie und legt ihre Hand auf meine. „Das war der beste Sex, den ich *je* hatte.“

„Der beste Sex, den du je hattest, huh?“, frage ich grinsend. Ich greife nach der Jeans, die ich vorhin aus der Tasche gezogen habe, und ziehe sie an.

„Wo willst du hin?“, fragt sie, als ich ihr das Kleid hinwerfe.

„Ich habe noch eine Verabredung.“

„Wie meinst du das, eine Verabredung?“, fragt sie und schaut beleidigt.

„Na, eine Verabredung eben“, sage ich, ziehe mir das dunkelblaue Shirt über den Kopf und greife nach meinem Handy, aus dem noch immer Wasser tropft. Das Teil kann ich vergessen. Na ja, was soll's, dann muss ich mich eben durchfragen. Ich werfe es aufs Bett zurück.

„Aber, ich dachte...“

„Süße, glaub mir, ich bin kein Typ für mehr“, sage ich trocken. Sie schaut mich von unten an. „Ich dachte, das war klar.“

„Können wir uns trotzdem wiedersehen?“

„Sicher“, antworte ich. „Aber jetzt muss ich los.“

•••

Meine Augen sind abgerichtet. Ich suche in einem Meer aus Gesichtern nach diesem einen. Diesen Augen und diesem Blick, der mich in nur ein paar Sekunden um den Finger gewickelt hat. Ich schaue mich weiter um. Warum ich dachte, dass sie hier sein wird, weiß ich auch nicht. Hoffnung, vermutlich.

„Jake?“

Ich drehe mich um.

„*Andrew?!* Hey!“

„Wusste ich es doch, dass du es bist!“, sagt er nickend. „Was führt dich nach Oceanside?“

Ich zucke die Schultern. „Familie...“

„Moment, war die nicht in Clearwater?“

„Doch“, antworte ich nickend und ignoriere den Stich in meinem Herzen, den die Erinnerungen dort hinterlassen.

„Aber?“, bricht Andrews Stimme zu den Gedanken in meinem Kopf.

„Mein Bruder arbeitet den Sommer über hier...“

„Ah, okay.“ Er grinst dieses schiefe Grinsen. „Ist echt schön, dich zu sehen. Mensch, wie lange ist das jetzt her?“

„Puh... Bestimmt vier, fünf Jahre...“

„Wahnsinn, doch schon so lange.“ Andrew sieht knapp an mir vorbei und verdreht die Augen. *„Oh, nicht doch“*, flucht er leise.

„Was ist?“

„Da hinten ist mein Dad...“

„Was macht er hier?“

„Vermutlich überreicht er irgendeinen Scheck.“

„Mr. MacDougall, der alte Wohltäter...“, antworte ich grinsend.

„*Pfft*... ja, genau...“

„Es ist also nicht besser geworden...“

„Im Gegenteil“, antwortet Andrew und zeigt in Richtung Bar. „Ich brauche ein Bier...“

•••

Wir lassen das Geld, die gemachten Titten und das aufgesetzte Lächeln hinter uns und gehen an den Strand. Das Bier kühlt meinen Kopf. Der Alkohol betäubt mein Hirn und damit die Gedanken, die sich nicht von Julie verabschieden wollen, während die Wellen auf den Sand donnern und sich dann langsam wieder zurückziehen.

„Ist alles okay bei dir?“, fragt Andrew, während er sich neben mich setzt. „Du bist so still...“

„Ich... doch, ja, alles bestens...“ Ich nehme einen großen Schluck Bier, dann frage ich: „Wenn es mit deinem Dad so beschissen ist, was machst du dann hier? Ich meine, du könntest den Sommer doch auch in Boston verbringen?“

Er zuckt mit den Schultern. „Ich war länger nicht dort...“

„Was ist mit der Uni?“

„Geschmissen...“ Eine Weile schweigen wir, dann schließlich sagt er: „Und zu deiner Frage, warum ich hier bin... vermutlich weil ich nicht genau weiß, wo ich sonst hin soll.“

So kenne ich Andrew nicht. So nachdenklich und ernst. Der Andrew von früher hat zu viel gesoffen, die Nächte durchgefeiert und andauernd gekifft, weil er damals dachte, dass das zum Erwachsenwerden dazugehört. Woher ich das weiß? Weil ich dabei war. Bei jedem Bier, jedem Joint und jeder Nacht. Wir waren zusammen im Internat. Und die besten Freunde. *Halbstarke Milchgesichter,* die alles gevögelt haben, was sie kriegen konnten. Wir haben sogar Wetten abgeschlossen, wer es wohl zuerst schafft, welches Mädchen flachzulegen. Ich denke, wir hatten zu viel Geld und zu viel Langeweile. Und irgendwie trotzdem eine tolle Zeit.

„Warte mal, hattet ihr nicht dieses Strandhaus in Clearwater?"

„Doch." Die Erinnerungen an meine Kindheit wollen mein Hirn fluten, aber ich lasse sie nicht. „Da wohne ich zur Zeit auch."

„Wo warst du davor?"

„Ich hab nach dem College für eine Weile in der Firma meines Vaters gearbeitet und dann bin ich nach Europa gegangen... ich war die letzten drei Jahre dort."

„Wow", sagt Andrew und nickt. „Klingt gut."

„Ja, das war es auch." Das stimmt. Das war es. Vielleicht sollte ich einfach wieder zurückgehen.

„Warum bist du zurückgekommen?"

„Keine Ahnung", antworte ich seufzend. „Es war irgendwie an der Zeit..."

Das ist eine Lüge. Ich drifte in Gedanken zum wahren Grund. Er bohrt sich schmerzhaft in meine Lunge.

„Kennst du die Kleine da?", reißt mich Andrews Stimme in die Realität zurück. Er nickt mit dem Kinn zum Steg. „Sie starrt schon die ganze Zeit hier rüber."

Eine Sekunde lang habe ich Hoffnung, aber es ist nicht Julie. „Nein, keine Ahnung wer das ist..."

„Sie scheint Interesse zu haben..."

„Aber ich nicht", entgegne ich abschätzig.

„Was ist? Sie ist doch ganz niedlich..."

„Nicht mein Typ..."

„Wir haben uns ganz offensichtlich zu lange nicht gesehen...", sagt Andrew lachend. „... der Jake, den ich kannte, hatte keinen Typ. Dem hat die Tatsache gereicht, dass sie Titten hat..."

„Witzig..."

„Nein, im Ernst, seit wann hast du *einen Typ?"*

Seit drei Stunden, denke ich und spüre den eisigen Schauer, der sich wie in Zeitlupe auf meinem Rücken ausbreitet.

„Also, ich bin nicht interessiert, aber wenn du sie willst, bitte, viel Spaß..." Er sagt nichts und sein Gesicht wird ernst. „Was ist?!", frage ich grinsend. „Sag bloß, es gibt eine *Frau?"*

„Hm", murmelt er.

„Echt jetzt!? MacDougall, du überraschst mich!"

„Lach ruhig, Jake, aber irgendwann wird dir das auch passieren. Irgendwann kommt eine, mit der ist es anders." Er wischt sich die blonden Haare aus der Stirn, aber der Wind wirbelt sie sofort wieder in sein Gesicht zurück. „Glaub mir... es wird eine kommen, die willst du nicht nur flachlegen..."

„Sondern?"

„Beschützen."

„Beschützen", flüstere ich, während mein Herz mich fast erschlägt. Mir wird plötzlich schwindlig. Ein dünner Schweißfilm legt sich auf meine Haut. Seine Worte verknoten meinen Magen. Sie lassen mich angestrengt atmen und meine Hände zittern. Andrew schaut nachdenklich aufs Wasser und nimmt einen großen Schluck Bier. „Dann hast du also *eine Freundin?"*, frage ich, um meine Gedanken von Julie zurück in die Realität zu holen.

Andrew schaut mich an und schüttelt den Kopf. „Nein, wir... wir sind nicht zusammen..."

„Warum nicht? Was ist passiert?"

„Nichts ist passiert", antwortet er und lächelt. „Sie liebt einfach einen anderen..." Und auch, wenn er versucht, es zu überspielen, es ist ein trauriges Lächeln. Getränkt von Erinnerungen.

Einen Augenblick schauen wir nur schweigend aufs Meer, dann schließlich sage ich: „Sie muss etwas Besonderes sein..."

„Das kann man so sagen", flüstert er seufzend.

„Und lass mich raten..." Er sieht mich an. „Sie ist in Boston..."

„Du kennst mich immer noch zu gut..." Andrew grinst, steht auf und klopft sich den Sand von der Jeans. „Ich hole noch ein Bier. Für dich auch?"

„Warte, ich komme mit..."

Julie

„Und sonst?“, frage ich und versuche es möglichst beiläufig klingen zu lassen. „Was gibt's Neues?“

„Warum fragst du nicht, was du eigentlich fragen willst?“ Sie grinst.

„Okay“, antworte ich und schlucke. „Wie geht es Kyle?“

„Ich denke, gut...“

„Du denkst?“

„Na ja, er hat sich verändert...“

„Wie meinst du das, verändert?“

Caroline zuckt mit den Schultern. „Ich kann es dir gar nicht so genau sagen, aber seit deiner Abreise hat er nur noch trainiert und gearbeitet... sonst nichts...“

„Scheiße“, flüstere ich und atme tief ein. Dann hat er es also nicht vergessen.

„Jules, das ist nicht deine Schuld...“

Doch, ist es.

„Kyle und du seid nicht *eine* Person, ihr seid *zwei eigenständige* Wesen, und du musst *deinen* Weg gehen...“

„Ja, ich weiß...“

„Hey...“ Sie legt ihre Hände auf meine Schultern. „Ich weiß, er ist dir wichtig, aber bitte hör *endlich* auf dich schuldig zu fühlen.“

„Das tue ich aber.“

„Jules, du hast *nichts* falsch gemacht...“

„Und was, wenn doch?“

Ein seltsamer Ausdruck huscht über ihr Gesicht. „Wie meinst du das?“

„Ist egal... Vergiss es...“

„Nein, ich vergesse es nicht...“, sagt Caroline und schüttelt den Kopf. „Jules?“

„Ich habe Scheiße gebaut...“

„*Oh nein...*“, flüstert sie.

„Doch...“

„Aber ... aber du hast nicht, ich meine...“

Ich kneife die Augen fest zusammen und presse die Lippen aufeinander, dann hole ich tief Luft und sage: „Ich habe mit ihm geschlafen.“

„Warum?!“

Ich suche nach einer sinnvollen Antwort. Nach einer Antwort, die mich nicht zum Flittchen macht, aber es gibt keine.

„Keine Ahnung...“

„Und wann?“

„An Lucas' Geburtstag.“ Ich sehe mich noch in diesem Gästezimmer liegen, ich spüre Kyles Schwere auf mir, spüre die Bewegungen, seine sanften Küsse, die Zärtlichkeit.

„Also an deinem letzten Abend bevor du an die Columbia gegangen bist...“

„Ja“, seufze ich.

„Verstehe...“ Caroline lächelt mich an. „Vielleicht musste das passieren...“

„Was?“

„Na ja, ich meine, du und Kyle, ihr... ihr seid viel mehr als nur die besten Freunde... Ihr seid so was wie... Seelenverwandte..."

„Oh Gott, ich hätte das nicht tun dürfen..."

„Jules, es war eigentlich nur eine Frage der Zeit."

„Eine Frage der Zeit?", frage ich kopfschüttelnd.

„Wenn man es genau nimmt, *musstest* du es tun."

„Was?! Was redest du denn da?"

„Komm schon, denk mal drüber nach."

Ich suche nach Logik, ich versuche ihr zu folgen, aber ich befürchte, da ist keine. „Und?"

„Ich finde, es macht Sinn..."

„Es macht überhaupt keinen Sinn... ich habe den *einen* Menschen verletzt, der mir am *meisten* bedeutet."

„Jules, du hast ihn ja nicht dazu gezwungen mit dir zu schlafen", sagt sie lächelnd. „Ich bin mir sicher, er hatte eine gute Zeit."

Daran darf ich gar nicht denken. Kyle und Jake verschmelzen in meinem Kopf zu einer Person. „Seit dieser Nacht ist *alles* anders. *Wir* sind anders." Ich verstecke mein Gesicht hinter den Händen. „Ich wünschte, es wäre nie passiert."

„Komm schon, irgendwann wäre es doch sowieso passiert... jetzt habt ihr es wenigstens hinter euch..."

„Hinter uns?", frage ich verständnislos. „Hörst du eigentlich, was du da sagst?"

„Zugegeben, es klingt hart..." Ich will gerade Luft holen, da hebt sie abwehrend die Hände. „Ja, mag sein, dass diese Nacht zwischen euch steht, aber was, wenn sie *immer* zwischen euch stand..." Sie seufzt.

„Jules, du wolltest wissen, ob es mehr ist... du hast es getan, weil du dachtest, er könnte der Mann deines Lebens sein... du hattest Angst, dass du eines Tages zurückblickst und dann erst begreifst, dass du die Liebe deines Lebens die ganze Zeit über vor der Nase hattest..."

Es stimmt. Deswegen habe ich es getan. Weil ich es mir schuldig war, sicher zu sein, dass er es nicht ist. Weil ich wissen musste, dass meine Liebe zu ihm da aufhört, wo unsere Körper anfangen. Eine Weile stehen wir nur schweigend zwischen den Türen zu unseren Schlafzimmern.

„Du hast recht... es stand immer zwischen uns."

Sie schaut mich von der Seite an. „War es denn so schlecht?"

„Nein...", flüstere ich heiser.

„Also war es gut..."

Ich nicke und schlucke.

„Nur *gut?*"

„Es war ziemlich gut, okay?"

„Aber nicht das, was du dir davon erhofft hast..."

„Ehrlich gesagt, weiß ich nicht, was ich mir davon erhofft habe..."

„Aber du liebst ihn nicht", sagt Caroline und sieht mich fragend an.

Die letzten Monate auf dem College habe ich *genau darauf* eine Antwort gesucht. Ich habe Kyle schrecklich vermisst. Ihn und uns. Ich habe versucht mir eine Zukunft mit ihm auszumalen. Und dann eine ohne ihn. Aber es gibt keine Zukunft ohne

Kyle. Auf dem Weg nach Oceanside war ich mir sicher, dass ich ihn will. Dass das zwischen uns viel mehr ist als nur Freundschaft. Dafür hat die Nacht zu viel bedeutet. Dafür war es zu intensiv. Ich denke an diesen Kuss, der alles verändert hat. Erst so sanft. So vorsichtig. Und dann so anders. Ich hätte es nie für möglich gehalten, dass Kyle so sein könnte. Ja, ich dachte, ich hätte die Antwort. Aber dann kam Jake.

Jake

Ich lehne an einem der Stehtische und beobachte Andrew, der es einfach nicht zur Bar und zurück schafft, ohne unterwegs mit dreitausend Leuten zu reden. Ganz schön anstrengend, wenn einen jeder mag. Ich war immer eher der Einzelgänger. Bis ich dann Andrew getroffen habe. Und natürlich mochte ich ihn. Weil jeder Andrew mag. Er ist witzig, umgänglich und hat was im Kopf. Er fliegt zwar von jeder Uni, aber das tut er, glaube ich, hauptsächlich, um seinen Vater zu ärgern.

Andrew war mein bester Freund, bis er aus dem Internat geworfen wurde. Eine Weile haben wir den Kontakt noch gehalten, aber irgendwann eben nicht mehr. Wir sind unterschiedliche Wege gegangen. Jeder seinen. Und jetzt kreuzen sie sich wieder. Ich habe ihn seit Jahren nicht mehr gesehen, aber so fühlt es sich nicht an. Es ist wie damals. Nur heute. Die Wellenlänge ist geblieben.

Ja, dieser Andrew ist anders, und das nicht nur, weil er älter geworden ist. Er ist weniger unbekümmert. Und weniger neureich – vielleicht rede ich da aber auch von mir. Wir sind älter geworden. Wir wollten etwas erleben und das haben wir. Vielleicht nicht immer so, wie wir uns das gedacht haben. Vielleicht auch nicht mit den Menschen, die wir eigentlich gerne dabei gehabt hätten, aber auf dem Lebensweg muss man Abstriche machen. Manche

Erinnerungen sind Narben und viele Entscheidungen waren falsch. Ich bin nicht der Typ, der bereut. Auch die Fehler haben ihre Berechtigung. Nur die Sache mit meinem Dad, die bereue ich.

„Hey, tut mir leid, dass das alles so lang gedauert hat“, sagt Andrew und hält mir ein Bier entgegen. „Aber ich habe Jimmy ewig nicht gesehen...“

„Du, kein Thema, ich werde sowieso nicht mehr lange bleiben...“

„Ich auch nicht... ich bin ziemlich fertig.“

„Wir sind erbärmlich!“, sage ich lachend. „Was ist nur aus uns geworden?“

„Na ja, wir sind eben alt.“ Andrews schelmisches Lachen erinnert mich an früher. „Seltsam, wie sich alles ändert.“

„Das kann man wohl sagen...“ Ich nehme einen Schluck Bier. „Früher hätten wir beide *nie* eine Party ausgelassen...“

„Nein, niemals.“ Er schaut auf die Uhr. „Um diese Zeit wären wir schon längst mit irgendwelchen Mädels im Bett gewesen.“

„Blödsinn...“, sage ich lachend. „Um diese Zeit wären wir schon längst *fertig* gewesen.“

„Mann, wir waren solche Penner...“

„Ich glaube ja, wir sind es noch...“

„Ja, aber jetzt wissen wir wenigstens, wie man es im Bett richtig macht“, antwortet er grinsend. „Also ich zumindest...“

„Ach halts Maul...“

„Erinnerst du dich noch an Gillian?“

„War das die mit dem geilen Arsch?"

„Genau die..."

„Was ist mit ihr?", frage ich und nehme einen weiteren Schluck.

„Die hat dir selbst *im College* noch nachgeweint..."

„*Tja,* sie hat eben Geschmack", sage ich lachend. „*Moment mal..*. Wolltest du nicht was von der?"

„Ja, ja, streu du nur Salz in die Wunde...", sagt er und grinst dreckig. „Ich habe nie verstanden, wieso die *so* verrückt nach dir war..."

„Alter, du hast ja auch nie mit mir geschlafen", antworte ich und zwinkere ihm zu.

„Ja, das ist richtig..." Er hebt seine Flasche und nickt, dann nehmen wir beide einen Schluck.

„Wir waren richtige Arschlöcher, oder?"

„Wir waren jung", wendet er ein.

„Ja, das auch." Ich schüttele den Kopf. „Ich will echt nicht wissen, wie viele von denen uns *hassen...* "

„Es sind schon einige zusammen gekommen über die Jahre..."

„Also, ich schiebe es auf die Hormone."

„Ah, du meinst, die *Frauen* waren schuld?", sagt Andrew und verfällt in sein typisches Kichern. „Das ist *genial!*"

„Nein. Das ganze Testosteron. Wir konnten doch gar nicht anders..."

„Stimmt. Eigentlich war es *Notwehr*", sagt Andrew ernst. „Wir wären sonst daran erstickt."

„So ist es. Und außerdem, wie sollten wir es auch besser wissen?“, sage ich. „Ich meine, wir waren ja fast noch Kinder.“

„Und wahrscheinlich waren wir total scheiße im Bett.“

„Logisch, aber wir fanden es so geil, dass wir uns gar nicht vorstellen konnten, dass es für sie nicht genauso gut ist.“

Andrew lacht lautlos. Er klatscht nur in die Hände. „Also, sollte ich *jemals* ein Buch schreiben“, stößt er schließlich hervor, „dann wird es *Fickende Kinder* heißen...“

Ich muss so lachen, dass mir das Bier beinahe aus der Nase läuft. „Wir waren so unglaublich scheiße“, sage ich noch immer lachend.

„Und *unbeschwert*“, flüstert Andrew nickend. Einen Moment schweigen wir wieder, dann sieht er zu mir. „Tut gut, dich zu sehen, Jake...“

„Das kann ich nur zurückgeben...“

„Und ich dachte, es wird ein weiterer langweiliger Sommer in Oceanside“, sagt Andrew und legt seine Hand auf meine Schulter. „Du bleibst schon noch ein bisschen, oder?“

„Ich bin sicher ein paar Wochen hier.“

„Sehr gut. Ab morgen ist wieder Kino am Pier“, antwortet er. „Sehen wir uns dort?“

„Das gibt es noch? Im Ernst jetzt?“

„Alter, was hast du denn gedacht? Wir sind hier in Oceanside“, sagt Andrew seufzend. „Hier ändert sich *nichts.*“

„Okay, bin dabei... Ich kümmere mich um die Plätze, du bringst das Bier..."

„Wie in alten Zeiten...", sagt Andrew, grinst mich an und salutiert mit zwei Fingern. „Ich bin um neun dort."

Julie

Als wir bei der Party ankommen, entdeckt Caroline Lucas am Strand. Aber bei dem Gedanken daran, den Abend mit einem glücklichen Pärchen zu verbringen, sperrt sich alles in mir und ich bleibe stehen.

„Was ist?“, fragt sie und sieht mich an.

„Ich glaube, ich bleibe lieber hier...“

„Was?! Warum?“

„Linni, komm schon, ich würde nur stören.“

„Du störst nie.“

„Macht euch einfach einen schönen Abend“, sage ich lächelnd.

„Sicher?“

„Ganz sicher.“

„Okay, aber wenn du dich langweilst, dann-“

„Komme ich zu euch“, falle ich ihr ins Wort.

„Versprochen?“

„Ja, versprochen“, antworte ich grinsend.

Ich sehe ihr nach, wie sie in Richtung Strand verschwindet und frage mich, wann ich endlich *meinen* Lucas finden werde. Den einen Mann, der mich sieht. Der mich beschützt und für mich da ist. Der mir zuhört. *Der mich einfach liebt.* Das alles klingt verdammt nach Kyle. Und trotzdem scannen meine Augen die Menge nach diesen Augen und diesem Gesicht, das die

Erinnerung in mein Gehirn gebrannt hat. Sie sind rastlos auf der Suche nach ihm. Bis er sie aus dem Nichts anhält. Jake lehnt an einem Tresen, den Strand im Rücken. Sein Haar ist wirr, so als wäre er eben aus dem Bett gefallen. *Bett* und *Jake* in einem Gedanken bringt mich sofort aus dem Gleichgewicht.

Als er mich entdeckt, schleicht sich der Hauch eines Grinsens auf seinen Mundwinkel und zu ihm gesellt sich ein dreckiges Versprechen in den Tiefen seiner Augen. Seine Haut erinnert mich an flüssiges Karamell und meine Handflächen kribbeln bei dem Gedanken, sie zu berühren. Seine dunklen Augen wandern über mein Shirt und fühlen sich an wie Hände, die genüsslich darunter gleiten. Die Musik setzt wieder ein. *Geigen.* Sie sind überall – in der Luft und in meinem Kopf.

Jakes Augen sprechen mit mir. Sie sagen dreckige Dinge, denen ich am liebsten nachgeben würde. Und wieder grinst er dieses *unverschämte* Grinsen, das wie ein endloser Donner tief in meinem Magen grollt und meine Handflächen schwitzen lässt. Er ist anders als die anderen. *Älter. Abgründiger. Erfahrener.* Und vielleicht auch ein bisschen *düsterer.* Er ist ein *Mann,* und die Wucht, mit der mein Körper ihn will, erschreckt mich zu Tode. Sie und diese Bilder, die sich als Schweiß auf meine Haut legen. Das bin nicht ich. Oder vielleicht bin ich es jetzt. Jake ist wie ein Kurzschluss in meinem Kopf. Alles kribbelt und jeder Gedanke ist randvoll mit ihm. Er ist wie Brause in meinem Gehirn. Er ist *Sex auf Beinen,* und dieses zeitlose markante Gesicht wird gerade zu einer Sehstörung, die mich in den Wahnsinn treiben und nicht mehr loslassen wird.

Ich sollte gehen, bevor ich etwas tue, das ich bereuen würde. Ein Kerl wie Jake bricht Herzen. Er ist nicht der Eine-Frau-Mann. Dafür sieht er zu gut aus. Und sogar wenn ich mich täusche, er würde sich doch nie im Leben für mich entscheiden. Mit viel Glück wäre ich ein Sommer. Oder eine Nacht. Aber vielleicht nicht mal das. Bei diesem Gedanken drehe ich mich um und gehe in Richtung Pool, während ein Teil in mir hofft, dass er mir folgen wird.

•••

Der sternenklare Himmel spannt sich wie eine Kuppel über den Pool, und das Einzige, was die Dunkelheit durchbricht, sind die vielen kleinen Lämpchen, die durchs Wasser strahlen. Ich setze mich an den Beckenrand. Meine Zehenspitzen tauchen langsam ein. Sie durchstoßen die glatte Oberfläche und schicken winzige Wellen übers Wasser. Eine nach der anderen schwappt über den Rand und läuft leise gluckernd in den Abfluss. Der Frieden und die Ruhe sind vollends zerstört, als meine Beine wenig später komplett eintauchen.

„Darf ich?“ Seine dunkle Stimme lässt mich kurz zusammenzucken und ich folge ihrem Klang. Jake kommt langsam auf mich zu. Sein Duft erreicht mich, bevor er es tut, und jagt mir eine Gänsehaut über den Rücken.

Jake

Da sind nur noch das Rauschen der Wellen und das Knistern der Äste. Der Sommer, der sich auf eine tropische Nacht einstellt. Und wir. Allein und weit weg von allem. Meine Finger kribbeln, als ich mich neben sie setze. Zwischen unseren Augen scheinen Funken in den Nachthimmel zu steigen. Ihr schneller Atem und dieser angespannte Ausdruck in ihrem Gesicht legen sich eng um meinen Brustkorb und schnüren mir die Luft ab.

„Du magst Wasser", flüstere ich und sie nickt. Ich spüre die Wärme ihrer Hand. Ich will meine nach ihrer ausstrecken. Will sie berühren. Sie an mich ziehen und küssen. Ich *muss* sie küssen. Bei diesem Gedanken spannt sich alles in mir an. Jeder Muskel. Und ohne weiter darüber nachzudenken, greife ich nach ihrer Hand und ziehe Julie ein Stück an mich heran. Unsere Lippen trennen nur noch Millimeter, ihr Atem wird zu meinem. Mein Herz rast. Ich weiß, was Andrew meint. Es gibt Millionen von Frauen. Aber nur eine *Julie.* Ich würde sie beschützen. Vor allem und jedem. Sie hat mich in der Hand, und das, ohne es zu wissen. Ihr Blick lässt mich nicht mehr los, er klammert sich an meinen, während ich sie noch fester an mich ziehe. Ich spüre ihren schnellen Herzschlag. Der Moment steht still. Mein Körper brennt, meine Hände zittern. Ich falle in die Tiefen ihrer Augen.

Julie berührt mich. Und das so sehr, dass es eher Schlägen gleich kommt. Der *beste* Kuss ist angeblich der, der schon tausend Mal zwischen den Augen stattgefunden hat, bevor er endlich die Lippen findet. Ich habe das nie verstanden. Bis zu diesem Moment.

Julie

Der Ausdruck in seinen Augen rumort in meinem Magen und ein eisiger Schauer jagt über meine Haut. Und dann denke ich plötzlich an Kyle. Ausgerechnet *jetzt*. Ich versuche, die Gedanken abzuschütteln, aber sein enttäuschter Blick und das Gefühl, als würde ich ihn betrügen, lassen mich hart schlucken. Ich nehme meine Hand weg und weiche ein Stück zurück.

„Was", flüstere ich zitternd. „Was führt dich nach Oceanside?"

„Smalltalk... okay..."

„Was?", frage ich und starre ihn an.

„Nein, nein, du hast recht... Manieren und ich waren schon immer auf Kriegsfuß..." Er zieht die Schuhe aus, krempelt die Jeans hoch und lässt die Beine ins Wasser gleiten, dann legt er sich auf die warmen Fliesen und schaut in den Himmel. „Okay, womit fange ich an?", fragt er, greift nach meiner Hand und zieht mich zu sich herunter. Wir liegen nebeneinander. Er hält noch immer meine Hand und ich versuche zu atmen. Er dreht den Kopf zu mir und sieht mich an. „Ah, ich weiß... Also, ich bin 27, Sternzeichen Skorpion, ich trinke viel zu viel Kaffee, einer meiner unangefochtenen Lieblingssongs ist *Pink Rabbit* von *The National*, ich liebe French Toast und Hitchcock-Filme, und dein Blick macht mich absolut *wahnsinnig...* "

Mein Herz rast und mein Atem verlässt in kurzen flachen Stößen meine Lungen. Ich spüre das taube Kribbeln in meinen Händen. Das Adrenalin strömt durch meinen Körper, während mein Blick an meinem neuen Norden klebt. „Und was deine Frage angeht“, flüstert er schließlich. „Nach Oceanside führt mich mein Bruder... aber über den will ich gerade nicht reden, wenn es dir nichts ausmacht...“

„Dann wohnst du hier im Hotel?“

Er schüttelt den Kopf. „Nein, ich wohne zur Zeit in Clearwater Bay.“ Sein Blick brennt auf mir. „Okay, jetzt du...“

„Ich... ich bin 22, Sternzeichen Löwe, und habe zu viele Lieblingslieder...“

„Gib mir drei besonders gute.“

„I do von *Susie Suh, 14. I Love You* von *Woodkid* und *Speedway* von *Counting Crows...* “

„Werde ich mir anhören“, sagt er grinsend. „Los, ich will mehr...“ Seine Augen funkeln und ich frage mich, was genau er damit meint. „Erzähl mir mehr von dir.“

„Ich liebe Bücher und Erdbeereis...“, sage ich und schlucke.

„Erdbeere, also...“

Seine abgründigen Blicke fühlen sich fantastisch auf meiner Haut an. Vielleicht hätte ich den Mund halten sollen. Dann wüsste ich jetzt, wie sich seine Hände anfühlen. Allein der Gedanke treibt mir einen eiskalten Schauer über den Rücken und zieht meine Brustwarzen zusammen. Sie zeichnen sich deutlich unter meinem Shirt ab. Er bemerkt es, lässt es sich aber nicht anmerken. Nur das dreckige Grinsen, das in den Tiefen seiner Augen schimmert, verrät ihn.

„Dann hast du bald Geburtstag?"

Ich nicke. „Am 19. August."

„Ich werde es mir merken." Ich möchte es gern glauben, aber etwas in mir hält mich für naiv. Jake lächelt mich an. „Was denkst du?", flüstert er heiser.

„Nichts", lüge ich.

Einen Moment mustert er mich nur, dann fragt er: „Lieblingsbuch?"

„Der Fänger im Roggen..."

Er sieht mich an, seine Augen wie Schwerter, die in mein Gehirn dringen.

„Was ist? Magst du es nicht?"

„Doch..."

„Aber?"

„Nichts aber. Es ist eines der besten Bücher, die je geschrieben wurden...", sagt er nickend und ich genieße sein Lächeln wie eine kleine Auszeichnung, die ich mir am liebsten ans Revers pinnen würde.

„Das scheint dich zu überraschen..."

„Vielleicht ein bisschen", gibt er zu.

„Was hast du dir denn erwartet? Twilight?"

„Hatte auch seinen Reiz...", antwortet er grinsend.

„Du hast es gelesen?" Niemals.

„Wo denkst du hin..."

„Bester Film?", frage ich schnell, bevor er mich etwas fragen kann. Die Art, wie er mich ansieht, treibt mich in den Wahnsinn. Die nackten Gedanken schwimmen durch mein Hirn.

„Das kann ich nicht beantworten."

„Warum?", frage ich und schlucke. „Weil es zu viele gibt, oder weil sie dir peinlich sind?"

„Ich bitte dich", sagt er trocken. „Ich will dich nur nicht in Verlegenheit bringen."

„Du darfst mich gerne in Verlegenheit bringen."

„Tatsächlich?" Er grinst dreckig. „Nein, im Ernst, das kommt ganz auf meine Stimmung an..."

„Wofür wärst du denn gerade in Stimmung?"

Er befeuchtet sich die Lippen, und etwas tief in meinem Bauch zieht sich bei diesem Anblick abrupt zusammen. „Um ihn mit dir anzusehen oder allein?", flüstert er heiser.

„Allein...", flüstere ich.

„Du kannst nicht solche Sachen sagen und mich so ansehen und dann erwarten, dass ich dich nicht küsse..."

Sein Blick brennt auf meiner Haut. Über mir ist der schwarze Nachthimmel, unter mir der warme Boden und in mir tobt ein Feuer, das sich immer weiter ausbreitet. Jake kommt näher. Oh mein Gott. Er riecht nach Sex. Ich spüre die Wärme seiner Lippen und seinen feuchten Atem.

„Ich weiß nicht, was dieser Blick mir sagen soll, aber wenn du mich weiterhin so ansiehst, werde ich dich küssen..."

Ich kann kaum atmen. Seine Nähe, das dumpfe Brummen seiner Stimme, die Spannung durchfließt mich wie Strom. Wir sehen einander an. Sein Blick ist wie ein Widerhaken. Ich kann nicht wegsehen.

„Ist das ein Versprechen?"

Jake zieht mich mit einem festen Ruck an sich und seine Lippen finden meine. Seine Zunge schmeckt süßlich, seine Hände halten mich fest. Jeder Gedanke implodiert, meine Haut brennt unter seinem Griff. Ich spüre ihn überall. Das Kribbeln, die Gänsehaut, meinen trommelnden Herzschlag, der mir die Ohren betäubt. Nein, ich weiß nicht viel von Jake Baker, aber er geht mir unter die Haut.

Jake

Ich kann nicht aufhören sie zu küssen. Wir liegen ineinander verschlungen neben dem Pool und ich kann nicht mehr sagen, wo ich aufhöre und wo sie anfängt. Ihre Hände unter meinem Shirt und meine unter ihrem, ihr Atmen fast ein Stöhnen, meiner schwer und flach, ihre sanfte Haut unter meinen Fingerkuppen, die schmatzenden Geräusche unserer Lippen und Zungen, die die Stille stören. Das Zeitgefühl hat mich verlassen. Es gibt nur noch diesen Augenblick. Alles schläft, nur wir nicht. Wir sind wie im Rausch.

Ich rieche ihr Shampoo. Vielleicht ist es auch ihre Haut. *Cocos*. Alles an ihr riecht nach Cocos und ich weiß, dass ich nie wieder Cocos riechen kann, ohne an sie zu denken. Ich ziehe sie noch näher an mich heran, sauge an ihren Lippen, bekomme nicht genug von ihr. Dieser Kuss bringt mich fast um. So muss es sich anfühlen zu ertrinken. Meine Schlagader vibriert und meine Hände kribbeln.

Als plötzlich jemand neben uns steht, schrecken wir beide hoch. Ich suche Julies Blick. Sie schaut so desorientiert wie ich mich fühle. Ein Typ in einem grauen Einteiler lehnt an einer kleinen Mauer. Er hält eine Zigarette in der Hand und starrt uns irritiert an. *Reinigungspersonal*. Okay. Die Welt scheint ohne uns aufgewacht zu sein.

Mein Herz rast, als wäre ich mehrere Kilometer gerannt. Einzelne Schweißperlen laufen über meinen Rücken. Die Dunkelheit versteckt die Tatsache, dass ich einen Ständer habe, und auch, dass Julies Shirt überall ist, nur nicht dort, wo es sein sollte. Ich will sprechen, will ihm sagen, dass er sich endlich *verpissen* soll, aber ich kann nicht. Meine Lippen sind zu taub, meine Zunge wie gelähmt. Und so sitzen wir nur da und starren ihn an, bis er die Zigarette wieder wegsteckt und schließlich wortlos verschwindet.

„Ich... ich sollte gehen...", sagt Julie und zieht ihr Shirt zurecht. „Ich muss in drei Stunden aufstehen."

„Ich begleite dich", flüstere ich außer Atem.

Wir stehen auf, benommen und aufgedreht. Ich arrangiere meine Hose, greife mir in den Schritt und genieße, wie sie mich dabei beobachtet. Sie rückt den BH zurecht und ihre Hände an ihren Brüsten lassen meinen Schwanz pulsieren.

„Komm schon...", sage ich heiser und greife nach ihrer Hand. „... lass uns abhauen..."

Julie

Ich sehe bereits den Pinienwald und wünschte, er wäre noch etwas weiter weg.

„Julie?“, flüstert er. *Gott, seine Stimme ist sexy.* Ich will antworten, aber meine Stimmbänder sind wie gelähmt. Er rückt etwas näher an mich heran. Ich spüre die Wärme seiner Haut. „Bist du okay?“

Okay? Es ging mir nie besser.

Mein Blick verirrt sich schon wieder auf seinen Mund. Ich atme flach. Der Klang seiner dunklen Stimme erinnert mich an seinen Körper, der sich an meinen drängt, und an das Gefühl, wie sie dumpf durch meine Knochen vibriert. Meine Hände werden kalt und dieses hektische Pochen in meiner Brust läuft mir eisig über den Rücken. Unsere Augen küssen sich. Da ist nichts mehr. Nur dieser Blick, der in meinen Kopf eindringt, an meiner Fassade vorbei. Seine Augen ziehen mich aus und ich wünschte, seine Hände würden folgen.

Ich frage mich, ob er es sehen kann. Das, was in meinem Kopf vorgeht. Ich frage mich, ob meine Gedanken sich in meinen Augen spiegeln wie ein Felsmassiv in klaren Bergseen. Es fühlt sich so an. Als wären ich und die Bilder in meinem Kopf eine Leinwand. Alles in mir zittert und meine Gedanken driften ab. Zurück zu ihm. Zu diesem Kuss und diesem Körper. Ich spüre seine Lippen. Seine Hände auf mir. Seinen feuchten Atem auf meiner Haut. Seine Schwere auf mir.

„Ich wüsste zu gern, was du denkst“, flüstert Jake und grinst.

Ich spüre die Wärme in meine Wangen steigen und lächle verlegen. „Da... Da wären wir...“

„Und wo genau wären wir?“

„Da vorne ist meine Unterkunft.“ Ich zeige in die Dunkelheit.

„Ich bringe dich bis zur Tür...“

„Lieber nicht...“

In den Tiefen seiner Augen passiert etwas, das sich kurz auf sein Gesicht verirrt, wie ein Gedanke, den man dann doch nicht preisgeben will. Ein Gedanke, der genauso schnell verschwindet wie er aufgetaucht ist. Jake lächelt und ich ignoriere das Stückchen Haut, das so verführerisch zwischen dem Bund seiner Jeans und dem Shirt herausspitzt.

„Wann sehe ich dich wieder?“, flüstert er und zieht mich wieder an sich.

„Ich arbeite bis halb fünf...“, flüstere ich zurück. Dann nehme ich meinen gesamten Mut zusammen und sage: „Wenn du mir deine Handynummer gibst, schreibe ich dir...“

„Da brauche ich ein neues“, antwortet er. „Meins ist ... nass.“

„Scheiße.“ Ich beiße mir auf die Unterlippe und schaue kurz zu Boden. „Tut mir leid.“

„Mir nicht“, antwortet er. „Gute Nacht, Julie...“

„Gute Nacht Jake...“

Jake

Ich sehe ihr nach, wie sie den Weg entlanggeht, dann verschwindet sie im Pinienwald, wo die Dunkelheit der dichten Baumkronen sie schließlich verschluckt. Ich gehe zu meinem Auto. Der Himmel färbt sich langsam. Der Tag überwältigt die Nacht, so wie Julie mich. Sie macht mich fertig. Mein Körper steht unter Strom und ich kann einfach nicht aufhören zu grinsen.

•••

Als ich 35 Minuten später Clearwater erreiche, geht bereits die Sonne auf. Mit ungeschickten Fingern ziehe ich den Schlüssel aus meiner Hosentasche und schließe auf. Ich werfe die Tür hinter mir zu und öffne fast schon hektisch den Reißverschluss meiner Hose, ziehe mir das Shirt über den Kopf, trete die Schuhe von meinen Füßen und befreie mich von der Jeans und den Boxershorts. Ich laufe nackt die Stufen hoch ins Bad, steige unter die Dusche und stelle das Wasser ein. Eigentlich ist es viel zu heiß, es brennt auf meinem Rücken, aber ich kann nicht mehr warten. Mit der linken Hand stütze ich mich an den Fliesen ab, mit der rechten hole ich mir einen runter. Der Film in meinem Kopf läuft auf Endlosschleife. Mit geschlossenen Augen stehe ich in der Dusche und folge den Bildern in meinem Kopf. *Zu ihr.* Zu diesem

Blick. Diesem Mund. Ihren festen kleinen Titten, der leicht gebräunten Haut. Dem Cocos-Duft. Ich spreize ihre Beine und dringe in sie ein. *Oh Fuck*. Während ich mich in ihr bewege, betrachte ich ihr Gesicht, das sich einen Augenblick fast schon schmerzhaft anspannt. Sie drängt sich mir entgegen.

Es fühlt sich so an, als würde ich *jeden Moment* explodieren. Mein Schwanz pulsiert in meiner Hand und ich spüre das Zucken in meinen Schenkeln. Ich will kommen. Ich *muss* kommen. *Jetzt*. Ich höre mich schwer atmen, dann halte ich die Luft an, während meine Augen über ihr Gesicht gleiten, während ich mit Julie schlafe. Alles zieht sich zusammen, meine Muskeln zucken, meine Hand rast. In der Sekunde, als ich komme, sehe ich ihr in die Augen.

Mein Schwanz pulsiert noch, ich halte mich noch immer an der Wand fest und schaue sie an. Ich will das Wasser eigentlich kühler drehen, aber ich kann mich nicht bewegen. Die Erkenntnis erstickt jeden Gedanken. Ihr Anblick berührt mich überall. Okay. So fühlt es sich also an, wenn man verliebt ist.

Julie

Meine Haut riecht nach ihm, meine Lippen kribbeln und mein Körper ist eine seltsame Mischung aus fertig und extrem scharf. Ich stehe unter Strom und zur selben Zeit neben mir, und mein Hirn ist diese nervige Masse, die einfach nicht damit aufhören will, mir nackte Jake-Bilder aufzutischen, die sich in meinem Kopf zu einem prickelnden Softporno mit Jake und mir in den Hauptrollen zusammensetzen. Mein Gott, dieses Lächeln.

Ich versuche, nicht an Jake zu denken, während ich die letzten Meter zu unserem Apartment gehe. Und auch nicht, als ich in meiner Tasche nach der Magnetkarte suche. Ich versuche, nicht an ihn zu denken, während ich auf die Stufen zugehe, und auch nicht, als ich sie erreiche. Und die ganze Zeit über habe ich nur einen Gedanken. *Jake.*

Als ich endlich die abgerundeten Ecken spüre und die Magnetkarte mit den Fingerkuppen zu fassen bekomme, höre ich neben mir eine Stimme und schrecke zusammen.

„Jules?“

„Scheiße, Kyle!“, rufe ich. „Du hast mich echt *zu Tode* erschreckt!“

„Tut mir leid, Süße...“, presst er lachend hervor. „Das wollte ich nicht...“

Ich atme ganz tief ein und stoße die Luft langsam heraus. Mein Herz verdaut noch den Schreck, aber mein Hirn schaltet. Es erinnert mich daran, was alles zwischen uns und damit auf dem Spiel steht. Es erinnert mich an Jake und die Unordnung in meinem Kopf.

„Ist alles okay?"

Nichts ist okay, denke ich und höre mich sagen: „Doch, doch." Wir sehen einander an, während das schlechte Gewissen in meinem Bauch rumort.

„Es ist schön dich zu sehen", flüstert er lächelnd und breitet die Arme aus.

Und ich finde in mein Zuhause zurück. An seine Brust, die sich anspannt, als sie mich spürt. Ja, er hat sich verändert. Breitere Schultern, männlicher. Sein Bauch presst sich hart an meinen, während ich mich aus alter Gewohnheit an seine Schulter schmiege und diesen vertrauten Duft einatme.

„Gott, Jules..." Er küsst mich auf die Stirn. Und das, was er bereits *tausende* von Male getan hat, fühlt sich plötzlich anders an. Irgendwie *bedeutungsvoller*. Als läge eine Botschaft auf seinen Lippen, die gerade von seinem Mund durch meinen Schädel in mein Hirn sickert. Diese Umarmung ist aufgeladen. „Süße, du hast mir so gefehlt..."

„Du mir auch", flüstere ich, während ein Teil meiner Gedanken einen Ausflug zurück zum Pool macht, sich die Kleider vom Leib reißt und auf Jake und eine zweite Runde wartet.

Kyle geht einen Schritt zurück und sieht mich an. Sein Haar ist etwas länger, das Kinn überzogen von

Bartstoppeln, die Augen so schwarz wie die Nacht, die bereits vom Tag verdrängt wird.

„Wo warst du eigentlich?“ Er schaut auf die Uhr. „Es ist fast *vier...*“ Ich frage mich, ob ich mir den Unterton nur einbilde, aber ich glaube, er ist da. Zusammen mit meinen Gewissensbissen.

„Ich habe mich verquatscht...“

„Muss ein *gutes Gespräch* gewesen sein...“

Ich schlucke. „Ja, es war *echt* ein netter Abend.“ *Untertreibung* des Jahrhunderts. Bevor er weiterfragen kann, lenke ich das Thema in seine Richtung. „Also, dass du heute gleich arbeiten musstest, ist echt das Letzte“, rege ich mich auf. „Dass die das *so vermasseln.* Echt... *Idioten...*“

Er zuckt mit den Schultern und seine Oberarme spannen sich an. Das schwarze Unterhemd lässt kaum Spielraum für die Fantasie. Es liegt um seinen Körper wie eine zweite Haut. Bilde ich es mir ein, oder ist er in den letzten drei Monaten plötzlich *zum Mann* geworden? Also, der Kyle, mit dem ich geschlafen habe, sah anders aus. Gutaussehend, ja. Aber eben knabenhafter. Nein. Stopp. Bitte nicht. Bruchstücke jener Nacht sprudeln aus den Tiefen meines Unterbewusstseins und vermischen sich mit denen von heute Nacht.

„Das ist ziemlich blöd gelaufen...“, sagt er heiser und nimmt mein Gesicht zwischen seine warmen Hände. „Aber du solltest jetzt lieber schlafen gehen... dein Wecker klingelt bald.“

„Ja, das stimmt...“

„Sehen wir uns morgen?“

„Auf jeden Fall...“

„Wir müssen dringend reden...“, flüstert er und bevor ich antworten kann, spüre ich seine Lippen auf meinen. Sie sind warm und weich und dieser Kuss ist viel zu sanft.

Ich will nicht!

„Du hast recht, das müssen wir.“

„Gute Nacht, Süße.“ Kyles Lippen streifen meine Wange und seine Hände meine Arme. „Schlaf gut.“

Die Gänsehaut kriecht meinen Rücken hinunter. Ich versuche klar zu denken, aber in meinem Kopf sind nur Fragezeichen, Schuldgefühle und ein Haufen nackte Jakes. Bilder von ihm auf mir, seinen Händen unter meinem Shirt. Von mir, wie ich ihn dabei beobachte, wie er seine Hose arrangiert. Es ist wie ein animiertes gif. Er fasst sich in den Schritt. *Immer* und *immer* wieder. Und jeder Griff wird begleitet von einem eiskalten Schauer, der sich mit dem Schweiß auf meiner Haut vermischt. Ich sehe seinen Blick und die dreckigen Gedanken dahinter und spüre die feuchte Erinnerung, die die vergangenen Stunden in meinem Slip hinterlassen haben. Ich sehe den neuen Kyle mit seinen breiten Schultern und spüre seinen Kuss auf meinen Lippen. Und zwischen diesen Bildern sehe ich die Realität. Den wichtigsten Menschen meines Lebens, in diesem neuen Gewand, das ihm erschreckend gut steht. Wenn er wüsste, was heute Nacht passiert ist, würde es ihm das Herz brechen. Ich betrachte Kyles dunkle Augen und sein Lächeln, und dann denke ich an die letzten Stunden mit Jake Baker, in denen mein Herz auf Wattewolken Trampolin gesprungen ist.

Heute Morgen dachte ich, die Situation wäre schwierig. Aber das war sie nicht. Jetzt weiß ich es besser. Denn jetzt stehe ich an der Jake Street, Ecke Kyle Avenue und kann mich nicht entscheiden. Deswegen lächle ich Kyle nur an, drücke ihm einen Kuss auf die Wange und flüstere: „Du auch..."

Jake

„Und bis wann können wir mit Ihrer Entscheidung rechnen?", fragt die Maklerin.

„Das kann ich Ihnen noch nicht sagen."

„Mr. Baker." Sie lächelt mich an. „Ich verstehe ja, dass solche Entscheidungen nicht einfach sind, aber dieser Deal macht Sie zu einem *sehr reichen* Mann..."

„Es geht nicht ums Geld."

„Hören Sie, Sie sind ein netter Kerl und ich will Sie nicht drängen", sagt sie samtig. „Aber die Leute von der *DAT Group* werden nicht ewig warten..."

Ich schaue mich um und muss lächeln, während die schönsten Erinnerungen meiner Kindheit langsam weiter an die Oberfläche finden. „Sie werden warten müssen."

„Das ist ein wirklich gutes Angebot, Mr. Baker."

„Daran habe ich keinen Zweifel."

Sie seufzt, bückt sich nach ihrer Aktentasche und geht in Richtung Tür. Plötzlich bleibt sie stehen und dreht sich noch einmal zu mir um. „Sie sind ein *echt* harter Brocken, wissen Sie das?"

„Ich weiß..."

Ihre Augen finden meine.

„Aber unter uns gesagt... wäre das hier *mein* Land, ich würde es *niemals* hergeben." Sie lächelt mich lasziv an. „Vielen Dank noch mal, dass Sie sich um diese Uhrzeit Zeit für mich genommen haben." Mit diesem Satz lächelt sie mich ein letztes Mal an, dann verlässt sie das Haus. Sie geht mit diesem Gang, den Frauen haben, wenn sie genau wissen, dass wir ihnen hinterherschauen. Sexy und hüftig. Normalerweise würde das funktionieren, aber mein Hirn ist getränkt in Julie, und allein der *Gedanke* an ihr Gesicht treibt meinen Puls in die Höhe. Ich greife nach meinem inzwischen kalten Kaffee und gehe auf die Veranda. Die Wellen donnern an Land und milchige Wolken überziehen den Himmel. Die salzige Seeluft wirbelt meine Haare durcheinander. Wieder hier zu sein bricht alte Krusten auf und die Erinnerungen an meinen Vater treiben langsam an die Oberfläche.

Ich bin seit sechsunddreißig Stunden wach, aber hier finde ich keinen Schlaf. Das liegt an diesem Haus und an Julie. Seit ich gestern angekommen bin, stehe ich unter Strom, kann nicht still sitzen. Ich habe heute Nacht sogar das Bettzeug abgezogen, weil es noch nach Denise gerochen hat. Ich habe es gewaschen und das Bett frisch bezogen. Ich habe nicht eine Minute lang geschlafen, aber ich bin aufgedreht. Aufgedreht genug um zu laufen.

•••

Meine Muskeln brennen, der Schweiß läuft mir über den Rücken, das weiße Shirt klebt auf meiner Haut und jeder Atemzug sticht mich in die Seite. Mein Körper wirft mir den Schlafmangel vor, aber ich höre nicht hin. Die Gedanken in meinem Kopf zerfallen zu Staub, weil alles in mir mit Überleben beschäftigt ist. Ich glaube ja, das ist der Grund, warum ich es tue.

Würde ich nicht regelmäßig laufen, hätte ich mich vermutlich schon längst umgebracht. Mich, oder jemand anders.

Als ich vor dem *Café de Paris* ankomme, wische ich mir die Schweißperlen von der Stirn und warte, bis ich zu Atem komme, dann schiebe ich die Tür auf. Das helle Läuten des Glöckchens katapultiert mich in eine Zeit zurück, als ich noch an der Hand meines Vaters gegangen bin. Bevor die Erinnerungen mich einholen und verschlingen können, zwinge ich mich in die Realität zurück. Eine hübsche Blondine in pinken Shorts und perfekt passenden Kopfhörern kommt auf mich zu. Sie hat diesen Blick, den meine Exfreundin immer *Augen-Sex* genannt hat. Es hat Meredith völlig wahnsinnig gemacht, dass mich fast alle Frauen so angesehen haben. Ich halte der Blondine die Tür auf.

„Danke“, haucht sie und erpresst mich mit ihrem strahlenden Lächeln dazu, zurückzulächeln. Es setzt mir ein Messer an die Brust. Also lächle ich. Aber ich vergesse sie und den Moment noch in der Sekunde, in der sie an mir vorbeigegangen ist. Das Glöckchen ertönt ein zweites Mal, dann fällt die Tür wieder ins Schloss.

Eine rundliche Frau mit gütigen Augen und einer geblümten Schürze packt große Kuchenstücke in knisternde Papiertüten. Chloé hat sich kein bisschen verändert. Sie hat noch immer dieses mütterliche Gesicht, die roten Wangen und diesen Blick, der mir als Kind immer das Gefühl gegeben hat, dass sie mich versteht. Die Falten um die Augen sind tiefer und das Haar ergraut, aber sonst sieht sie genauso aus wie in meiner Erinnerung.

Mein Vater und ich sind im Sommer immer hierher gekommen. Ich habe mir jedes Mal ein Schokohörnchen ausgesucht, und er hat sich einen Café au Lait und ein ofenfrisches Butter-Croissant bestellt. Irgendwann bin ich dann auch auf den Geschmack gekommen. Ich glaube, ich war fünfzehn. Es sind die besten, die es gibt. Ich habe sogar in meinen sechs Monaten Paris keine besseren bekommen. Mein Herz hämmert noch immer wie wild in meinem Brustkorb, als ihre Augen meine finden.

„Jacob? Bist das etwa du?" Sie strahlt mich an und klatscht in die Hände. „Ich fasse es nicht!"

„Chloé...", antworte ich und das Grinsen sprengt fast mein Gesicht. Es ist wie Zuhause ankommen.

„Sieh dich nur an..." Sie kommt hinter der Theke hervor und mustert mich wie eine Attraktion im Zoo. „Du bist so erwachsen..."

Ich muss lachen, weil ich mich kein bisschen erwachsen fühle, aber sie hat mich das letzte Mal vor ungefähr sieben, acht Jahren gesehen. Aus ihrer Sicht macht es Sinn.

„Erzähl schon, wie geht es dir?"

„Ich war etwas über drei Jahre in Europa und bin vor ein paar Monaten zurückgekommen..."

„Du hast es also wirklich getan?"

„Ja, ich habe es wirklich getan..."

„Ich bin so stolz auf dich, mein Junge", sagt sie mit geschwellter Brust und leicht glasigen Augen. „Vielleicht hast du ja irgendwann einmal Lust einer alten Dame davon zu erzählen..."

„Und welche alte Dame soll das sein? Ich sehe keine alte Dame..."

„Ach, Jacob..." Ihr warmes Lachen steckt mich an. „Du willst ein paar Croissants, hab ich recht?"

„Ja, zwei Stück bitte..."

„Sind noch im Ofen", antwortet sie und zwinkert mir zu. „Sie sind jeden Augenblick fertig." Sie wendet sich einer jungen Frau zu. „Lou, pack doch bitte zwei Croissants ein... und ein Schokohörnchen." Sie lächelt mich an. „Ich habe es nicht vergessen..."

Ich auch nicht. Als ich wenig später bezahle, sieht Chloé mich lange an, dann schließlich sagt sie: „Ich nehme mal an, dass du hier bist, um *Seashell Cove* zu verkaufen."

Einen Augenblick spiele ich mit dem Gedanken, sie anzulügen, aber sie würde mich durchschauen.

„Unter anderem, ja..."

„Jacob, mir ist klar, dass *Seashell Cove* unter den Wertanlagen deines Vaters nur *ein* Grundstück von vielen ist", flüstert sie. „Aber für ihn war es so viel mehr als das..."

„Ich weiß...", antworte ich seufzend. „Aber ich..."

„Jacob", fällt sie mir ins Wort. „Bitte, versteh mich nicht falsch. Ich will mich nicht einmischen. Es ist *dein* Land und *deine* Entscheidung..." Sie lächelt mich an. „Ich denke nur, du solltest wissen, dass er bis zu seinem Tod *jeden Sommer* hier war und jedes Mal, wenn wir uns gesehen haben, hat er nur von *dir* gesprochen."

Julie

Meine Augen brennen wie Feuer, aber ich bin nicht müde. Zumindest nicht so müde, wie ich es ohne Jake in meinem Hirn wäre. Ich habe die Nacht mit ihm verbracht. Oder zumindest das, was davon übrig war. Mal wach, mal im Traum. Nein, viel geschlafen habe ich nicht. Nur mit ihm. In Gedanken. Lang. Und oft. Und es war, ach, lassen wir das...

Ich rubble meine Haare ab, werfe das Handtuch auf den Boden und binde mir das Haar zu einem losen Knoten zusammen. Und während ich mit einem viel zu trockenen Abschminktuch gegen die tiefschwarzen Schlieren unter meinen Augen kämpfe, mogeln sich wieder Bilder von Jake in meinen Kopf. Sie tauchen auf und wieder ab, schwimmen durch mein Hirn und treiben immer weiter an die Oberfläche. Und sie machen mich *rasend.* Ich fische frische Unterwäsche aus dem Rucksack, dann gehe ich zurück ins Bad und tusche mir die Wimpern. Zwei Schichten, drei, vier, bis sie richtig schwarz sind. Meine Augen strahlen türkisblau zwischen ihnen hindurch. Ich decke die grauen Schatten ab und verteile etwas Gloss auf meine Lippen, dann trete ich einen Schritt zurück und betrachte mich. Mein Spiegelbild sieht aus wie acht Stunden Schlaf. *Ein Hoch* auf Concealer.

„Hast du es dann mal?“, ruft mir Caroline aus der Küche entgegen. „Wir müssen los!“

„Komme!"

Ich zupfe an meinen Haaren herum, tupfe etwas Cocos-Öl auf meinen Hals und mustere mich von allen Seiten. *Vielleicht laufe ich ja Jake über den Weg.* Unwahrscheinlich, aber man weiß ja nie. Bei diesem Gedanken greife nach dem Flakon und trage noch etwas mehr auf.

„Jules!"

„Ja, bin fertig!"

•••

Wir gehen nebeneinander her und das Schweigen begleitet uns wie eine dritte Person. Ich spüre Carolines Fragen. Sie liegen ihr auf der Zungenspitze und ich bin fast froh, dass sie sie nicht stellt. Na ja, also zumindest *noch* nicht. Es wird sicher nicht mehr lange dauern. Caroline wäre nicht Caroline, wenn sie keinen ausführlichen Bericht erwarten würde. Ich weiche ihren fragenden Blicken aus und tue so, als wäre ich noch müde. Eine Weile sollte das noch funktionieren. Zumindst ein paar Minuten.

Die Kieselsteine knirschen bei jedem unserer Schritte und die Morgensonne brennt gnadenlos auf meine nackten Beine. Ich starre nach oben. Der Morgen liegt milchig im Himmel. Unter einer dünnen Decke, die er noch nicht loslassen will. Ich liebe diese Stimmung. Diese Stille, wenn ein Großteil der Welt noch schläft.

„Du hast Kyle also gestern noch gesehen?"

Okay, es geht los. „Kurz, ja..."

„Und, wie war es?“

„Kurz...“

„Oh, wow...“, sagt sie und hebt abwehrend die Hände. „Ich sehe schon, du willst nicht darüber reden...“

„Es gibt nichts zu reden.“

„Es ist ungesund nicht zu reden...“

„Also, wenn es danach geht, bist du der *gesündeste* Mensch, den ich kenne.“

„Ja, das mag stimmen...“, antwortet sie grinsend. „Ich nehme an, du willst mir auch nicht sagen, wo du gestern so lange warst...“

„Nicht wirklich...“

„Komm schon, nicht mal ein klitzekleiner Tipp?“

„Jetzt mach keine große Sache draus“, antworte ich ausweichend. „Ich habe mich unterhalten...“

„War es denn eine erregende Unterhaltung?“

„Was!?“, frage ich ertappt.

„Huch, sagte ich erregend?“ Caroline grinst mich an. „Ich meinte natürlich *anregend...* “

„Ich geb’s auf...“, sage ich kopfschüttelnd.

„Was denn, du erzählst mir wirklich gar nichts?“, fragt sie und springt vor mir auf und ab. Sie ist so entsetzlich *wach,* dass es mich fast anstrengt sie nur anzusehen. Sie grinst.

„Wie kannst du um diese Zeit nur so wach sein?“, frage ich seufzend.

„Na ja, ich habe mich gestern eben nicht so lange *unterhalten* wie du...“

„Okay, das habe ich verdient“, sage ich lachend.

„Außerdem war ich laufen..."

„Wann warst du bitte laufen? Du hast um halb sechs geduscht..."

„Nach Kyles und deinem *kurzen* Gespräch konnte ich nicht mehr schlafen."

„Moment mal", werfe ich ein. „Wolltest du nicht bei Lucas schlafen?"

„Der war irgendwie komisch... und *müde.* Pfft." Sie macht ein abschätziges Geräusch. „Na, jedenfalls war ich um kurz nach vier hellwach und bin nach Clearwater gejoggt."

„Du machst mich echt fertig, weißt du das?"

„Der *Typ,* den ich gesehen habe, hätte dich noch viel fertiger gemacht..."

„Was?!" Ich bleibe stehen. „*Moment mal. Du* redest von einem anderen Kerl?"

„Ja, ja, ich weiß", flüstert sie. „Aber das war nicht nur irgendein Kerl... du hättest ihn sehen sollen... so verschwitzt vom Laufen... und diese dunklen Haare."

Ich sehe Jake gestochen scharf vor mir.

„Jules... alles okay?"

„Doch, doch, alles okay", sage ich perplex. „Nur eine Frage."

„Hm?"

„Was hast du bitte mit meiner besten Freundin gemacht?"

„Jules, im Ernst... Gäbe es Lucas nicht..."

Ich halte sie am Arm fest. „Echt jetzt?", flüstere ich.

„Sagen wir so“, flüstert sie grinsend. „Ich glaube, mit *dem* könnte man sich echt total gut unterhalten...“

„Du bist unmöglich...“, sage ich lachend.

„Er war wirklich heiß... also... so richtig. Ich hätte ihn genommen... also, in einem anderen Leben“, sagt sie grinsend. „In diesem habe ich den Richtigen ja schon gefunden...“

„So ist es“, antworte ich. „Den Besten.“

Während Oceanside und ich uns noch den Schlaf aus den brennenden Augen reiben und uns langsam aufrappeln, ist Caroline also bereits schwitzend und schmachtend in den Tag gestartet.

„Moment mal.“ Ich bleibe unvermittelt stehen und halte sie am Arm fest. „Hast du etwa deswegen so lange geduscht?“, frage ich mit hochgezogenen Augenbrauen.

„Quid pro quo, meine Liebe...“, sagt sie lächelnd. „Wenn du mir deine Geheimnisse verrätst, verrate ich dir auch meine...“

In der Hotellobby herrscht bereits reges Treiben. Die Böden werden gewischt, die Polster geschüttelt und farblich perfekt abgestimmte Schnittblumen auf den unzähligen Beistelltischen und Sideboards verteilt.

„Sehen wir uns in der Mittagspause?“

„Klar, einfach um eins wieder hier?“

„Perfekt. Bis später, Jules.“ Mit diesem Satz lässt sie mich stehen und überlässt mich meiner Schicht.

Jake

Ich gehe ohne Umweg ins Bad, ziehe mich aus und werfe die verschwitzten Sachen in den Wäschesack. Bevor ich das Wasser aufdrehe, packe ich mein neues Handy aus und lege die SIM-Karte ein. Vier neue E-Mails, acht Anrufe und zwei Nachrichten.

Das kühle Wasser prasselt mir auf den Rücken und spült die Gedanken aus meinem Kopf. Na ja, zumindest einen Teil davon. Wassertropfen treffen mein Gesicht, erfrischen mich. Als ich klein war, ist mir diese Dusche immer so groß vorgekommen. Seltsam, wie die Perspektive sich ändert.

Ich wasche mir das Shampoo aus den Haaren, als ich von unten lautes Klopfen höre. Ich trockne mich oberflächlich ab, greife nach einem Handtuch und gehe die Stufen hinunter. Was macht *sie* denn hier? Die Maklerin steht mit dem Rücken zur Tür und schaut aufs Meer.

„Ms. Morris?", frage ich erstaunt.

„Mr. Baker..."

Als sie sich umdreht, bleiben ihre Augen an meinem nackten Oberkörper hängen. Sie folgen den Tropfen, die langsam über meine Haut laufen. Das Handtuch hängt tief auf meiner Hüfte und die Haare fallen mir ins Gesicht. Ich warte darauf, dass sie etwas sagt, aber sie steht nur da und schaut mich an. Als ihr Blick sich nicht von meinen Leisten losreißen kann, muss ich lachen.

„Oh Gott, bitte entschuldigen Sie... Ich komme offensichtlich ungelegen“, sagt sie mehr zu sich selbst als zu mir. „Ich hätte ja vorher angerufen, aber Sie sagten, Sie hätten kein Telefon...“

„Wollen Sie nicht reinkommen?“

„Ähm, nein, lieber nicht“, antwortet sie lächelnd, während ich der Gänsehaut dabei zusehe, wie sie sich langsam auf ihren Armen ausbreitet.

„Auch, wenn ich hoch und heilig verspreche, Sie nicht anzufallen?“

„Das... das dachte ich auch nicht.“

„Wenn Sie einen Moment warten, ziehe ich mir schnell etwas an...“

Sie räuspert sich und schluckt hart. „Oh, nein, bitte bleiben Sie ruhig so...“ In der Sekunde, als sie bemerkt, wie zweideutig das klang, presst sie die Lippen aufeinander und schließt einen Moment lang peinlich berührt die Augen. Ich versuche nicht zu grinsen, aber es gelingt mir nicht.

„Falls Sie wegen meiner Entscheidung hier sind, ich-“

„Nein, deswegen bin ich nicht hier“, fällt sie mir ins Wort. „Ich wollte Sie fragen, ob Sie heute Mittag schon zum Essen verabredet sind...“

„Zum Essen?“

„Ja, die Leute von der *DAT Group* würden Sie gerne kennenlernen.“ Sie schafft es nicht mir in die Augen zu sehen. „Es wäre nur ein kurzer Lunch...“

„Wann und wo?“

„Kennen Sie das *Racoon?*“

„Nein, noch nie gehört“, antworte ich und wische mir das nasse Haar aus der Stirn.

„Das ist ein nettes kleines Lokal mit Meerblick. Es gehört zum *Main & Carmichael Resort.*“

„Oh, das Hotel kenne ich“, antworte ich und meine Erinnerung beobachtet Julie dabei, wie sie ihren BH zurechtrückt. Ich sehe ihren intensiven Blick, und allein beim Gedanken an ihre Lippen und ihr schweres Atmen werde ich hart. *Oh fuck.* „Okay... und wann?“, frage ich und schlucke angestrengt.

„In einer Stunde. Schaffen Sie das?“

„Das bekomme ich hin.“

Sie sieht mir tief in die Augen, während sich mein Schwanz immer fester gegen das Handtuch presst.

„Ich freue mich...“

„Ja, ich mich auch“, sage ich lächelnd und gehe einen Schritt rückwärts. „Dann bis später.“

•••

Ich parke den Wagen vor der Anlage und steige aus. Ein junger Typ kommt angelaufen.

„Willkommen im *Main & Carmichael Resort.*“ Er macht einen Diener und wartet auf die Schlüssel.

„Danke...“, antworte ich und reiche sie ihm. „Wo finde ich denn bitte das *Racoon?*“

„Einfach geradeaus durch die Eingangshalle und am Ende rechts, Sir.“ Er lächelt höflich. „Es ist das Lokal auf der Südterrasse.“

„Das Lokal neben dem Pool?“ Ich denke an Julie und lächle.

„Ganz recht, Sir, das ist es.“

Die riesige Eingangshalle ist angenehm kühl. Sie liegt vor mir wie eine Kirche. Glatter Steinboden und meterhohe Fenster. Alles ist still. Bis auf ein paar geflüsterte Unterhaltungen ist es friedlich. Einige der Gesichter kommen mir bekannt vor. Ich habe sie auf der Party gestern gesehen. Nur das, das ich suche, finde ich nicht.

Ich bin zu früh, aber so wie ich Ms. Morris einschätze, ist sie schon längst da. Und so ist es. Ich erkenne sie bereits von weitem. Sie passt perfekt ins Bild mit der Gucci-Sonnenbrille, die einen Großteil ihres Gesichtes verdeckt, und ihrem marineblauen Sommerkleid. Einen Moment frage ich mich, ob ich vielleicht zu leger gekleidet bin, aber dann wird mir klar, dass die mein *Grundstück* wollen und nicht mich.

Die Mittagssonne brennt gnadenlos vom Himmel und das Meer glitzert im Hintergrund. Ja, Oceanside ist ein schönes Fleckchen Erde. Das Paradies. Von Menschen mit viel Geld für Menschen mit viel Geld gemacht. Ich persönlich mag Clearwater lieber. Aber ehrlich gesagt, kenne ich Oceanside auch nur aus dem Prospekt.

„Mr. Baker.“ Sie steht auf und winkt mir zu. „Ich hoffe, dass sie sich nicht hetzen mussten.“

„Nein, gar nicht...“, antworte ich grinsend. Der Hand-Job hat keine fünf Minuten gedauert.

„Darf ich Ihre Bestellung aufnehmen?“, fragt ein Kellner, der wie aus dem Nichts neben uns erscheint.

„Na ja, eigentlich sind wir *zum Essen* verabredet“, sagt Ms. Morris, „aber bis die Herrschaften kommen, nehme ich gerne einen Espresso.“ Sie schaut zu mir. „Für Sie auch etwas, Mr. Baker?“

„Ja, für mich dasselbe, danke.“ Kurz nachdem der Kellner verschwunden ist, füge ich hinzu: „Ach ja, und bitte, nennen Sie mich doch Jacob.“

„Gerne... ich heiße Lucy...“, sagt sie und lächelt mich an. „Und bitte entschuldigen Sie noch einmal wegen vorhin... Sie haben mich wirklich aus dem Takt gebracht.“

„Das ist mir gar nicht aufgefallen“, antworte ich lachend.

„Na ja...“ Sie zuckt mit den Schultern. „Was soll ich sagen... es tut mir leid.“

„Aber Sie haben doch gar nichts falsch gemacht“, sage ich und schaue sie von der Seite an. „Sie haben nur geklopft.“

„Ja... und Sie angestarrt.“

Ich muss lachen. „Okay, ja, das haben Sie...“

„Sehen Sie.“

„Ach, vergessen wir das einfach.“

Sie kommt ein Stückchen näher und flüstert: „Ich werde es sicher nicht vergessen.“

Julie

„Jules! Jules!“, sagt Caroline aufgeregt und greift nach meinem Arm.

Ich zucke zusammen. „Was ist?“

„Da! Das ist er!“

Mein Blick folgt ihrem. „Wer?“

„Na, der Typ von heute Morgen... der, von dem ich dir erzählt habe...“

Sie zeigt zu einem Tisch und da sitzt er: *Jake.* Mit einer Frau. Einer ziemlich heißen Frau. Einer Frau, die sich lasziv lächelnd zu ihm beugt und ihm *sonst was* zuflüstert.

„Siehst du? Ich habe dir doch gesagt, dass er heiß war“, flüstert Caroline. *„Schau* ihn dir an...“

Das tue ich. Und bei diesem Anblick wird etwas ganz tief in meinem Bauch steinhart, meine Muskeln spannen sich an und ich atme flach.

„Oh mein Gott, er ist...“ Sie seufzt schwer. „Es war so was von klar, dass er ’ne Freundin hat...“

Ja, das hätte mir eigentlich auch klar sein sollen. Nein, müssen. Ein Typ wie Jake hat eine Freundin. Oder fünf.

Caroline sieht mich von der Seite an. „Ha!?“ Ich spüre sie dreckig grinsen.

„Was?“, frage ich angespannt.

„Ich wusste, dass er dir gefallen würde!“

„Ich... nein... ach, ich weiß nicht..." Ich schlucke hart. Mein Herz rast und mein Atem verlässt meine Lungen in kurzen flachen Stößen. Ich spüre einen leichten Wind auf meiner Haut und ein taubes Kribbeln in meinen Händen. Das Adrenalin strömt durch meinen Körper, während mein Blick wieder an meinem neuen Norden klebt. Im Augenwinkel sehe ich den Pool. Ich bilde mir ein, seine Arme zu spüren, die mich halten. Die Stärke, mit der er mich gegen die Wand gedrückt hat. Die Schwere seines Körpers, seine Lippen. Ein feuchter Film legt sich auf meine Haut und es ist nicht die Sonne. *Es ist Jake.* Der holzige Duft der Bäume mischt sich zum frischen Sommerwind.

„Wir könnten hier essen", flüstert Caroline. „Was meinst du?"

„*Bloß* nicht!", sage ich viel zu vehement.

„Warum nicht?"

„Komm schon, Linni, schau ihn dir doch nur mal an..."

„Ähm, *das habe ich*", antwortet sie grinsend.

Meine Hände zittern und meine Stimme verrät mich. „Er ist vermutlich ein totales Arschloch..."

„Warum? Nur weil er gut aussieht?"

„Sieht er so gut aus?", frage ich zähneknirschend.

„Ähm... JA."

„Sag ich doch... ein Arschloch..."

„Sein gutes Aussehen macht ihn also zu einem Arschloch?" Ich zucke mit den Schultern. „Nicht alle, die gut aussehen, sind Arschlöcher..."

„Nein, nicht alle“, gebe ich zu. „Aber viele.“

„Also ich sehe sehr gut aus, bin ich *deswegen* etwa ein Arschloch?“

„Na ja, vielleicht nicht unbedingt *deswegen*“, sage ich lachend.

„*Das* hättest du wirklich nicht sagen sollen...“

„Was hast du vor?“

„Na, ich frage sie, ob sie was trinken wollen.“

„Nein, tu das nicht...“, sage ich viel zu verzweifelt und halte sie am Arm fest. „Bitte, hör auf...“

„Du bist echt komisch heute“, stellt sie nüchtern fest.

„Kann sein...“, flüstere ich. „Tut mir leid.“

„Okay, wie wäre es mit Fingerfood?“

Ich atme tief ein und nicke erleichtert.

„Na dann.“ Sie streckt mir ihren Arm entgegen. „Vielleicht magst du mir ja beim Essen erzählen, was *wirklich* mit dir los ist.“

Jake

„Bitte denken Sie darüber nach..."

„Das werde ich", antworte ich nickend.

„Vielen Dank für Ihre Zeit."

Mr. Wentworth streckt mir die Hand entgegen.

„Ich danke Ihnen."

„Jetzt hat es doch so viel länger gedauert... Ich hoffe, wir haben Sie nicht zu lange aufgehalten."

Ich werfe einen Blick auf die Uhr. Kurz nach vier. Perfekt. „Keineswegs."

„Ich begleite Mr. Baker noch zu seinem Wagen", sagt Lucy und lächelt mich an.

„Nicht nötig", antworte ich. „Ich gehe noch nicht sofort."

„Ach so..." Einen Moment wirkt sie enttäuscht, aber dann fängt sie sich wieder. „Rufen Sie mich einfach an, wenn Sie noch Fragen haben."

„Sicher, das mache ich." Ich lächle in die Runde, dann findet mein Blick noch einmal Lucys. Ich zwinkere ihr kurz zu und haue ab.

•••

Ich fühle mich wie ein Eindringling in diesem Wald, als wäre es das Territorium von einem verfeindeten Clan. Zwischen den Bäumen entdecke ich viele kleine Hütten, einen Grillplatz und Kickertische. Ich bleibe an einer Gabelung stehen. Zwei Holzschilder. Eins mit einem Pfeil nach links. *Hütten 1-115, Grillplatz, Aufenthaltsbereich.* Auf dem zweiten steht: *Hütten 116-200, Apartments 1-18, Duschen, Waschsalon, Strand.*

„Kann ich dir helfen?", fragt eine Stimme neben mir. Als ich mich umdrehe, blicke ich in ein fragendes Gesicht. „Moment mal, du bist Jake, richtig? Ein Kumpel von Andrew?"

„Ja, richtig... und du bist?"

„Jackson", antwortet er. „Andrew und ich spielen ab und zu Billard zusammen..."

„Andrew", sage ich grinsend. „Gibt es jemanden, den er *nicht* kennt?"

„Nicht in Oceanside", antwortet Jackson lachend.

„Ja, den Eindruck habe ich langsam auch..."

„Und wen suchst du?"

„Kyle Singer", sage ich. „Kennst du ihn?"

„Klar, der wohnt im Apartment unter mir..." Er zeigt nach rechts. „Da vorne... Nummer 7a."

„Klasse... danke."

„Nichts zu danken."

Jackson nickt mir zu, dann verschwindet er in Richtung Grillplatz. Ich gehe in die entgegengesetzte Richtung. Da erkenne ich die ersten Apartments. Haus 3a unten und b oben. Daneben Haus 4, 5 und 6. Und dann endlich die 7. Ich höre das Meer neben mir, als würde es mich begleiten. Wie ein kleiner Hund, der mir nicht von der Seite weicht. Und mit ihm das aufgeregte Rascheln der Büsche. Die ersten

Glühwürmchen schwirren aus. Ich bin nervös. Es ist fast dreieinhalb Jahre her. Viel zu lange. Und dann sehe ich ihn, wie er mit dem Rücken zu mir steht und seine nasse Wäsche aufhängt. *Fuck*, er hat sich so verändert.

„Hey, kleiner Bruder..."

Er dreht sich um. Seine Augen weiten sich, als würde er ihnen nicht trauen. Aber dann findet das Grinsen in sein Gesicht. Es ist breit und leuchtet in seinen Augen. Kyle kommt mit offenen Armen auf mich zu. Und da stehen wir nun unter Pinienbäumen auf einem schmalen sandigen Weg im Paradies in einer Umarmung, die schon so lange überfällig war.

„Jay... na endlich."

•••

Er streckt mir das Bier entgegen, dann setzt er sich neben mich.

„Und seit wann bist du zurück?"

„Gerade erst angekommen...", lüge ich.

„Du hast dich verändert", sagt er grinsend.

„Du dich auch..."

„Ach ja?"

„Ja", antworte ich lachend. „Du bist erwachsen."

„Na, ich weiß ja nicht, ob der Dreitagebart dafür ausreicht."

„Wem sagst du das..." Ich nehme einen großen Schluck Bier.

„Denkst du, das kommt irgendwann? Ich meine, dass man sich erwachsen fühlt?"

„*Pfft*, also ich würde nicht drauf wetten", antworte ich grinsend. „Also, wo ist dein Mädchen? Und wann lerne ich sie kennen?"

„Sie dürfte jeden Moment kommen..."

„Okay, erklär mir das doch noch mal..." Ich rücke näher an ihn heran und stütze die Ellenbogen auf den Knien ab. „Ihr wart also miteinander im Bett in der Nacht, bevor sie nach New York gegangen ist."

„Richtig."

„Und ihr habt euch geschrieben und telefoniert."

„Ja."

„Aber *darüber* habt ihr nicht gesprochen?"

„Nein", antwortet er seufzend.

„Dann weißt du also auch nicht, ob ihr jetzt zusammen seid, oder ob es für sie nur eine einmalige Sache war?"

„Genau so ist es."

„Das ist nicht gut, oder?", frage ich vorsichtig.

„Ich habe keine Ahnung. Wahrscheinlich nicht."

„Und es war nur ein Mal?"

„Ja, nur ein Mal..." Kyle rauft sich die Haare. „Du hältst mich bestimmt für bescheuert, wenn ich das sage, aber sie ist die Liebe meines Lebens." Er hält abwehrend die Hände hoch und sagt: *„Ich weiß, ich weiß,* ich bin viel zu jung, um das wissen zu können, und du denkst, ich habe nicht genug Erfahrung mit Frauen, aber..."

„*Wooh, wooh, wooh*", falle ich ihm ins Wort. „Also erstens habe ich *keine Ahnung*, wie viel oder wenig Erfahrung du mit Frauen hast, zweitens halte ich dich nicht für bescheuert und drittens glaube ich nicht, dass Liebe etwas mit dem Alter zu tun hat..."

„Ach nein?"

„Nein...", antworte ich kopfschüttelnd. „Bei den einen kommt sie früher, bei den anderen später, und bei manchen gar nicht."

„Aber du..." Er beißt sich auf die Lippen.

„Aber ich, was?"

„Du hattest so viele Frauen."

„Und?"

„Na ja, ich war mir sicher, du würdest sagen, dass ich gar nicht weiß, wovon ich rede."

„Weißt du denn, wovon du redest?", frage ich mit hochgezogenen Augenbrauen.

„Ich liebe sie."

„Na also, da hast du deine Antwort." Ich grinse ihn an.

Einen Moment sind wir beide still. Tief in eigenen Gedanken versunken. Ich schaue aufs Meer hinaus und denke an Julie. An die Farbe ihrer Augen. An den Sog, der mich nicht mehr loslässt.

„War es denn gut?"

„Was?", fragt Kyle und schaut zu mir herüber.

„Im Bett..."

„Es war *fantastisch.*"

„Für sie auch?"

„Ich ... Woher soll ich das wissen?“, fragt er und schüttelt fragend den Kopf.

„Kyle, du merkst, wenn es für sie gut war“, sage ich trocken. „Also?“

Ich sehe ihm an, dass er nachdenkt. „Doch, das war es. Ich bin mir sicher.“

„Dann reicht ein Mal“, sage ich grinsend und klopfe ihm auf die Schulter. „Du musst ihr sagen, dass du sie liebst.“

„Du hast recht“, sagt Kyle und leert sein Bier in einem Zug. „Das werde ich.“

„Und wann?“

„Bald...“

„Nein, nicht bald. *Heute.*“

„Okay. Heute.“ Kyle greift neben sich und reicht mir ein frisches Bier, dann nimmt er sich auch eines. Er macht die Flasche auf und hebt sie. „Auf heute.“

„Auf heute, kleiner Bruder.“ Wir stoßen an. „Und auf dein Mädchen.“

Julie

„Okay, du atmest einfach *tief* ein, und dann sagst du's ihm.“ Caroline drückt meine Hand. „Du *schaffst* das.“

„Ich kann das nicht tun“, sage ich seufzend und bleibe stehen. „Linni, er wird mich *hassen!*“

„Okay, vielleicht“, gibt sie zu. *„Anfangs.“* Sie sieht mir direkt in die Augen. „Aber nicht für immer.“

„Ich... ich kann es ihm nicht sagen“, antworte ich verzweifelt.

„Dann war es das also mit Jake?“

„Was?!“, frage ich verzweifelt. „Nein!“

„Jules, du kannst sie nicht beide haben...“

„Von wegen beide haben“, sage ich bitter und atme tief ein. „Das mit Jake war vermutlich sowieso nur eine einmalige Sache.“

„Wenn das so ist, worüber genau reden wir dann eigentlich?“

„Nur weil Jake eine andere hat, heißt das noch lange nicht, dass ich nichts für ihn empfinde.“

„Jules, wir wissen doch überhaupt nicht, ob er eine andere hat.“

„Ich bitte dich“, sage ich und schlucke hart. „Du hast sie doch zusammen gesehen!“

„Also, was ich gesehen habe, waren ein Mann und eine Frau an einem Tisch “, antwortet sie ruhig.

„Sie hat ihn angemacht!“

„Kann sein... und?“

„Und?“

„Na ja, kannst du’s ihr verübeln?“, fragt Caroline und durchbohrt mich mit ihrem Blick. „Jules, ein Kerl, der *so* aussieht, *wird* angemacht. So einfach ist das.“

„Okay, ist gut... du hast recht“, gebe ich zu.

„Also, zurück zum *eigentlichen* Thema. Was spricht für Kyle?“

„Alles...“, flüstere ich seufzend.

„Na ja, *abgesehen* von deinen Gefühlen für Jake.“

„Richtig.“ Ich massiere mit den Fingerkuppen über meine Schläfen. „Wie kann ich bitte Gefühle für jemanden haben, den ich gar nicht kenne? Wie ist das überhaupt möglich?“

Caroline zuckt mit den Schultern. „Das wird jetzt etwas philosophisch, Jules.“

„Na ja, nicht wirklich“, antworte ich. „Er könnte auch ein Kettensägenmörder sein, der nur auf den richtigen Moment wartet, mich umzubringen.“

„Wäre möglich“, sagt sie grinsend. „Aber etwas sagt mir, dass euer einsamer Pool-Moment gestern ein ziemlich guter Zeitpunkt gewesen wäre.“

„Linni, ich weiß *rein gar* nichts von ihm.“

„Das stimmt nicht. Du weißt wie alt er ist und du kennst sein Sternzeichen.“

„Toll...“

„Und du weißt, wie gut er küsst...“

Ja, das weiß ich. Und bei diesem Gedanken hebt etwas tief in meinem Bauch ruckartig den Kopf.

„Jules?“

„Hm?“

„Sag mal, küsst er so gut, wie er aussieht?“, fragt sie mit einem schmachtenden Unterton.

„Im Ernst jetzt?“ Ich verdrehe die Augen. „Ich dachte du willst mir helfen.“

„Das will ich.“

„Du hilfst mir, wenn du so etwas nicht fragst.“

„Ich fasse das mal als *Ja* auf.“ Ich schaue sie giftig an. „Ist ja gut, ich bin still.“

„Ich kann Kyle nicht verlieren“, sage ich und gehe auf und ab. „Linni, du kennst uns zusammen... Er ist nicht nur mein bester Freund. Er ist der Mensch, der alles von mir weiß.“

„Ja, ich weiß.“ Sie hält mich am Arm fest. „Aber hast du dich mal gefragt, ob vielleicht genau *das* das Problem ist?“

„Wie meinst du das?“

„Denk mal drüber nach“, flüstert sie. „Ihr beide hattet jahrelang Zeit, zusammenzukommen, aber es ist nicht passiert.“

Ich schaue sie an und suche nach einer Antwort.

„Jake hast du gerade zwei Mal gesehen...“

„Ich weiß“, antworte ich flüsternd.

„Und wenn man es genau nimmt, weiß Kyle gar nicht alles über dich...“

„Doch, das tut er... Alles, was wichtig ist.“

„Dann war das letzte Nacht also nicht wichtig?“

„Worauf willst du hinaus?“, frage ich.

„Süße, du wusstest, was du tust."

„Linni, ich bin extra weggegangen!"

„Ja, genau, zum *Pool*", sagt sie mit hochgezogenen Brauen. „Dem einzigen Ort, wo du wusstest, dass er dich garantiert finden wird."

„Das ist nicht wahr", protestiere ich. „Ich wollte nachdenken..."

„Nachdenken."

„Ja, nachdenken. Du weißt, dass ich unter Wasser am besten denken kann."

„Du warst aber nicht unter Wasser." Sie hat mich längst durchschaut. „Du hast auf ihn gewartet. Du wolltest, dass Jake dich dort findet." Ich will gerade widersprechen, als sie abwehrend die Hände hebt und sagt: „Hey, ich verstehe dich..." Sie zuckt die Schultern. „Der Typ ist der absolute Wahnsinn..."

„Er hat sich zu mir gesetzt... was hätte ich denn machen sollen?"

„Ähm, wie wäre es mit *Nein* sagen?", antwortet sie lächelnd. „Du hättest ihn abweisen können." Sie hat recht. „Aber das hast du nicht. Und vielleicht hat ein Teil von dir es sogar darauf *angelegt.*"

„Das stimmt nicht!"

„Komm schon, Jules... du hast ihn geküsst! Und das *Stunden. Lang!* Du *wolltest* ihn!"

„Ja, ist gut, ich wollte ihn! Und!?"

„Wenn du Kyle *wirklich* lieben würdest, hättest du das nicht getan."

Dieser Satz schlägt mich k.o.

„Linni, ich..." Meine Stimme bricht weg. Der Kloß in meinem Hals breitet sich aus und erstickt mich von innen. Tränen steigen in meine Augen, bis es einfach zu viele werden. Sie rollen über meine Wimpern. „Ich will ihn wollen."

„Süße..." Sie nimmt mich in die Arme. „Man sucht sich nicht aus, in wen man sich verliebt." Ihr weißes Kleid saugt meine Tränen auf. „Kyle wird dir verzeihen."

„Nein, das wird er nicht", antworte ich flüsternd.

„Vielleicht nicht sofort. Aber irgendwann." Sie schiebt mich vorsichtig von sich weg.

„Du verstehst das nicht..."

„Doch, das tue ich. Du liebst Kyle. Ich *weiß* das."

„Ihn zu verlieren, wäre ein bisschen wie sterben."

„Aber deswegen auf Liebe zu verzichten, ist doch auch nicht wirklich leben, oder?"

Ich sehe sie nur an, während die Tränen einfach weiterlaufen. Die Wahrheit in diesem einen Satz ist so allumfassend, dass ich vergesse zu atmen. Ich will Kyle und Jake, aber ich will Kyle eben nicht, wie ich Jake will. Und das wird auch nicht passieren, ganz egal, wie sehr ich mir das wünsche. Ich liebe Kyle, aber eben nicht so. Mir hat nur der Mut gefehlt, mir das einzugestehen. Ich wollte ihn lieben. Ich wollte, dass er der eine ist, weil er gut zu mir wäre. Weil er mich kennt und trotzdem liebt. Weil er mich nie im Stich lassen würde. Wenn ich ehrlich bin, wusste ich es immer. Ich habe es ausgeblendet. Es ignoriert. Weil ich es nicht sehen wollte. Weil ich lieber die Illusion leben wollte. Aber als ich mit ihm geschlafen habe, konnte ich das nicht mehr. Ja, es war schön. Es war intensiv. Und ja, es *gab* Funken. Aber mit Jake reichen Blicke. Wenn er mich ansieht, will ich ihn. Wenn ich an seine Hände auf meiner Haut denke, sagt alles in mir *ja*. Und beim Gedanken an seine Lippen und wie er mich geküsst hat, breitet sich die Gänsehaut unaufhaltsam auf meinem Körper aus.

In meinem Kopf ist Kyle der Richtige. Aber das interessiert mein Herz nicht. Mein Herz hat sich mit Haut und Haaren für Jake entschieden. Auf den ersten Blick. Einfach so. Noch bevor mein Kopf es verstanden hat. Und sogar, wenn es eine andere gibt, sogar, wenn Jake der Falsche ist, macht das Kyle noch lange nicht zum Richtigen.

„Komm schon", flüstert Caroline. „Wisch dir die Tränen weg und bring es hinter dich." Ich atme tief ein und nicke. „Sehr gut..." Sie lächelt mich an. „Ich bin bei dir."

Jake

„Was ist eigentlich mir dir?“, fragt Kyle.

„Was genau willst du denn wissen?“

„Na, gibt es eine Frau?“

Eine Stimme in meinem Kopf will aufspringen und laut *Ja* schreien. Sie will ihm von Julie erzählen. Von ihr und diesem Kuss, von dem Knistern, das mein Blut zum Kochen bringt. Von ihren Augen und diesem Blick, der mich völlig wahnsinnig macht. Davon, dass Cocos bis gestern einfach nur Cocos war und heute der wunderbarste Duft der Welt. Ich will ihm von den Gedanken erzählen, die ich nicht kannte, die für ihn vermutlich mehr Sinn machen als für mich. Ich will ihm sagen, dass ich verliebt bin. Und das *so sehr,* dass es sich anfühlt, als würde ich fliegen. Als wäre sie die Leichtigkeit, die mir immer gefehlt hat, nur dass ich das nicht wusste. Aber bevor ich das alles sagen kann, steht er plötzlich auf und sagt sehnsüchtig: „Da ist sie...“

Ich drehe mich um und folge seinem Blick. Dann dreht sich alles. Als wäre ich nicht mehr ich, sondern nur noch ein *Schatten* meiner Selbst. Die tiefstehende Nachmittagssonne strahlt golden auf ihr Gesicht und funkelt in ihren großen Augen, die mich durch dichte Wimpern anschauen. *Mein Gott,* sie ist so schön.

„Jules, da bist du ja...“ Kyle geht auf sie zu. „Hey, Linni...“

Was? Fuck. Oh nein, bitte nicht. Nein, das kann nicht sein. Kyle nimmt Julie in die Arme und zieht sie an sich. Allein die Tatsache, dass er sie *anfasst,* lässt mich flach atmen und die Wut in meinem Bauch köcheln. Aber bei dem Gedanken, dass er mit ihr *geschlafen* hat, will ich ihm *jeden einzelnen Knochen* brechen. Meine Hände ballen sich zu Fäusten und ich weiß nicht, ob sie sich gerade darauf vorbereiten, zuzuschlagen, oder ob sie mich davon abhalten wollen. Wäre Kyle nicht mein Bruder, würde ich ihm die Fresse polieren. Ich würde ihn *auseinandernehmen.*

In ihren Augen erkenne ich den blanken Horror, der sich gerade in meinem Magen ausbreitet. Meine Muskeln verkrampfen sich. Alles in mir zieht sich zusammen. Ich glaube, ich muss kotzen.

Ich will mich bewegen, aber ich kann nicht. Ich versuche diesen Augenblick zu begreifen, aber das einzige, was mir immer wieder durch den Kopf geht, ist das Wort *Karma.* Das hier ist meine Strafe. Die Strafe für jede Frau, der ich Hoffnungen gemacht habe, obwohl es keine gab. Für all die Frauen, die *wochenlang* auf ihre Handys gestarrt haben, weil ich versprochen hatte, anzurufen. Für die Tränen und gebrochenen Herzen, die mir nichts bedeutet haben. Ich habe viel Scheiße gebaut, aber dass das Schicksal mich so hart bestraft, hätte ich nicht gedacht.

Julie schaut mich an. In ihren Augen schwimmen die Fragen, auf die sie jeden Moment Antworten bekommen wird.

„Süße, das ist mein Bruder..."

„Dein *Bruder?!*"

Erst jetzt bemerke ich die Blondine, die neben Julie steht. Ich erinnere mich an sie. Die Joggerin mit den pinken Kopfhörern und dem Augen-Sex.

„Ja, das ist Jay", sagt Kyle und grinst. „Jay, das sind Jules und Caroline..."

„Linni...", korrigiert sie ihn.

Ich stehe langsam auf und gehe auf sie zu. Bei jedem Schritt muss ich mich daran erinnern, dass ich sie nicht küssen darf. Nicht anfassen. Dass ich sie *nie wieder* anfassen darf. Ich versuche zu begreifen, dass es nur diese eine Nacht gab. Diese paar Stunden, die sich jetzt schon anfühlen, als hätte es sie nie gegeben. Bei diesem Gedanken brennen meine Augen und meine Hände zittern. *Komm schon, hau einfach ab, bevor du etwas tust, das dir leidtut. Geh.* Die Vernunft gibt ihr Bestes, aber ich kann nicht gehen. Mein Bruder stellt mir schließlich gerade die Liebe seines Lebens vor.

„Hey", antworte ich kühl. Das Desinteresse in meiner Stimme täuscht sie, das erkenne ich in ihrem Blick, und diese Tatsache schnürt mir langsam die Kehle zu, während ich schwer damit beschäftigt bin, der Versuchung zu widerstehen, sie zu packen und zu küssen. Meine Hand zuckt. „Freut mich...", sage ich angespannt. „Kyle hat mir alles erzählt", sage ich und schlucke hart. „Es kommt mir so vor, als würde ich dich bereits kennen."

Ich rieche Cocos. Ihr Duft bohrt sich bei jedem Atemzug zwischen meine Rippen. Julie hat geduscht, ihre Haare sind noch nass. Das Bild von ihr unter der Dusche geht in die falsche Richtung und ich schiebe den Gedanken weg.

Sie trägt eine zu große schlabbrige Jogginghose – ja, vermutlich *seine* – und ein weißes Unterhemd. Vermutlich auch seins. Ich *hasse* Kyle. Weil er zuerst da war, weil er sie *gefickt* hat, aber vor allem, weil er sie viel mehr verdient hat als ich.

Der Wind weht durch ihr langes braunes Haar. Sie hat es lose zusammengebunden, aber ein paar Strähnen fallen ihr ins Gesicht. Ihre riesigen blauen Augen leuchten in derselben Farbe wie das Meer. Das ist ihr Farbton. Ozean.

Fuck. Ich *liebe* sie. Und das, ohne sie wirklich zu kennen.

Julie

„Was ist denn los mit euch?“, fragt Kyle und schaut fragend zwischen uns hin und her. „Jetzt kommt schon, setzt euch.“

Ich will mich nicht setzen. Ich will sterben. Aber anstatt etwas zu sagen, greife ich nach einem Bier und sinke auf einen der Stühle. Caroline setzt sich neben mich und Jake mir gegenüber. Ich rieche seinen herben Duft und sehe in diese fast schwarzen undurchdringlichen Augen. Ich weiß auch nicht, warum ich gerade jetzt an ihn und die Frau denken muss, mit der er am Tisch saß, aber das Bild taucht vor meinem inneren Auge auf und die Eifersucht frisst sich langsam durch mein Hirn.

„Ich könnte schwören, dass ich dich heute schon irgendwo gesehen hab.“

Caroline starrt mich an. Ich spüre ihren Blick wie eine Brandwunde.

„Heute?“, fragt Jake. „Nicht eher *gestern?*“ Seine Nasenflügel blähen sich und seine Kiefermuskeln treten hervor.

„Nein, es war bestimmt heute.“

Die Luft knistert bedrohlich und die Stille breitet sich zwischen uns aus wie eine Seuche.

„Halt! Ich *weiß*, wo wir ihn gesehen haben!“, sagt Caroline gespielt triumphierend. „Im *Racoon!*“

„Stimmt...", antworte ich lächelnd, obwohl ich ihm die *Augen auskratzen* will. „Warst du da nicht mit deiner Freundin..."

„Das war niemals seine Freundin", sagt Kyle und reicht ihm ein Bier. „Jay?"

„Es war *eine Frau*", sagt er grinsend. „Einigen wir uns darauf." *Arschloch.*

„Manches ändert sich echt nie", sagt Kyle und ich erkenne Bewunderung in seinem Blick.

Jake macht das Bier auf und setzt die Flasche an. Ich beobachte, wie sich seine Lippen um die Öffnung legen. Ein eisiger Schauer schüttelt mich, er legt sich auf meine Haut und stellt jedes einzelne Härchen auf. *Verdammt noch mal, reiß dich zusammen, er trinkt nur ein Bier.* Die goldgelbe Flüssigkeit läuft seine Kehle hinunter, dann stellt er sie ab und wischt sich mit dem Handrücken über den Mund. Der Blick, der mich dann trifft, zieht bis tief in meinen Bauch. Ein Teil in mir will ihm die Kleider vom Leib reißen, will mit ihm schlafen, *jetzt. Sofort.* Der andere will wissen, wer die Schlampe von heute Mittag war und der dritte will ihm sagen, dass das mit Kyle und mir nur *eine Nacht* war. Ein Ausrutscher. Eine Nacht, die nicht das bedeutet hat, was er denkt. Jakes Blick lässt mich flach atmen und mein Körper spielt verrückt.

„Ich habe dich vermisst...", flüstert mir Kyle ins Ohr, während Caroline krampfhaft versucht, Jake in eine schale Unterhaltung zu verwickeln. Er tut so, als würde er zuhören, aber seine Blicke sagen etwas anderes. Oder bilde ich mir das nur ein?

„Ich dich auch“, flüstere ich zurück. Mein Magen rumort und meine Hände zittern. Das bin nicht ich. Ich kann Jake nicht ansehen, weil seine Augen mich durchschauen würden und weil mich dieser herbe Duft, der in Wellen zu mir hinüberschwappt, viel zu sehr anmacht. Meine Augen folgen lieber dem Licht des alten Leuchtturms. Es treibt tausende glitzernder Funken über die schillernde Wasseroberfläche. Ein bisschen wie Feenstaub.

Eine warme Sommernacht spannt sich über uns und die Bäume wiegen sich im Wind. Jake lässt mich nicht aus den Augen. Sein Blick ist geladen. Ich bücke mich nach meinem Bier, um Kyles Armen zu entkommen, und trinke den lauwarmen Rest.

„Noch ein Bier?“, fragt Kyle in die Runde.

„Unbedingt“, antworte ich nickend, weil ich diesen Abend sonst nicht überlebe.

„Ich will lieber was rauchen“, antwortet Caroline und steht auf.

„Du hast was mitgebracht?“, fragt Kyle grinsend.

„Jap...“, sagt sie und nickt. „Ich hole es schnell.“

„Perfekt.“ Kyle schaut kurz auf die Uhr. „Wo ist eigentlich Lucas?“

„Der hat heute eine Doppelschicht.“

„Okay, wir warten hier.“

„Nein, treffen wir uns lieber am Steg“, antwortet Caroline. „Ich will keinen Ärger.“

„Du hast recht“, sagt Kyle. „Dann bis gleich.“

„Jules, kommst du?“

Jake

Ich sehe ihr im Augenwinkel nach, dann drehe ich mich zu Kyle. Der Wunsch, ihn *zusammenzuschlagen*, ist noch da. Er und die Wut darüber, dass er seine beschissenen Hände nicht von ihr lassen kann.

„Jay? Bist du okay?“ Kyle sieht mich besorgt an. Es ist der Blick des kleinen Bruders. Ja, den habe ich jetzt echt noch gebraucht.

„Ich habe die letzten Tage *kaum* geschlafen“, sage ich ausweichend.

„Sicher? Ist das alles?“

„Ja, das ist alles.“ Kyle mustert mich eindringlich. „*Ehrlich.*“

„Du würdest es mir doch sagen, wenn es etwas anderes wäre, oder?“

Ich will nicht lügen, aber die Wahrheit geht auch nicht. „Natürlich würde ich.“

„Komm schon, gib es zu, du hältst mich für einen hoffnungslosen Idioten.“

„Nein, das tue ich nicht.“ Ich lege meine Hand auf seine Schulter und schaue ihm in die Augen. „Im Gegenteil.“

Kyle stellt den Kopf schräg. „Im Ernst?“

„Warum bitte sollte ich das denken?“

„Versteh mich nicht falsch, aber hast du nicht immer gesagt, dass Männer nicht dafür geschaffen sind, treu zu sein?“

„Ja, gut..."

„Wie war das noch?", fällt er mir ins Wort. „Liebe ist eine Erfindung? Etwas für die Schwachen? Für die, die die Realität nicht aushalten?"

„Okay, ja", gebe ich zu. „das habe ich gesagt." Da kannte ich Julie noch nicht. „Vergiss, was ich gesagt habe."

„Ich habe das sowieso nie geglaubt."

„Tatsächlich?", frage ich erstaunt. „Warum?"

„Jay, du hast echt Ahnung von Frauen. Keiner weiß besser, was sie im Bett wollen, aber ich spreche von *Liebe*", sagt er. „Ich spreche von Gefühlen, die dich von innen auffressen und um den Verstand bringen." Ich schlucke. „Und das ist etwas, wovon du nichts verstehst."

„Woher willst du das wissen?", frage ich, während jeder Muskel in meinem Körper angespannt ist. Ich konzentriere mich darauf, es nicht zu sagen. Ihm nicht entgegen zu brüllen, dass ich haargenau weiß, wovon er spricht.

„Dann bist du also gerade verliebt?" Ich spüre, wie mein Herz immer schneller wird. Alles in mir kribbelt. Ich will es ihm sagen, aber ich kann nicht. Wenn ich es zugebe, werde ich mich nicht mehr zurückhalten können, dann werde ich ihm alles erzählen. Meine Fassade wird brechen und er wird sehen, was er nicht sehen darf. „Nein, oder?"

„Du kennst mich einfach zu gut", lüge ich. „Was hat mich verraten?"

„Die Art, wie du zu Frauen bist“, sagt er lachend. „Wie du sie behandelst... sie sind dir gleichgültig und ich wünschte manchmal, ich wäre mehr wie du...“

„Warum?“

„Weil dir keine Frau widerstehen kann.“ Ich höre die Bewunderung des kleinen Bruders. „Du könntest jede haben.“

„Blödsinn.“

„Doch, das stimmt.“ Er sieht mich an und grinst. „Aber ich will nicht jede. Ich will nur die *eine*. Die ganzen anderen kannst du gerne haben.“ Mein Blut kocht, es rauscht in meinen Ohren. Kyle sieht mich lange an. „Bist du sauer? Habe ich etwas Falsches gesagt?“

„Nein, alles okay“, sage ich knapp.

„Ich werfe dir das nicht vor, du warst eben nie verliebt... du weißt nicht, wie es ist, mit der *einen* Frau zu schlafen, die du liebst.“ Er sieht mich an, während mein Herz wie verrückt in meiner Brust schlägt. Während sich meine Fäuste ballen und ich die Zähne zusammenbeiße. Ich sehe ihn mit Julie, sehe wie sie miteinander schlafen. Sehe seine Hände auf ihrer Haut, sehe, wie sie es genießt, höre sie stöhnen, spüre diese Innigkeit, dieses Vertrauen. Die Zeit, die sie verbindet. „Du weißt nicht, wie es sich *anfühlt...* “

„Kann sein“, falle ich ihm ins Wort. „Trotzdem halte ich dich nicht für einen Vollidioten.“ Ich spüre, wie sich eine tiefe Falte zwischen meine Brauen legt. „Okay?“

„Okay“, antwortet er nickend.

„Wollen wir gehen?“

„Ja."

Ich stehe auf und wir gehen gemeinsam zum Steg.

•••

„Und, wie findest du sie?"

Ich habe auf die Frage gewartet und gleichzeitig gehofft, dass er sie nicht stellt.

„Julie ist *wirklich*... also..." Ich nicke anerkennend. „Wow, ehrlich..."

„Findest du?"

Fuck. Er klingt *stolz*. Stolz, weil sein großer Bruder sein Mädchen toll findet. Wenn er wüsste, *wie* toll, würde er mich töten.

„Sie hat Klasse", antworte ich.

„Warte", sagt er und bleibt stehen. „Wie kommst du auf Julie?"

„Was?"

„Na, du hast Julie gesagt..."

Scheiße. „Hab ich das?"

„Ja...", antwortet er lachend.

„Ach, ich und Namen...", sage ich grinsend.

„Es ist witzig, dass du sie so nennst...", antwortet er und schüttelt den Kopf. „Weißt du, sie heißt eigentlich Julie, aber wir nennen sie Jules..."

„Ach, was..."

Kyle sieht nachdenklich aus. Seine Stirn liegt in Falten.

„Was ist?"

„Ich weiß auch nicht“, sagt er seufzend. „Sie ist irgendwie anders.“

„Julie? Also ich meine... Jules?“

„Ja... Irgendetwas stimmt nicht.“

„Na, vielleicht ist sie müde? Langer Tag und so...“

„Sie war gestern schon so seltsam...“

„Inwiefern?“, frage ich und trinke mein Bier aus.

„Ich hatte die Nachtschicht bis um eins und ich war mir sicher, sie wäre schon in der Unterkunft, aber das war sie nicht...“

Mir bricht der Schweiß aus und das schlechte Gewissen kriecht in meinen Magen.

„Kapier ich nicht... Wenn sie nicht da war, wie kann sie dann komisch gewesen sein?“

„Na, ich habe auf sie gewartet...“

„Du... du hast auf sie *gewartet?*“, frage ich perplex. „Was denn, etwa vor ihrer Tür?“

„Ja, ich weiß, das ist armselig, aber ich wollte sie unbedingt sehen.“

Fuck. Mein kleiner Bruder wartet auf die Liebe seines Lebens, während ich am Pool über sie herfalle.

„Okay... und dann?“

„Sie kam um kurz nach vier.“

„Sie war bestimmt nur auf dieser Strandparty...“

„Ja, das war sie“, antwortet Kyle seufzend. „Nur, dass *niemand* sie gesehen hat... auch Linni und Lucas wissen nicht, wo sie war.“

„Na ja, das muss ja nichts heißen.“

„Nein, das stimmt, das muss es nicht“, gibt er zu. „Ich habe sie dann gefragt...“

„Und?“

„Sie meinte, sie hätte sich verquatscht... die Zeit vergessen.“ So kann man es auch nennen. „Ach, ich weiß auch nicht...“

„Du glaubst ihr nicht?“, forsche ich.

„Das ist es nicht... aber etwas an der *Art*, wie sie es gesagt hat, war komisch.“ Ich will gerade etwas einwerfen, da schüttelt er den Kopf. „Mein Gott, ich muss dich zu Tode langweilen...“

„Tust du nicht.“

„Ja, genau...“, sagt er lachend.

„Nein, im Ernst“, antworte ich. „Du langweilst mich damit nicht.“ Bevor ich weiter nachhaken kann, höre ich Schritte hinter mir.

„Da seid ihr ja“, sagt Caroline lächelnd und zeigt in Richtung Steg. „Wollen wir?“

•••

Ich sitze neben Julie und ignoriere Kyles Hand auf ihrem Schenkel. Stattdessen sehe ich ihr dabei zu, wie sie den Joint baut. Ich beobachte ihr Gesicht und diesen konzentrierten Blick. Sie verteilt das Gras auf dem Paper und dreht es zwischen ihren Fingern. Julies Füße baumeln im Wasser.

„Du riechst *fantastisch*“, flüstere ich so leise, dass nur sie mich hören kann, und sie sieht mich kurz an. Es ist nur ein Augenblick, dann schaut sie sofort wieder weg. *Fuck*. Ich hätte das nicht sagen sollen.

Unsere Körper trennen nur ein paar Zentimeter und es ist eine Qual. Ich kann kaum atmen. So muss es sich anfühlen zu ersticken. Mein Mund ist trocken und meine Hände werden eiskalt. Ich frage mich, ob Caroline Bescheid weiß. Lenkt sie Kyle ab, oder ist sie immer so? So aufgedreht.

Julie schleckt über das Paper und klebt die Enden zusammen. Ihre türkisblauen Augen finden wieder für eine Sekunde meine, dann schaut sie weg. *Was für eine Farbe.* Sie zieht ein Feuerzeug aus der Hosentasche und zündet den Joint an.

Sie zieht einmal lange, dann reicht sie ihn mir. Ich ziehe zwei Mal. Drei Mal. Atme tief ein und spüre, wie mein Herz sich beruhigt. Als ich ihn ihr wieder gebe, berühren sich unsere Fingerspitzen. *Mein Gott.* Diese winzige Berührung durchströmt mich wie ein verdammter *Stromschlag.* Meine Augen stolpern über ihre Lippen, die sich um den Joint legen und daran saugen. Und dieser Anblick lässt mich hart werden. *Fuck.* Dieser *Mund.* Sie zieht ein zweites Mal und in meiner Fantasie küsse ich sie. Ihr feuchter Atem trifft mein Gesicht und alles zieht sich zusammen. Ich spüre, wie mein Schwanz weiter wächst. *Fuck, ich will sie.* Und ich will sie nicht nur ficken. Meine Hände werden taub. Ich darf nicht daran denken, wie sich ihre Lippen anfühlen. Wie es wäre in sie einzudringen und sich in ihr zu bewegen. Sie zu riechen, ihre Haut auf meiner zu spüren. Ihr Stöhnen zu hören. Ich darf mir den Ausdruck in ihren Augen nicht vorstellen und auch nicht die Anspannung in dem *Bruchteil* einer Sekunde, bevor sie kommt. Und obwohl ich das alles nicht sehen will, läuft der Film gestochen scharf weiter. Jedes noch so kleine Detail, jede Berührung. Ich in ihr. Sie auf mir. Wir bewegen uns, während ich sie küsse. Meine Hände, die sie führen, meine Haut, die unter ihren Händen brennt. Jeder Muskel in meinem Körper steht unter Strom.

„Ist alles okay?“, fragt Kyle und hält mir den Joint hin.

„Sicher.“ Ich nehme ihm den Joint aus der Hand. *Nichts ist okay,* denke ich und nehme einen langen Zug.

Julie sieht zu mir herüber. Ihr Blick brennt auf mir. Caroline fragt Kyle irgendwas über Clearwater Bay. Ich höre ihn antworten, aber ich höre nicht, was er sagt. In meinem Kopf ist nur Julie. Wie sie mich ansieht, sich die Lippen befeuchtet und wie sie glänzen, wenn der Leuchtturm sein Licht über die Bucht schickt. Ihr Cocos-Duft umgibt mich wie eine Wolke und durch ihre Augen schimmern unzählige Gedanken. Ich sehe sie wie durch eine beschlagene Scheibe.

„Was denkst du?“, flüstere ich.

Julie

„Das hier ist ein *Albtraum*", flüstert ein Teil von mir, der die Situation besser im Griff hat als ich.

„Findest du?", flüstert er zurück. *Gott, seine Stimme ist sexy.* Er rückt noch etwas näher an mich heran. Ich spüre die Wärme seiner Haut. Etwas in seiner Hosentasche vibriert.

„Du... du hast ein neues Handy?", flüstere ich und schlucke.

Er nickt und zieht es aus der Tasche. Seine Augen lesen eine Nachricht und ich halte es kaum aus, nicht zu wissen, von *wem* sie ist. Er sieht mich an.

„Alles okay?" Der Klang seiner dunklen Stimme erinnert mich an seinen Körper, der sich an meinen drängt, und an das Gefühl, wie sie dumpf durch meine Knochen vibriert. Meine Hände werden kalt und dieses hektische Pochen in meiner Brust läuft mir eisig über den Rücken.

„Jules?" Kyles streicht über meinen Schenkel und ich spüre die Anspannung in Jakes Körper.

„Hm?", frage ich.

„Lust auf Kino am Pier?"

Ich habe *überhaupt keine* Lust, aber ich kann nicht nein sagen.

„Was für eine Frage", sage ich und zwinge mich zu einem Lächeln.

„Okay, ich frag die anderen..." Er dreht sich zu Jake. „Du kommst doch auch mit, oder?"

Jake sieht mich kurz an, dann schüttelt er den Kopf. „Ich bin schon verabredet."

Die Eifersucht reißt mich in Fetzen, aber ich schlucke die Fragen hinunter, die eine dunkle Stelle in mir stellen will.

„Bring sie doch mit", antwortet Kyle.

„Kyle..."

„Nein, ehrlich, es stört uns nicht", sagt er und grinst. Und wie es mich stören würde. Dann dreht er sich wieder zu mir. „Süße, ich bin gleich wieder da."

„Okay", sage ich und ringe nach Luft.

„Und ich..." Caroline sieht mich einen Moment nur ratlos an. „Ich rufe Lucas an", flüstert sie und sieht mich ein letztes Mal warnend an, dann geht sie den Steg hinunter.

„Weiß sie das von gestern?", flüstert er, sobald sie außer Sichtweite ist. „Hast du es ihr gesagt?"

„Ja", antworte ich.

„Aber sie wird es für sich behalten..." Ich nicke. „Sicher?"

„Kyle wird nichts davon erfahren."

„Gut." *Arschloch.* Ich lasse mir nicht anmerken, wie sehr er mich mit jedem Wort verletzt. Zumindest versuche ich es. Und dann mache ich den Fehler. Ich schaue in seine Augen und falle. Viel zu tief. Ich möchte ihn fragen, mit wem er verabredet ist. Ich will wissen, wie sie heißt. Ich will ihn küssen. Aber das alles darf ich nicht. Er ist nicht nur ein anderer

Mann. Er ist *Kyles Bruder.* Okay, sein Halbbruder. Aber das ändert nichts. Sie sind Brüder. Und es gibt *niemanden,* den Kyle mehr bewundert. Ich will einfach nicht glauben, dass der Jay, dem ich schon so oft habe Grüße ausrichten lassen, mein Jake ist. Aber genau so ist es. Es ist derselbe Jay, von dem Kyle mir die wildesten Frauengeschichten erzählt hat. Der Jay, der es mit keiner Frau Ernst meint. Das mit uns war bestimmt nur ein Spaß für ihn. Etwas, um sich die Zeit zu vertreiben. Ein Mittel gegen Langeweile.

Und trotzdem nutzen meine Augen den Moment und küssen ihn. Sie ertrinken in seinen. Seine Augen ziehen mich aus und ich wünschte, es wären seine Hände.

„Jules! Kommst du?", bricht Carolines Stimme in meine Gedanken. Ich schlucke und drehe mich um.

„Bin gleich da!" Dann sehe ich wieder zu Jake und rapple mich auf. „Na dann. Ich muss..."

Jake schaut mich an, dann sagt er angespannt: „Ich bleibe besser noch kurz sitzen." Mein Blick fällt in seinen Schritt. Seine Erektion stemmt sich gegen den Reißverschluss. „Du verstehst", flüstert er.

Ich verstehe gar nichts. Die Situation überfordert mich. Okay. Er fühlt sich ganz offensichtlich zu mir hingezogen. Aber ist da mehr? Fühlt er, was ich fühle? Was genau ist das zwischen uns? Ich will etwas sagen. Ich will ihn fragen, ob ich nur eine von vielen war, aber ich fürchte mich viel zu sehr vor der Antwort.

Meine Augen versuchen in ein paar Sekunden genug von ihm aufzusaugen. Ein kleines bisschen so, als wollten sie wiedergutmachen, dass sie nicht ein ganzes Leben dafür Zeit haben. Es gäbe so viel zu sagen, aber alles, was ich sagen will oder sollte, bringe ich nicht raus. Es steckt mir im Hals und liegt mir auf der Zunge. Und gerade, als ich endlich den Mut fasse, in *der Sekunde,* als ich Luft hole, schüttelt Jake den Kopf und sagt: „Du solltest gehen."

„Aber..."

„Kyle wartet."

Jake

Ich schaue ihr nach. Verloren. In meinen Gedanken und Gefühlen. Sie dreht sich noch einmal zu mir um. Der Blick in ihren Augen legt sich wie eine Faust um mein Herz und drückt langsam zu. Ich will sie in die Arme nehmen. Ihr die Wahrheit sagen. Auf meinen Bauch hören. Aber das wäre Hochverrat.

Ich suche Andrews Nummer heraus. Es hat noch nicht einmal geklingelt, da ist er schon dran.

„Jake, *wehe,* du sagst ab“, sagt er beschwörend, als er ans Telefon geht.

Ich seufze schwer.

„Jake? Ist alles okay?“

„Fuck, nein, *nichts* ist okay...“, antworte ich und schließe die Augen. Als würde das etwas helfen.

„Was ist passiert?“

„Du hattest recht“, flüstere ich.

„Womit? Wovon redest du?“

„Da ist diese Frau...“

„Ahhhh“, sagt Andrew wissend. „Verstehe.“ Ich höre ihn grinsen. „Und sie wird dort sein.“

„Ja, mit einem *anderen.*“

„Ach komm, egal mit wem sie hingeht, dieser arme Teufel hat doch *keine Chance* gegen dich.“

„Es ist mein Bruder, Andrew...“

„Fuck.“

„Du sagst es", antworte ich seufzend.

Einen Moment schweigen wir, dann räuspert er sich.

„Okay, also wir haben verschiedene Optionen."

Ich muss lachen, weil das so typisch Andrew ist.

„Optionen?"

„Michelle ist mit einer Freundin in der Stadt."

„Ich passe."

„Jake, jetzt komm schon... wir könnten den Film anschauen, ein bisschen was trinken..."

„Oder aber du triffst dich mit Michelle und ich fahre zurück nach Clearwater."

„Und was mache ich mit Ivy?"

„Ich nehme mal an, das ist ihre Freundin?", frage ich lachend. „Ich bin mir sicher, du wirst mit beiden fertig..."

„Nein, das mit Michelle und mir ist echt *schwierig.*" Ich atme tief ein und langsam aus. „Du würdest mir damit echt einen Gefallen tun... und glaub mir, vom Zuhausesitzen wird es auch nicht besser... Ich *weiß*, wovon ich spreche."

„Andrew, du verstehst das nicht... sie mit ihm zu sehen, bringt mich um."

„Alter, ich verstehe das *so viel besser* als du denkst."

Ich weiß nicht, warum ich es tue. Vielleicht, weil ich in ihrer Nähe sein will, auch wenn es keinen Sinn macht. Oder weil ich mit eigenen Augen sehen muss, dass das mit uns beiden einfach keine Zukunft hat. Vielleicht, weil ich es verdient habe, zu leiden, oder weil ich mich gern selbst quäle. Ach, keine Ahnung, vermutlich, weil ich nicht anders kann.

„Okay, aber ich weiß nicht, ob ich lange bleibe."

„Deal", antwortet Andrew. „Dann sehen wir uns in einer Stunde."

...

Ich hänge das Handtuch auf, sprühe mich mit Parfum ein und gehe nackt nach nebenan. Wo ist der Jake, der das Beste aus der Situation machen wollte? Der Jake, der sich auf einen Sommer mit seinem kleinen Bruder an der Ostküste gefreut hat? Einen Sommer voller *Lucys?* Auf tolle Frauen mit tollen Titten? Darauf, sie flachzulegen? Eben der Jake, den ich *kenne?* Oder sollte ich lieber sagen, der, den ich kannte?

Aus dem neuen werde ich nicht schlau. Weder aus ihm, noch aus Julie. Sie schläft mit Kyle, macht aber mit mir rum. War da etwas zwischen uns oder nicht? Habe ich es mir eingebildet, weil ich sie will? Weil mich der *bloße Gedanke* daran wahnsinnig macht, dass Kyle sie angefasst hat? Habe ich mir die Spannung eingebildet? Die Blicke und das Knistern? War es nur Neugierde? War es der Alkohol? Hatte sie überhaupt getrunken?

...

Es ist kurz vor neun, als Andrew sich neben mir auf die Decke fallen lässt.

„Viel Bier..." Er stellt eine Tüte zwischen uns ab. Dann eine zweite. „Und noch mehr Bier..."

Er mustert mich mit diesem Blick, den ich gerade echt nicht brauchen kann. Ich hebe die Hände und sage: „Bevor du fragst, ich will nicht darüber reden."

„Okay, wow... wirklich so schlimm..."

„Ich brauche einfach nur ein Bier."

„Damit kann ich dienen..." Er nimmt eines aus der Tüte, macht es auf und reicht es mir. „Und es gibt noch Nachschub."

„Danke."

„Die Mädels dürften jeden Moment kommen."

„Nur noch mal um sicherzugehen, wenn es mir zu blöd wird..."

„Dann haust du ab", fällt Andrew mir ins Wort. „Ich weiß."

Julie

Lucas und Caroline sind schon am Pier. Sie wollten noch ein Eis essen. Wie kann sie mir das nur antun? Okay. Ich atme tief ein, während Kyle und ich allein nebeneinander die Promenade entlanggehen. Wie ein verliebtes Pärchen. Er sucht die Berührung, die ich fast schon verzweifelt versuche zu verhindern.

Erst stand zwischen uns nur das *klärende* Gespräch, das ich nicht führen will. Diese längst überfällige Aussprache, die bedeuten würde, dass ich ihn ablehne, obwohl ich das nicht will. Jetzt steht daneben noch die Nacht mit Jake. Schlimmer noch. Meine Gefühle für ihn. Die Tatsache, dass ich mich in ihn verliebt habe und das noch bevor ich auch nur seinen Namen kannte.

Mein Leben ist im Schleudergang. Und alles dreht sich um Jake Baker. Um das, was sein könnte, wenn es sein könnte. Das Durcheinander hat mich im Schwitzkasten, während ich versuche einen Weg zu finden, den es nicht gibt. Eine Lösung. Ich will Kyle nicht wehtun. Im Gegenteil. Ich *will* ihn wollen. Aber etwas in mir scheint schon längst in die Jake Street abgebogen zu sein. Dieses Etwas geht die ersten Schritte in eine unsichere Zukunft, während ich neben Kyle her schlendere. Seine Hand kommt meiner immer wieder näher und ich weiche ihr immer wieder aus. Ihr und seinem fragenden Blick. Stattdessen wandern meine Augen über den Pier. Er thront wie eine stolze Bühne über der Brandung. Die schicken Restaurants und verträumten Cafés säumen den langgezogenen Strand und die warmen Lichter der Kugellampen spiegeln sich glitzernd im Wasser. Wir gehen an den sündhaft teuren Booten vorbei, die im Schutz des Hafenbeckens gemütlich vor sich hin schaukeln, und an Pärchen, die verliebt auf Bänken sitzen. Es fühlt sich ein bisschen so an, als würden wir in einer Postkarte spazieren gehen. Ich muss lachen.

„Was ist so komisch?“, fragt er und ich spüre sein Lächeln in der Seite.

„Nichts... ich...“, sage ich und schüttle den Kopf. „Ich fühle mich hier nur wie in einer Postkarte.“

„Ist das etwas Schlechtes?“, fragt er und sieht wieder aufs Meer hinaus.

„Nein... Nicht wirklich“, antworte ich. „Es fühlt sich nur nicht echt an.“

Bevor ich ihm ausweichen kann, greift er plötzlich nach meiner Hand, zieht mich an sich und legt mir liebevoll den Arm um die Schulter. Eine Geste, die noch vor vier Monaten gar kein Problem gewesen wäre, sich aber jetzt wie eine Liebeserklärung anfühlt. Er zieht mich noch ein bisschen fester an sich und flüstert: „Ich liebe diesen Ort...“

Seine Nähe lässt mich schneller atmen. Ich spüre seinen Körper dicht an meinem, spüre die Muskeln, die sich gegen meine Haut drängen, rieche sein Parfum. Es ist ein Duft, den ich genauso lange kenne wie ihn. Ich fühle mich wohl in seinen Armen. *Sicher.* Kyle würde mich nie verletzen. Er ist für mich da und das wäre er auch in Zukunft. Aber ist das die

Zukunft, die ich will? Ich denke an Jake und diesen Blick, der mich willenlos macht und der eine Seite in mir zum Leben erweckt, die ich nicht kannte. Die es vor ihm nicht gab. Eine Seite, die mir Angst macht, mich aber zur selben Zeit auch unendlich anzieht.

„Was geht dir durch den Kopf?"

„Nichts", lüge ich.

Er bleibt stehen und sieht mich an.

„Irgendwas stimmt doch nicht mit dir", flüstert er und nimmt mein Gesicht zwischen seine Hände. „Süße, was ist los?"

„Kyle, ich bin müde und bekifft", antworte ich grinsend und hoffe, dass er mir glauben wird.

Sein Blick durchbohrt mich. Er scheint bis in die hinterste Ecke meines Hirns zu dringen.

„Und sonst ist wirklich nichts?"

Ich schüttle nur den Kopf und lasse eine weitere Möglichkeit verstreichen, ihm die Wahrheit zu sagen. Ihm von *Jake* zu erzählen. Von unserer Nacht. Von diesen Gefühlen, die mich fast umbringen. Und von der *unbändigen* Angst unsere Freundschaft für immer zu verlieren.

„Habe ich etwas falsch gemacht?"

„Was?! Nein... nein, das hast du nicht."

Meine Stimme klingt überzeugend, mein Magen ertrinkt in Übelkeit. *Ich* habe etwas falsch gemacht. Ich hätte nie mit ihm schlafen dürfen.

„Dann ist mit uns alles okay?"

„Mit uns ist alles okay", lüge ich und schlucke.

Er drückt mir einen sanften Kuss auf die Stirn, dann gehen wir Arm in Arm weiter und ich blende aus, dass ich mich jeden Moment übergeben könnte. Ich ignoriere den Schwindel, konzentriere mich auf mein unbeschwertes Gesicht und betrachte die Postkartenidylle. Das endlos weite Meer, den feinen Sandstrand und die weitläufigen Pinienwälder. Ich betrachte die Leinwand im seichten Wasser, die nur noch auf die Dunkelheit und das Rampenlicht zu warten scheint. Ich sehe Boote, die sich an ihren Bojen befestigt in den Wellen wiegen. Es ist magisch, wenn sich nach Sonnenuntergang alle hier treffen. Der Himmel prahlt in einem Verlauf von Violett bis Dunkelblau. Zum Horizont hin leuchtet er in einem zarten Orange-Rosa. Dieser Anblick verschlägt mir jedes Mal wieder die Sprache. Weit entfernt entdecke ich den Leuchtturm. Er schickt sein Licht über die Bucht.

„Der Leuchtturm", flüstere ich. „Wie heißt noch gleich die Stadt, in der er steht?"

„Clearwater Bay...", antwortet Kyle und bleibt stehen. „Waren wir dort schon mal zusammen?"

Clearwater Bay.

„Wir wollten letztes Jahr hin, aber haben es nicht geschafft, weißt du noch?"

„Richtig, da war was", sagt er nickend. „Wie wäre es mit morgen? Jake wohnt in CB. Wir könnten ihn besuchen und zusammen die Stadt anschauen..."

„Ich...", stottere ich und schüttle den Kopf. „Da kann ich nicht. Ich habe morgen eine Doppelschicht. Danach kannst du mich vergessen."

„Und übermorgen?"

„Übermorgen habe ich die am frühen Abend."

„Perfekt, ich habe die späte Bootstour", sagt er grinsend. „Wenn wir früh genug fahren, dann lohnt es sich."

„Ja, schon, aber-"

„Bitte, Jules. Wir haben uns seit Monaten nicht gesehen." Kyle streicht mir sanft über die Wange. „Es ist doch nur ein Tag und es ist mir wichtig, dass Jay und du euch besser kennenlernt."

Mein Gott, wenn er wüsste, *wie gut* wir uns bereits kennengelernt haben, er würde Jake umbringen. Und danach mich. Ich atme tief ein und lächle tapfer gegen die Tränen.

„Komm schon, Süße, sag ja... Ich verspreche dir, du wirst *Clearwater* lieben." Daran habe ich keinen Zweifel. „Und glaub mir, niemand kennt sich dort so gut aus wie mein Bruder."

„Denkst du nicht, dass ihm das *zu blöd* ist?", frage ich ausweichend. „Ich meine, vermutlich hat er etwas Besseres zu tun..."

„Wieso? Hat er etwas Blödes zu dir gesagt?"

„Nein, *überhaupt* nicht", sage ich und schüttle den Kopf.

„Also war er nett..."

Ich nicke und lächle und denke an Jakes Hände unter meinem Shirt und seine Lippen auf meinen. An die Funken und das Kribbeln. An diesen Kuss. „Ja", antworte ich und schlucke. *„Sehr sogar..."*

„Und wie findest du ihn?“, fragt er und ich spüre seinen Blick auf mir.

„Wen? Jay?“, frage ich ausweichend.

„Ja, Jay.“

„Warum?“, frage ich, während die Übelkeit in mir hochsteigt. „Willst du mich mit ihm verkuppeln?“

Kyle lacht bitter. „Nein, ganz sicher nicht...“ Er schaut mich an. „Du und Jay wäre so ungefähr das Schlimmste, was passieren könnte.“

Die Übelkeit kriecht immer weiter in mir hoch. Sie reicht mir fast bis zum Kinn. „Was ist jetzt mit Clearwater Bay?“

„Du hast Lust?“

„Na ja, nur wenn du willst.“ Ich sehe Kyle an. „Mir ist es echt egal.“ Das ist es nicht.

„Doch, doch, unbedingt.“ Er grinst. „Dann frage ich Jay wegen übermorgen...“

„Okay...“

Ich weiß, ich sollte *nein* sagen. Ich sollte mich nicht freuen, Jake wiederzusehen. Ich sollte einfach die Karten auf den Tisch legen. Aber ich kann es nicht. Es macht mich fertig zu lügen, aber ich kann ihn nicht *nicht* sehen. Nicht *nicht* an ihn denken. Bei den Bildern der letzten Nacht überfällt mich die Gänsehaut.

„Frierst du?“, fragt Kyle und streicht mir mit dem Daumen über den Arm. „Du kannst meinen Pullover haben.“ Ich schüttle den Kopf und lächle ihn an, während das schlechte Gewissen von innen gegen meine Schläfen trommelt. „Sicher?“

„Ganz sicher."

Die ersten Sterne funkeln und große Lagerfeuer erhellen den Strand. Überall sehe ich glückliche Menschen. Sie liegen im Sand, machen es sich auf den vielen kleinen Booten gemütlich oder sitzen auf einer der Wasser-Schaukeln.

„Schau mal", flüstert Kyle. „Da vorne sind noch ein paar Schaukeln frei..."

Wir ziehen die Schuhe aus. Die Wellen brechen an meinen Beinen. Und während wir gemeinsam durchs seichte Wasser waten, entdecke ich in der Ferne Jake und einen gutaussehenden dunkelblonden Typen mit zwei sehr hübschen Mädchen. Und dieser Anblick ist wie ein Schlag ins Gesicht.

Jake

Die Bilder von Julie und Kyle fressen sich immer tiefer in mein Hirn. Diese Nähe und die Geschichte, die sie haben. Die *Jahre,* die sie verbinden. Ich könnte das nicht einmal dann aufholen, wenn Julie und ich auch nur den Hauch einer Chance hätten. Sie ist *sein* Mädchen und das in jeder Hinsicht.

Als ich sie gestern geküsst habe, wusste ich das noch nicht. Das Problem ist, dass ich es jetzt weiß. Und dass ich mir nicht über den Weg traue, wenn es um Julie geht. *Fuck,* ich vermisse die Zeiten, in denen ich Frauen einfach nur gefickt habe. In denen ich nichts weiter wollte, als dass sie sich ausziehen. Ich wollte nur, dass sie stöhnen, und nicht hören, was sie denken. Ich wollte, dass sie mir einen blasen, und sie nicht in den Arm nehmen. Ivy ist jung, verdammt sexy und himmelt mich an. Okay, vielleicht zu jung, aber das hätte mich nicht davon abgehalten. Sie ist perfekt für eine Nacht. Für zwanglosen Sex. Ihre Lippen sehen vielversprechend aus und ihre Augen leuchten, wenn sie mich ansieht, als wäre ich ein Geschenk, das sie auspacken will. Und ich? Ich tue so als hätte ich Spaß.

Ich will einfach wieder *ich* sein. Wieder der Jake, dem es total egal wäre, dass Ivy zu jung ist. Der sich einfach keine Gedanken darüber machen würde, ob sie sich in mich verliebt. Und das würde sie. *Sie tut es bereits.* In diesem Moment. Weil sie etwas in mir sieht, das nicht da ist. Etwas, das sie *sehen will.* Nicht das, was da ist. Vor ein paar Tagen hätte ich ihren Körper genossen. Die Art, wie sie mich ansieht. Ich hätte ein paar Stunden mit ihr verbracht und sie dann sofort wieder vergessen.

„Was führt dich nach Oceanside?", fragt Ivy und setzt sich im Schneidersitz vor mich.

Das hat Julie mich gefragt. Und auch, wenn es lächerlich ist, es ärgert mich, dass sie *gerade diese* Frage stellen musste.

Gerade als ich ihr antworten will, sehe ich im Augenwinkel, wie ein Kerl zu unserem Platz kommt. „Hey, Andrew!"

Meine Augen folgen der Stimme und dem Lachen und finden einen braungebrannten Surfer-Typen mit hellblauen Augen und einem extrem ansteckenden Grinsen. Es wundert mich nicht, dass Andrew und er sich mögen. Na ja, andererseits, *jeder* mag Andrew.

„Hey! Schön dich zu sehen!", antwortet Andrew lachend. „Lucas, das ist mein Kumpel Jake, Jake, das ist Lucas. Er arbeitet jeden Sommer hier."

„Hi Jake, freut mich." Er streckt mir grinsend die Hand entgegen.

„Mich auch."

„Und das sind Michelle und Ivy." Er nickt ihnen zu und winkt. „Komm schon, bleib doch auf ein Bier", sagt Andrew und zeigt zu uns auf die Decke.

„Ein anderes Mal echt gerne, aber ich hole nur kurz für meine Freundin und mich etwas zu essen." Er zeigt in Richtung Meer. „Wir sind da hinten, falls ihr vorbeischauen wollt."

„Klar gerne, dann schönen Abend."

„Mach's gut, Andrew", sagt er, dann schaut er zu mir. „Jake, wir sehen uns bestimmt noch."

Als Lucas verschwunden ist, lehnt Ivy sich wieder zu mir. „Also?", fragt sie im Flüsterton und beißt sich auf die Unterlippe. „Was führt dich hierher?"

„Ich besuche meinen Bruder", sage ich knapp.

„Es gibt noch einen zweiten von deiner Sorte? Wow", antwortet sie und befeuchtet sich die Lippen.

„Bullshit...", wirft Andrew ein. „Es gibt nur einen Jake Baker..."

„Hätte mich auch gewundert", haucht sie und schaut mich von unten an. *Sie will mich.* Alle Ampeln stehen auf grün, ich müsste mich nur zu ihr rüber lehnen und sie küssen. Sie würde nicht *nein* sagen. Sie würde mich auch hier vor allen anderen ranlassen, weil sie denkt, wir hätten eine Chance.

Ein Teil in mir möchte ihr Angebot nur zu gerne annehmen. Aber genau das ist das Problem. Der Teil, der es annehmen müsste, reagiert nicht auf sie. Weder auf ihre harten Brustwarzen noch auf den Ausschnitt. Ihre Hotpants bedecken wirklich nur das Nötigste und die Art, wie sie dasitzt, ist eine *eindeutige* Einladung. Aber ich spüre leider *nichts*. Die nackten Tatsachen werden überschattet von dieser geballten Ladung Julie und Kyle.

„Wollen wir vielleicht ein kleines Stück spazieren gehen?" Ihre Stimme klingt nach Schlafzimmer, ihr Blick ist eine Einladung zum Sex und ich wünschte, ich könnte *ja* sagen. Sie lächelt. „Die Yacht meines Onkels liegt im Hafen."

„Und?“

„Und?“, fragt sie lachend. Sie kommt noch näher und flüstert. „Muss ich es wirklich aussprechen?“ Ich spüre ihren Atem an meinem Hals. „Ich will dich...“

„Was?“ Das plötzliche Lachen vibriert in meinem Bauch und ich weiche zurück.

„Ach komm schon, tu nicht so verwundert. Du bist verdammt heiß. Und das weißt du.“ Sie kommt wieder etwas näher und sieht mich von unten an.

„Ivy?“, fragt Michelle und legt ihre Hand auf Ivys Schulter. „Ich hole uns was zu essen. Hilfst du mir beim Tragen?“

„Sicher.“ Ivy sieht zwar alles andere als begeistert aus, steht aber auf. „Nicht weggehen. Ich bin gleich wieder da.“

Kaum ist sie weg, schaue ich automatisch wieder zu Kyle und Julie. Die beiden zu sehen, zieht alles in mir zusammen. Ich nehme das eiskalte Bier, setze die Flasche an und trinke. Die Flüssigkeit überrascht die köchelnde Wut in meinem Bauch, kann sie aber nicht löschen. *Eifersucht.* Ich wusste nicht, wie sich das anfühlt. Und wenn man es genau nimmt, wollte ich es auch nicht wissen. Alles brennt, während ich den beiden dabei zusehe, wie sie den Film zusammen ansehen. Julie schaukelt. Sie wirkt so *unbeschwert.* Neben ihm. *Mit ihm.* Fremde Gefühle kriechen aus einem Bereich in meinem Hirn, den ich nicht kannte. Wie von einem alten, verstaubten Dachboden der Empfindungen. Dunkel und voller Leichen, die man in diversen Schränken vor sich selbst versteckt. Wie

Sehnsucht. Und Liebe. Auf diesem Dachboden steht ein Julie-Altar und ich bete sie an. *Fuck!*

„Baker, sprich mit mir...“, drängt sich Andrews Stimme in meinen Kopf zu den Bildern von Julie in meinen Armen.

„Was?“, frage ich mit geballten Fäusten, als ich die Realität wieder vor mir sehe.

„Also, so wie du die beiden anschaust, musst du entweder jeden Moment kotzen oder aber du planst einen Mord...“ Er grinst mich an. „Ich kann beides – dir eine *Tüte* geben oder aber dein *Komplize* sein...“

„*Vergiss einfach,* was ich vorhin gesagt habe, okay?“

„Wie könnte ich das je vergessen?“, fragt er und greift sich theatralisch ans Herz. „Baker... du erlebst mich sprachlos.“

„Fick dich“, sage ich, muss aber lachen.

„Nein, jetzt mal im Ernst... *wer* ist sie?“

Einen Moment schaue ich Andrew nur an, dann atme ich tief ein und antworte: „Ihr Name ist Julie Donovan.“

Julie

„Suchst du jemanden?“, fragt Kyle und greift nach meiner Hand.

„Ich?“ Meine Stimme klingt ertappt. Mist. „Nein, gar nicht.“

„Okay, und warum schaust du dich dann alle paar Sekunden um?“

„Tue ich das?“, frage ich kopfschüttelnd.

„Ja“, antwortet er lachend. „Und zwar bereits seit wir hier sind.“

„Ist mir gar nicht aufgefallen.“

Ich ziehe meine Hand aus seiner und springe von der Schaukel. Kyle sieht mich nur fragend an.

„Was ist?“

„Ich habe Hunger. Du nicht?“

„Doch... lass uns was essen...“

•••

Ich bilde mir ein, Jakes Nähe zu fühlen, fast so, als wären wir miteinander verbunden. Ich spüre seine Augen auf mir. Sie berühren mich wie Hände, die über meine Haut gleiten. Ich spüre diesen Blick, der mich durchschaut, der die Festung um mein Herz ins Wanken bringt. Das kühle Wasser umspült meine Waden und saugt die Hitze aus dieser Nacht und dem Moment. Kyle und ich gehen zusammen zum

Strand zurück und bei jedem Schritt versinken meine Füße ein bisschen tiefer im Sand, so als wollten sie mich vor einem Fehler bewahren. Während Kyle unsere Sachen zusammenpackt und seine Schuhe anzieht, tue ich so, als würde ich den Film ansehen, während ich in Wirklichkeit aus dem Augenwinkel Jake beobachte.

„Hey...“, flüstert Kyle und drückt meine Hand.

„Hm?“, frage ich und schaue ihn an.

„Da drüben ist Jake.“ Er deutet zu ihm hinüber. „Können wir kurz Hallo sagen?“

„Sicher, warum nicht?“ Warum nicht? Mir fallen mindestens zehntausend gute Gründe ein, warum es besser wäre, einfach zu gehen.

Mit jedem Schritt flutet mich das Adrenalin. Alles kribbelt und mein Magen zieht sich zusammen.

„Alter, allein wie du sie anschaust!“, sagt der Typ, der neben Jake sitzt.

„Wie denn bitte?“, antwortet er.

„Du hast sie mit den Augen gevögelt, seit wir hier sind!“

„Blödsinn“, sagt Jake und bricht in schallendes Lachen aus. Es ist ein warmer Klang, der mich bestimmt anstecken würde, hätte ich nicht gehört, worum es gerade ging. Die Vorstellung, dass er sie heute Nacht vermutlich noch wirklich *vögeln* wird, schnürt mir die Luft ab. Die legendären Geschichten über Jay sind dann wohl wahr.

Als er mich sieht, verschwindet die Leichtigkeit aus seinem Gesicht. Seine Augen mustern mich, dann entdeckt er Kyle und grinst.

„Hey“, sagt er strahlend und steht auf. „Andrew, du erinnerst dich sicher an meinen Bruder Kyle.“

„Selbstverständlich...“ Andrew steht auf, nimmt Kyle in den Arm und klopft ihm auf die Schulter. „Aber ich hätte dich *nie im Leben* wiedererkannt...“

„Ist ja auch schon ’ne ganze Weile her“, antwortet Kyle grinsend. „Wie geht’s dir?“

„Na ja, ich lebe so vor mich hin. Aber dir scheint es gut zu gehen“, sagt Andrew und grinst in meine Richtung. „Willst du mir die Dame nicht vorstellen?“

„Das ist Jules“, antwortet Kyle und der Stolz in seiner Stimme ist unüberhörbar. *„Meine Freundin.“*

Seine was? Ich starre Kyle an. Sprachlos. Der Puls rauscht in meinen Ohren und das kribbelnde Gefühl in meinen Fingern breitet sich auf die Handflächen aus. Ich spüre den Wind auf meiner Haut, aber alles scheint weiter weg. Stimmen verstummen, das Leben wird unscharf. Da ist nur noch dieser Satz. Diese *zwei Worte,* die so unschuldig klingen, sich aber wie Klingen in meine Lungen bohren. Ich will etwas sagen, aber mir fehlen die Worte. Ich sehe ihn nur an.

„Oh, *wow*“, höre ich Andrews Stimme. Sie klingt dumpf und unendlich weit entfernt. *„Kyle Singer,* das hätte ich dir gar nicht zugetraut...“ Er wendet sich mir zu. „Freut mich, Jules.“

Mein Arm übernimmt das Kommando und ich reiche ihm die Hand. Ich entscheide nichts, mache nur mit. Die Leere walzt sich durch meinen Kopf. Ich kann Kyle unmöglich so bloßstellen, obwohl er es verdient hätte. Er hat es ja fast darauf angelegt.

Trotzdem. Ich kann es nicht tun. Nicht vor seinem Bruder. Obwohl ich es gerade vor Jake klarstellen sollte. Andererseits – vermutlich ist es ihm völlig egal, was ich tue und mit wem ich es tue. Mein Blick findet seinen, scheitert aber an seiner Maske. An der Fassade, die mich noch immer anlächelt, wenn auch nur mit den Lippen und nicht mit den Augen.

Ich räuspere mich und schlucke, dann flüstere ich: „Ja, freut mich auch..."

„Wollt ihr vielleicht ein Bier?"

„Ich...", stottere ich und schaue ein weiteres Mal zu Jake. „Ich bin ziemlich fertig."

„Komm schon, Süße, nur *ein Bier*", sagt Kyle, legt den Arm um mich und zieht mich an sich heran.

Ich atme tief ein und unterdrücke den Impuls, ihn von mir wegzuschubsen. „Nicht für mich", antworte ich angespannt und sehe ihm direkt in die Augen. Kyle nimmt den Arm weg und nickt. Dann schaue ich zu Andrew und sage lächelnd: „Aber ein anderes Mal gerne."

Als Kyle gerade Anstalten macht, sich für uns zu verabschieden, lege ich meine Hand auf seinen Arm. „Bleib du ruhig. Ich will ins Bett."

„Genau da will ich auch hin", flüstert er so, dass jeder ihn hören kann, und sein warmer Atem streift meinen Hals. Und bevor ich etwas sagen kann, grinst er und sagt: „Also, wir packen's, Jungs..."

•••

„Und du willst ganz sicher nicht, dass ich noch mit rein komme?“ Er streicht sanft über meine Wange. „Nur ganz kurz?“

Nur ganz kurz? Ich fasse es einfach nicht. Ich dachte ja, mein eisernes Schweigen den gesamten Rückweg wäre deutlich gewesen. Ich habe irgendwie darauf gewartet, dass er sich bei mir entschuldigt, mir vielleicht sogar erklärt, warum er so etwas sagt.

„Süße?“

„Wozu?“, frage ich kalt.

„Na ja, wir könnten reden...“

Reden. Ja, genau. Reden. „Und worüber?“

„Keine Ahnung, einfach reden“, sagt er lächelnd.

„Ich habe keine Lust, mich zu unterhalten.“

„Nur mit mir, oder generell?“

„Bitte, Kyle, ich will einfach meine Ruhe haben.“

Ich will mich gerade umdrehen, da greift er nach meinem Arm und hält mich fest.

„Warte mal... was ist los mit dir?“

„Lass mich los, Kyle.“

„Erst, wenn du mir sagst, was dein Problem ist.“

„*Mein* Problem?!“

Wir starren einander nur an. Wütend. Enttäuscht. Fremd.

„Weißt du was? *Vergiss es*“, sagt er schließlich und lässt mich los.

„Wie bitte?“

„Ich habe keine Ahnung, was mit dir los ist...“ Er geht rückwärts in Richtung Stufen. „Aber die Jules, die ich kenne, hat sich nie so verhalten.“ Mit diesem Satz dreht er sich um und geht.

„Ja, sehr gut, sag, was du zu sagen hast und dann lass mich stehen!“

Ich höre seine Schritte leiser werden.

„Der Kyle, den ich kenne, *wüsste,* was er falsch gemacht hat...“, rufe ich ihm hinterher. „Nein, weißt du was? *Er hätte es erst gar nicht falsch gemacht!*“

Jake

Meine Freundin. Ich will klar denken, aber mein Kopf ist benebelt. Er kämpft gegen diese zwei Worte. Er versucht, sie zu begreifen. Oder *auszulöschen.* Aber sie sind unüberwindbar groß. Wie eine Burgmauer. Eine Festung. Jeder Muskel in meinem Körper zittert, ist angespannt. Die Wut brennt noch immer in meinem Magen. Das Bier steigt mir zu Kopf und meine Gedanken taumeln orientierungslos in meinem Hirn umher. Und plötzlich ist es, als würde ich aus einem Albtraum erwachen. Ich stehe nur da und versuche zu verstehen, was gerade passiert ist. Meine Hände zittern und alles in mir zieht sich zusammen.

„Hier, deine Pizza." Ivy streckt mir lächelnd einen Pappteller entgegen und ihre Augen ziehen mich langsam aus, als sie sich mir gegenüber hinsetzt. Michelle sinkt neben Andrew auf die Decke und in der Art, wie sie ihn ansieht, erkenne ich das, was ich fühle, wenn ich an Julie denke. Das Leben hat echt Sinn für Humor. Es findet nur leider völlig andere Dinge lustig als ich. Michelle ist Andrew absolut hoffnungslos verfallen. Und ich bin mir sicher, er wünschte, er würde das für sie fühlen, was sie für ihn empfindet. So wie ich mir wünsche, dass meine Gefühle für Julie einfach auf Ivy oder sonst wen überspringen. Wie ein Funke. Einfach so. Weil es einfach wäre. Weil dann jeder glücklich wäre. Stattdessen liebt Andrew eine Frau in Boston, die einen anderen liebt, Michelle liebt ihn und ich liebe die Freundin meines Bruders, sitze aber stattdessen neben Ivy. Fantastisch. Ich sehe Julies Gesicht vor mir. Ihre ozeanblauen Augen. Diesen Blick. Ihre vollen Lippen. Dieses schüchterne Lächeln, das ihre zweideutigen Gedanken kaschiert. Manchmal wäre es schön, wenn das Leben einfach wäre.

„Ist alles okay, Jake?“ Ivys Hand auf meiner Schulter katapultiert mich in die reale Welt.

„Ja, alles gut“, murmle ich.

Sie rückt noch etwas näher an mich heran. „Mein Angebot vorhin war übrigens ernst gemeint.“

Bevor ich etwas dazu sagen kann, springt Andrew plötzlich auf und rennt zu einer Gruppe Typen, die auf einen Einzelnen einschlägt.

„Hey!! Was soll der Scheiß? Vier auf einen, oder was?”, brüllt er und geht dazwischen.

Ich stehe auf, laufe zu ihm hinüber und halte ihm den Rücken frei. Wäre nicht die erste Schlägerei, die wir zusammen überstehen.

„Habt ihr sie noch alle?”, fragt Andrew wütend.

„Aber er hat angefangen!”

Es ist so erbärmlich. Sie klingen wie Kleinkinder, die versuchen sich rauszureden.

„Ja, klar.“ Andrews abschätziger Blick lässt mich einen Augenblick grinsen. “Wieso nur fällt es mir so schwer, das zu glauben?!”

„Andrew, Mann, er hat Kevins Handy ins Meer geworfen.”

„Ich bin mir sicher, dass Bennett sich ein neues leisten kann”, antwortet Andrew trocken.

Ich bücke mich zu dem Typen, der auf dem Boden liegt. Er hat sich gut geschlagen. Im wahrsten Sinne des Wortes. „Wie heißt du?“, frage ich.

„Patrick“, antwortet er und verzieht das Gesicht. Er versucht sich nicht anmerken zu lassen, dass er höllische Schmerzen hat, während Andrew und ich ihm vorsichtig auf die Beine helfen.

„Bist du auf seiner Seite, oder was?”, fragt einer der Trottel, die hinter uns stehen.

Wir drehen uns um. Einer der Typen hält sich ein Taschentuch an die Nase, das inzwischen von Blut durchtränkt ist.

„Ich nehme einfach mal an, dass das keine ernst gemeinte Frage war.”

„Was regst du dich so auf? Er ist doch nur...”

„Nur was, huh?“, fragt Andrew mit bebender Stimme. „Schieb dir deine Reiche-Familie-Scheiße in den Arsch, Bennett! Da bist du bei mir an der falschen Adresse.“ Er schüttelt den Kopf. „Ich weiß, was ich gesehen habe, Kev, du und deine Lackaffen sind auf ihn losgegangen. Ihr habt ihn provoziert.”

„Wir sehen das anders, nicht wahr, Jungs?”

„Ihr könnt das sehen, wie ihr wollt.“

„Hey, Andrew“, sagt Kevin und baut sich vor uns auf. „Das letzte Wort ist noch nicht gesprochen.“

„Wenn ich du wäre, würde ich mir einen *wirklich* guten Anwalt nehmen“, antwortet Andrew gelassen. „Ich wette, dein Dad wird hoch erfreut sein, ein paar Infos über dich zu bekommen.” Kevins Auge zuckt. Ich weiß nicht, worauf Andrew anspielt, aber es scheint seine Wirkung nicht zu verfehlen. Ich sehe

Widerworte in Kevins Augen, aber sie scheitern an Andrews Blick. „Und jetzt verpisst euch endlich."

Ich warte auf den perfekten Zeitpunkt, im Trubel unterzutauchen. Zu verschwinden. Als Andrew von Patricks Wunde aufblickt und Michelle und Ivy losschickt, um ein paar Tücher und Wasser zu holen, ist mein Moment gekommen. Ich bücke mich nach meinem Rucksack und haue ab.

Julie

Ich bin so vertieft in meine Gedanken, dass ich nicht höre, dass jemand die Stufen zu unserem Apartment hochgeht, und erschrecke mich fast zu Tode, als ich eine Hand auf meiner Schulter spüre.

„Ist alles okay?"

„Ich... wir..." Ich zeige nur in die Richtung, in die Kyle eben verschwunden ist. In die Dunkelheit. Mein Herz rast, meine Beine zittern und meine Augen brennen.

„Ich habe das Gespräch gehört", flüstert Caroline und nimmt mich in die Arme. Erst wehre ich mich gegen ihre Versuche, mich zu trösten. Ich wehre mich gegen ihre Nähe. Aber dann falle ich in mich zusammen. Ich schluchze in ihren Nacken. Weine, weil ich nicht weiß, was ich sonst tun soll. Weil ich Jake nicht haben kann und Kyle nicht haben will. Weil ich Kyle nicht wehtun will und Jake sich einen Scheiß für mich interessiert. Weil er wahrscheinlich gerade mit dieser Schlampe im Bett ist und keinen Gedanken an mich verschwendet.

„Was ist denn mit ihr los?", fragt Lucas flüsternd und streichelt mir über den Rücken.

Caroline seufzt. „Das ist eine lange Geschichte."

„Sehr gut", sagt er und ich höre, dass er grinst. „Ich bin noch *kein bisschen* müde und ich habe vorhin Bier kaltgestellt."

* * *

„Okay, also, dass du mit Kyle geschlafen hast, kann ich sogar verstehen“, sagt Lucas nickend. „Im Ernst, das musste ja irgendwann passieren...“

Ich schaue zu Caroline hinüber, die nur kurz mit den Schultern zuckt und mich entschuldigend ansieht.

„Wieso bin ich bitte die Einzige, die das nicht hat kommen sehen?“

„Weil du zu nah dran bist“, flüstert Caroline. „Du siehst das alles durchs Mikroskop. Da verliert man den Überblick.“

Lucas trinkt sein Bier aus, dann fragt er: „Okay und was ist jetzt mit dir und diesem Jake?“

„Gar nichts“, murmle ich kopfschüttelnd. „Der *vögelt* vermutlich gerade die Schlampe, mit der er am Strand war.“

„Wow, also *der* hat es dir ja echt angetan...“, sagt Lucas beeindruckt.

„Blödsinn.“

„Warte mal... das war aber nicht der Jake, der bei Andrew saß, oder?“

„Woher kennst du Andrew?“, frage ich verwirrt.

„Komm schon, Jules, *jeder* in Oceanside kennt Andrew“, antwortet Lucas und grinst.

„Ich kannte ihn nicht.“

„Ach, denk dir nichts“, sagt Caroline. „Ich auch nicht.“

„Zurück zu meiner Frage, Ladies", sagt Lucas. „War er der Typ bei Andrew?"

„Du meinst, der etwas ältere, verdammt heiße Typ, zu dem so leicht *keine* Frau nein sagen würde?", fragt Caroline und fügt schnell hinzu: „Also, außer mir natürlich..."

Lucas schaut ihr einen Moment prüfend in die Augen, dann schließlich nickt er. „Ja, genau der."

„Ja, das ist Jake", flüstere ich. „Das Arschloch."

„Woher willst du das wissen? Vielleicht ist er ein netter Kerl?"

„Ich habe genügend Geschichten über ihn gehört. Und glaub mir, er ist *kein* netter Kerl."

Caroline legt ihre Hand auf meine. „Süße, hör mal, du musst so oder so mit Kyle reden. Ganz egal, was zwischen Jake und dir ist... Du musst ihm sagen, was passiert ist."

„Sie hat recht, Jules", sagt Lucas und lächelt mich an. „Red mit ihm, sonst verlierst du am Ende beide. Den Mann, den du liebst *und* deinen besten Freund." Ich will gerade Luft holen, da hebt Lucas abwehrend die Hände. „Hey, ich kenne diesen Jake nicht und vielleicht ist er ja wirklich ein Arschloch." Lucas zuckt mit den Schultern. „Aber ich war auch ein Arschloch, bevor ich Linni getroffen habe."

„Das stimmt", sagt Caroline grinsend. „Und was für eins..."

Er packt sie am Arm, zieht sie an sich und küsst sie. Einfach, weil es ihn überfällt. Weil er sie liebt. Weil Lucas eben so ist. Seine Lippen lösen sich von ihren. Als sie beide die Augen öffnen, ist da dieser

Moment, der sie verbindet. Dieser Blick, der alles sagt. Der Blick, von dem ich mir eingebildet habe, ihn in Jakes Augen zu sehen.

Caroline schluckt, dann schaut sie mich verlegen an. „Entschuldige, Süße... wo waren wir?"

„Dass Jake ein Arschloch ist..."

„Richtig", antwortet sie grinsend. „Okay, also wir beide kennen uns inzwischen wie lange?"

„Seit der Highschool."

„So ist es. Und ja, ich habe dich verliebt gesehen, aber *noch nie so.*" Jedes Wort aus ihrem Mund schnürt sich um meine Brust wie ein ätzendes Seil, getränkt in Wahrheit, die sich in meine Haut frisst. „Süße, die Dinge, die man bereut, sind meistens nicht die, die man getan hat..." Ich kann kaum atmen. „Es sind die, die man nicht getan hat. Die Chancen, die man nicht genutzt hat." Meine Unterlippe zittert. Und das Kinn. Die Tränen sammeln sich und lassen Carolines Gesicht verschwimmen. „Du musst dich entscheiden."

„Das kann ich nicht...", flüstere ich.

Einen Moment sehen wir einander nur an. Meine Augen brennen wie Feuer. Ich atme flach und meine Hände zittern.

„Süße, ich weiß, du willst Kyle nicht verlieren. Ich weiß, wie wichtig er dir ist, aber du musst *endlich* damit aufhören, ihn als Ausrede zu benutzen..." Die erste Träne rollt über meine Wimpern und läuft träge meine Wange hinunter. „Red mit ihm..."

„Ich kann es ihm nicht sagen."

„Du *musst* es ihm sagen."

„Und was bitte soll ich ihm sagen?“, flüstere ich. „Du warst doch dabei, Linni.“

Lucas reicht mir ein frisches Bier. „Aber ich war nicht dabei...“, sagt er vorsichtig. „Warum hast du es ihm nicht gesagt?“

„Ein anderer Mann wäre schon schlimm genug“, sage ich seufzend. „Aber *sein Bruder?*“

„Moment mal“, sagt Lucas irritiert und schaut mich mit schreckensgeweiteten Augen an. „Jake ist *Kyles* Bruder?“ Ich nicke nur, weil ich es nicht laut sagen kann. *„Fuck...“*

„Jules, du musst es ihm *trotzdem* sagen.“ Caroline sieht mich eindringlich an. „Jake und du habt eine Chance verdient... und Kyle die Wahrheit.“

Jake

Ich lasse den Pier und den Trubel und die gute Laune hinter mir und gehe in Richtung Hafen. Eigentlich will ich nach Hause, aber ich sollte nicht fahren. Und das nicht nur wegen der Menge an Bier, die ich in mich reingeschüttet habe, um Julie zu vergessen. Die Bilder in meinem Kopf lenken mich zu sehr ab. Sie toben durch mein Hirn und machen mich wahnsinnig. Ich muss über mich selbst lachen. Vermutlich würde ich es problemlos nach Clearwater schaffen. Wahrscheinlich ist es nur eine Ausrede, um noch ein Stückchen weiterzugehen. Ich weiß, ich sollte ins Bett gehen. Aber ich könnte ohnehin nicht schlafen. Ich würde das sehen, was ich jetzt auch sehe: Julie und Kyle. Wie sie sich küssen, wie er sie auszieht. Wie er sie *vögelt.* Und sie findet es nicht nur gut. Er *besorgt* es ihr. Ich sehe die Schweißperlen, die ihre Haut entlang laufen, wie ihre Brüste bei jedem Stoß wippen. Die Bilder verselbstständigen sich. *Niemand* hatte jemals besseren Sex als Julie und mein *beschissener Bruder* in meiner Fantasie. Haut auf Haut, Küsse, Lippen, Hände. Ich kneife die Augen fest zusammen. *FUCK!*

Ich ziehe die Schuhe aus und packe sie in meinen Rucksack. Der Sand ist noch warm und reibt an meinen nackten Füßen. Der Wind streicht mir über den Rücken, aber in meinen Gedanken sind es Julies Finger. Diese Vorstellung spannt sich als Gänsehaut eng um meinen Körper. Ich schaue in Richtung

Pinienwald, wo Julie vermutlich gerade liegt und schläft. *Hoffentlich allein.* Ich atme tief ein und versuche den Gedanken an sie und meinen Bruder so weit weg wie möglich zu schieben, was mir aber nicht gelingt. In meinem Kopf haben sie den Sex des *Jahrhunderts.*

Meine Beine setzen sich in Bewegung. Beinahe gegen meinen Willen. Oder auch nicht, denn die Wahrheit ist, dass ich sie sehen muss. Wenn auch nur aus der Entfernung. Ich gehe den Strand entlang. Mein hitziger Kopf kühlt endlich etwas ab und meine verkrampften Muskeln lassen langsam locker. Ich atme tief ein. Bis in den Bauch. Ich spüre, wie sich mein Brustkorb ausdehnt, spüre die Rippen und die Muskeln. Die salzige Seeluft, die mich ausfüllt und mich endlich etwas zur Ruhe bringt.

Als ich den Hafen erreiche, bemerke ich eine junge Frau, die mit angezogenen Beinen wie ein kleiner Ball auf einer der Bänke sitzt und die vielen Boote betrachtet, die sich in den Wellen wiegen. Sie sieht so verloren aus, wie ich mich fühle. Leer und traurig. Der Leuchtturm schickt sein helles Licht über die Bucht und lässt die Tränen auf ihren Wangen schimmern.

Ich weiß nicht genau, woher der Impuls kommt, aber er ist so stark, dass ich mich ihm einfach nicht widersetzen kann. Ich gehe auf sie zu und bleibe neben ihr stehen.

„Bist du okay?“

Als ihre klaren Augen meine finden, sehe ich die Antwort.

„Nein“, flüstert sie.

Ich zeige fragend auf die Bank. Sie nickt und ich setze mich neben sie.

„Wie heißt du?"

Einen Augenblick mustert sie mich nur. So, als würde sie sich fragen, ob ich gestört bin, aber dann lächelt sie.

„Jen. Und du?"

„Jake."

Wir sitzen nur da und schauen aufs Meer hinaus. Auf die vielen Boote. Ich bin froh, dass sie da ist, weil ich es gerade nicht aushalten würde, allein zu sein.

„Was ist passiert?", fragt sie leise.

„Karma", sage ich und lache bitter.

„Klingt groß."

„Ja, so fühlt es sich auch an."

„Lass mich raten." Ich sehe zu Jen hinüber. „Eine Frau."

„Ist das so offensichtlich?"

„Na ja, geht es nicht immer um eine Frau?", fragt sie und lächelt.

„Bei mir ging es nie um nur *eine* Frau."

„Ah, verstehe", antwortet sie. „Deswegen auch *Karma.*" Ich mustere sie. Irritiert und beeindruckt. „Was ist? Warum schaust du mich so an?"

„Einfach so", lüge ich.

„Also, was ist mit dieser einen Frau?"

„Ich will dich nicht langweilen..."

„Das tust du nicht." Ich betrachte ihr makelloses, aber unbeschreiblich trauriges Gesicht. Ihre großen strahlenden, aber irgendwie leeren Augen. Die Stille ist fast greifbar. Da ist nur das sanfte Rauschen der Wellen. „Wer ist sie?“

Julie

Ich gehe den Steg hinunter und das Einzige, was die Dunkelheit durchbricht, sind der Mond und die vielen Sterne, die sich im Wasser reflektieren. Es hebt und senkt sich mit jeder Welle, als würde es atmen. Ruhig, ja, fast sorglos. Meine Gedanken sind wie ein Sturm in meinem Kopf. Er wütet und schlägt wild um sich. Ich durchsuche die Playliste mit meinen Favoriten nach der passenden Hintergrundmusik für diesen Moment und finde sie sofort. *Fleur Blanche* von *Orsten* tanzt federleicht durch die Sommernacht. Die Melancholie legt sich eng um mein Herz und die sanften Klavierklänge hallen durch mein Hirn. Ich stelle die Lautstärke hoch und setze mich an den Rand. Ich lege das Handy auf das warme Holz. Gerade weit genug weg, damit es nicht nass wird, aber nah genug, dass ich mich in diesem Lied und seiner Stimmung verstecken kann.

Meine Füße tauchen langsam ein. Sie durchstoßen die atmende Oberfläche und verschwinden in ihrer Dunkelheit. Mein Kopf kapituliert. Vor dem Moment. Vor der Wahrheit. Und dieser wunderbaren Musik, die mich so berührt, dass sie mich unweigerlich an Jake denken lässt. Sonst ist da nichts mehr. Nur diese Gedanken. Und mein Herzschlag. Alles andere wird erdrückt von der Tatsache, dass Caroline recht hat. Ich *muss* es Kyle sagen. Die Wahrheit. Auch, wenn das mit Jake und mir nur ein einmaliger Ausrutscher war.

Es *ist* passiert. Und es hat etwas bedeutet. Na ja, also *mir* zumindest. Die Wahrheit ist, ich will ihn. Mit Haut und Haaren.

Ich liege auf dem Steg und starre in den Himmel. Die Sterne funkeln mir entgegen. Das nächste Lied beginnt und steigt als Brennen in meine Augen. *A September Song* von *Simon Herron* vermischt sich mit den Wellen und dem lauen Abendwind, und auf einmal scheint alles leichter, ja, fast schwerelos. Die Tränen laufen über meine Schläfen und versickern in meinem Haar. Es tut gut zu weinen.

Der herb-holzige Duft der Piniennadeln tanzt mir entgegen. Ich schaue zu den Unterkünften hinüber und die Baumkronen wiegen sich im Wind. Auch, wenn sich alles in mir dagegen wehrt, ich habe mich in Jake verliebt. In den Klang seiner Stimme, in die Art, wie er lächelt. Diese wunderbaren Lippen. Und diese Augen, in denen man sich verlieren kann. Und ich glaube, genau das habe ich.

Die Wellen kühlen meine Waden. Sie baumeln im Wasser, und meine Seele baumelt mit, während ich in den Himmel sehe und weine. Es gibt Momente im Leben, an die wird man sich immer erinnern. Das hier ist so einer. Ich rieche die salzige Luft, schmecke meine Tränen und spüre diesen Schmerz tief in meiner Brust. Eines Tages werde ich an diesen Augenblick denken und lächeln. Dann, wenn es nicht mehr so wehtut. Dann werde ich wissen, wie meine Geschichte weitergegangen ist. Ich werde wissen, ob ich es Kyle je gesagt habe und auch, ob er mir verziehen hat. Ein Teil von mir freut sich auf diesen Tag in der Zukunft. Der andere liegt hier und schaut in die Sterne, die mich noch immer anfunkeln, obwohl viele von ihnen längst erloschen sind. Das ändert nichts daran, dass ich sie noch sehe. Es ändert nichts daran, wie wunderschön sie sind.

Ich habe einmal einen Satz gelesen, den ich nie wirklich verstanden habe: Eines Tages wird jemand in dein Leben treten und auf einmal wirst du begreifen, warum es mit keinem anderen jemals hätte funktionieren können. Jetzt verstehe ich ihn.

Jake

Jen sieht mich einen Moment lang nur an, dann sagt sie: „Aber wenn sie ihn wirklich liebt, warum hat sie dich dann geküsst? Ich meine..."

„Jen, er liebt sie seit Ewigkeiten."

„Macht das seine Gefühle stärker als deine?"

Ich muss lächeln. „Nein, nicht unbedingt."

„Ich kenne dich nicht Jake, aber deine Gefühle kenne ich nur zu gut." Sie sieht mich an und in ihren klaren Augen schimmern frische Tränen. „Weißt du, wir denken immer, wir haben so viel zu verlieren, aber vielleicht stimmt das gar nicht."

„Er würde mir das nie verzeihen."

„Das weißt du nicht", flüstert sie. „Und du kannst ihm nichts wegnehmen, das ihm nie gehört hat."

„Sie ...", flüstere ich und spüre das verräterische Brennen in meinen Augen. „Jen, sie liebt ihn."

„Und was, wenn nicht? Was, wenn sie dich liebt?" Jen sieht mich eindringlich an. Eigentlich sieht sie mehr durch mich hindurch.

„Ist alles okay?", frage ich vorsichtig.

„Ja, ich..." Sie steht unvermittelt auf. „Jake, ich muss gehen."

In ihren Augen spiegelt sich alles. Als würde sie es mir mit nur einem Blick erklären. „Verstehe", sage ich und lächele wissend. Es passiert nicht oft, dass man einen Menschen trifft, den man auch ohne Worte versteht. Den meisten passiert es nie.

„Ich muss unbedingt etwas klären."

„Ich weiß", flüstere ich.

„Es hat gut getan, mit dir zu reden, Jake."

Ich nehme ihre Hand und führe sie an meine Lippen. „Danke, Jen. Für alles."

•••

Ich stehe in der Dunkelheit und alles ist still. Bis auf das sanfte Rauschen des Meeres. Vielleicht hat Jen ja recht. Vielleicht ist das Leben zu kurz, um sich immer nur Fragen zu stellen. Vielleicht muss man sich die Antworten einfach selbst holen. Vielleicht ist man es sich schuldig. Ich bin schon fast an Julies Unterkunft angekommen, als plötzlich mein Handy vibriert. Ich zucke kurz zusammen, dann ziehe ich es aus der Hosentasche und lese Kyles Namen. Das könnte die Antwort sein. Will ich das wirklich wissen? Will ich lesen, dass er jetzt mit ihr zusammen ist? Dass er sie liebt? Ich sehe Jen nicken, dann atme ich tief ein und streiche über das Display.

Kyle: Jules und ich haben uns ziemlich gestritten. Ich habe Scheiße gebaut. Wo bist du?

Er will nicht wissen, wo ich bin. Und er will nicht wissen, was ich vorhabe. Ja, vielleicht ist es falsch, aber ich muss sie sehen. Und plötzlich weiß ich auch, wo ich sie finde. Ich kann noch nicht einmal sagen, woher. Ich weiß es einfach.

Da ist sie. Die Füße im Wasser, der Blick in den Sternen. Nachdenklich, verwirrt. Vielleicht rede ich da aber auch von mir. Bis auf den Mond und die Sterne durchbricht nur das Licht des Leuchtturms die Dunkelheit. Die Hotelanlage liegt versteckt hinter den Pinien. Niemand ist zu sehen. Wir sind allein.

Die Wellen donnern an Land und brechen an den Felsen. Sie hinterlassen Pfützen auf den Steinen. Ich gehe langsam weiter. Der Sand klebt an meinen Füßen und der Wind wirbelt mir durch die Haare. Als ich den Steg erreiche, hämmert mein Herz gegen meine Rippen. Wie ein Tier, das eingesperrt wurde und nur darauf wartet, freigelassen zu werden. Ich spüre das verwitterte Holz unter meinen Fußsohlen. Rau und brüchig. Meine Schritte werden vom Meer verschluckt. Ich höre leise Musik. Ein Lied, das den Moment begleitet. Es ist ein Lied, das ich absolut liebe. *Let it be me* von *Ray LaMontagne.*

Dann sehe ich nur noch Julies Tränen und diesen traurigen Blick. Meine Schlagader vibriert und mein Magen zieht sich abrupt zusammen, fast so, als würde er sich auf einen Schlag vorbereiten. Ich bin plötzlich taub für die Musik und die Wellen. Meine Augen erliegen diesem Anblick. Den Tränen, die träge und schwer über ihre Schläfen laufen. Der Enttäuschung. Sie so zu sehen, quält mich. Es quält mich noch mehr, als sie mit ihm zu sehen. Noch mehr als die Zärtlichkeit. Was hat dieser *Wichser* gemacht? Was hat er zu ihr gesagt? Als ich nur noch ein paar Meter von ihr entfernt bin, bemerkt sie mich, sieht zu mir und schreckt zusammen.

Julie

Ich zucke dermaßen zusammen, dass ich die Beine aus dem Wasser ziehe und blitzartig aufstehe.

„Es tut mir leid", sagt Jake ruhig. „Ich wollte dich nicht erschrecken."

Wir stehen einander gegenüber. Seine schwarzen Augen streicheln mich wie Hände und ein eiskalter Schauer breitet sich auf meinem Körper aus wie ein Flächenbrand. Da sind nur noch er und dieser Blick, dieses Verständnis, von dem ich mir nicht sicher bin, ob es wirklich da ist, oder ob ich es nur sehen will. Sein dunkles Haar ist zerzaust, die Kiefermuskeln drücken sich durch seine Haut. Und dann dieser Mund. Mein Gott, was machen diese Lippen mit meinem Hirn? Seine Lippen, bei deren Anblick mein Atem schneller geht. Und diese Augen, in deren Tiefe etwas schimmert, das mir die Luft abschnürt und alles in mir zusammenzieht. Sie lächeln mich an, ohne dass seine Lippen sich bewegen. Ein kühler Windhauch streift meine Haut und ich spüre die Linien, die die Tränen in meinem Gesicht hinterlassen haben. Jake streckt die Hand aus und wischt mit dem Daumen über meine Wangen. Über die kühlen Stellen.

„Was ist passiert?" Seine Stimme ist so dunkel wie seine Augen, so tief wie dieser Blick, in dem ich versinke, an dem sich meiner festklammert. Ich will wegsehen, aber meine Augen hängen an seinen. Alles in mir kribbelt, als wäre ich eine Champagnerflasche, die zu fest geschüttelt wurde. Die Gefühle perlen in mir und kribbeln meine Haut entlang. „Was hat er zu dir gesagt?“ Bei diesem Satz funkeln seine Augen bedrohlich und seine Stimme hat diesen Unterton, der mich auf eine seltsame Art anmacht. Wütend. Sexy. *Eifersüchtig.*

„Wir hatten Streit“, flüstere ich.

„Ich weiß.“ Seine Augen stellen mir viele Fragen, sein Mund formt nur eine: „Weswegen?“

Ich schlucke und setze mich wieder auf den Steg. Meine Füße finden wie von alleine ins Wasser und meine Augen zurück zu ihm, während er seinen Rucksack ablegt und sich neben mich setzt.

„Ich will ihn nicht bloßstellen.“

„Nicht *bloßstellen?*“ Er sieht mich lange an. „*Was* hat er gesagt?“

„Jake... ich... ich will nicht darüber reden.“

„Okay... wie du meinst.“

Was will er hier? Diese Frage hämmert in meinem Schädel und lässt mich nicht los.

„Außerdem weine ich nicht seinetwegen.“

„Sondern?“ Jake sieht mich an. „Warum dann?“, fragt er, stellt den Kopf schräg und kneift die Augen leicht zusammen.

„Was machst du hier?“, frage ich und schüttle den Kopf. „Warum bist du gekommen?“

Er zögert, dann atmet er tief ein und antwortet: „Deinetwegen.“

„Meinetwegen?“

„Ja, deinetwegen.“

„Und wo..." Dieses Mal zögere ich. „Wo ist dein Mädchen?"

„Welches Mädchen?"

„Na, die, von der Andrew meinte, dass du sie den ganzen Abend angesehen hast."

„Das hat er nicht gesagt", flüstert er heiser.

„Na, dann eben die, die du mit Blicken gevögelt hast", antworte ich und schlucke.

„Der sitze ich gerade gegenüber."

„Was?", frage ich und räuspere mich.

„Er hat von dir gesprochen."

Wir sehen einander lange an. Die Luft brennt, jeder Atemzug knistert. Ich falle in seine Augen, in diesen Blick. In die Welt, die dahinter auf mich wartet. Meine Haut kribbelt unter der Gänsehaut, die sich auf meinem Rücken ausbreitet. Mein Blick fällt auf seinen Mund und ein plötzliches Pochen zieht durch meinen Bauch.

„Soll das heißen, du bist mir gefolgt?"

Sein Blick sucht nach etwas in meinem Gesicht. „Sagen wir lieber, ich habe dich gesucht."

„Warum?", hauche ich kaum hörbar.

„Ich konnte nicht anders", sagt er heiser.

Ich atme flach, mein Mund ist trocken und meine Handflächen kribbeln. Ich weiß nicht, woher ich den Mut nehme, aber ich lehne mich zu ihm hinüber. Langsam. *Zögernd.* Ich lasse ihn nicht aus den Augen, tauche in diesen Blick. Die Sekunden dehnen sich aus. Er bewegt sich keinen Millimeter, sieht mich nur an mit diesem brennenden Blick. Ich spüre seinen flachen Atem im Gesicht, höre meinen hämmernden Herzschlag. Und dann *küsse* ich ihn. Weil ich nicht anders kann. Weil ich aufhöre zu denken.

Jake zieht mich an sich. Ich lehne mich in diesen Kuss. Ich spüre seine Stärke, die Muskeln, die sich anspannen. Jakes Finger gleiten meine Wirbelsäule entlang. Ich seufze in seinen Mund und sein Raunen vibriert durch meinen Körper.

Dieser Kuss ist anders. Verzweifelter. *Verbotener.* Dieses Mal wissen wir, dass es falsch ist. Wir wissen beide, was auf dem Spiel steht. Aber noch nie hat sich etwas, das so falsch war, so gut angefühlt.

Jake

Ich bin *süchtig* nach ihr. Nach ihren Lippen und ihrer Haut. Julie sitzt auf meinem Schoß, eng an mich gedrückt, drängt ihr Becken noch näher an meines, stöhnt in meinen Mund. Ich halte sie so fest, dass meine Muskeln zittern.

Ich spüre den Steg unter uns vibrieren. Schritte. Julies Lippen lösen sich von meinen und ihr Körper versteift sich in meinen Armen. Ihr Blick wendet sich dem Ufer zu.

„Waren da nicht Schritte?“, fragt Julie atemlos. Wir lauschen in die Nacht, aber es ist nichts weiter zu hören. „Wir... wir sollten...“, flüstert sie und sieht mich wieder an. Ihre Lippen sind nur ein paar Zentimeter von meinen entfernt.

„Was sollten wir?“, frage ich flüsternd.

Sie atmet flach. „Er darf es nicht erfahren... nicht so...“

„Ich weiß.“ Mein Schwanz zuckt und sie atmet scharf ein. „Wir müssen aufhören.“

„Ich will aber nicht aufhören“, flüstert sie und küsst mich.

Sie löst sich aus meinen Armen und steht auf. Ich bin mir sicher, dass sie gehen wird, aber das tut sie nicht. Julie sieht mich an und zieht sich das Shirt über den Kopf, dann öffnet sie den Knopf und den Reißverschluss ihrer Hotpants. Während sie sich auszieht, lässt sie mich nicht aus den Augen. Ihre nackte

Haut schimmert im Schein des Leuchtturms. Julie geht neben mir in die Hocke, dann gleitet sie ins Wasser. Und ihr Blick fordert mich dazu auf, ihr zu folgen.

•••

Ich spüre ihren erhitzten Körper an meinem und das kühle Wasser, das sich um uns legt. Meine Haut zieht sich zusammen und lässt mich einen Augenblick erschauern. Wir schwimmen ein Stück näher ans Ufer, bis ich stehen kann, und verstecken uns im Schatten des Stegs wie zwei Diebe in der Nacht. Bevor uns das schlechte Gewissen zur Vernunft bringen kann, schlingt Julie ihre Beine um meine Hüften, schmiegt sich an meinen Oberkörper und küsst mich.

Meine Hände gleiten über ihre Haut und meine Zunge über ihren Hals. Sie windet sich in meinen Armen, atmet scharf ein. Ich höre nur ihr leises Stöhnen, dann höre ich plötzlich etwas anderes.

„Julie? Bist du da?“

In der Sekunde, als sie seine Stimme erkennt, erstarrt sie in meinen Armen. Ihr Blick ist panisch. Sie hält dic Luft an.

„Süße?“, ruft er über das Rauschen der Wellen hinweg und das schlechte Gewissen frisst sich durch mein Hirn. Ich erkenne Kyles Füße als dunkle Schatten zwischen den Brettern des Stegs. Er steht direkt über uns.

Ich lasse Julie los und schlucke. Als sie endlich versteht, was meine Augen ihr sagen, schüttelt sie den Kopf und hält mich am Arm fest.

„Nein“, flüstert sie. „Bitte nicht...“

Ich nehme ihr Gesicht zwischen die Hände und küsse sie ein letztes Mal, dann sehe ich sie an. „Er wartet...“

„Jake, ich...“

„Mach es nicht noch schwerer als es ist“, flüstere ich so leise wie möglich. „Bitte...“

Ich schiebe sie von mir weg und verstecke mich unter dem Steg. Einen Augenblick sieht sie mich nur an, dann taucht sie komplett unter.

„Jules!“, brüllt Kyle übers Meer, die Sorge in seiner Stimme läuft mir eisig über den Rücken. *Komm schon Julie, tauch auf.*

„Kyle?“, höre ich ihre Stimme. „Bist du das?“

„Jules, Gott sei Dank!“

Ich beobachte Kyle durch die Streben. Sehe, wie er sie ansieht. Die Erleichterung in seinem Gesicht. Noch hat er unsere Sachen nicht gesehen. Meinen Rucksack und meine Hose und das Shirt.

Sie schwimmt an den Steg. Bevor sie aus dem Wasser klettert, sieht sie mich ein letztes Mal an und das Bedauern in ihren Augen trifft mich wie ein Fausthieb. Was ich Kyle antue, bringt mich fast um, aber sie nicht wiederzusehen, ist noch schlimmer.

„Warte, ich helfe dir“, sagt er und streckt ihr die Hand entgegen und zieht sie hoch.

„Was machst du hier?“

„Ich konnte nicht schlafen", flüstert er.

„Ich auch nicht..." Mit einem gezielten Handgriff stopft sie meine Sachen unter den Rucksack, dann greift sie nach ihrer Hose und dem Shirt und zieht sich an. „Ich dachte, ein bisschen schwimmen hilft."

„Und?", fragt Kyle und schaut sie vorsichtig an. „Hat es das?"

„Es war fantastisch", sagt sie zweideutig und ich kann nicht anders als zu grinsen. „Woher wusstest du, dass ich hier bin?"

„Na, weil ich dich kenne..."

Dieser eine Satz wischt das Grinsen aus meinem Gesicht. Ich werde *nie* seinen Platz haben. Nie diese Rolle in ihrem Leben spielen. Wem mache ich eigentlich etwas vor? Ich verstecke mich unter einem *verdammten Steg*. Sie würde Kyle nie von uns erzählen. Und ich auch nicht. Weil sie die Frau seines Lebens ist. Und er mein Bruder.

Sie nimmt ihr Handy, macht die Musik aus und schaut ihn an. „Wollen wir?"

„Jules warte..."

Sie stehen direkt über mir. Zwischen ihren Füßen und meinem Kopf liegen nur ein paar Zentimeter. Ich kann kaum atmen.

„Was ist?", fragt sie angespannt.

Die Kälte lässt meine Unterlippe zittern und die Gänsehaut jagt über meinen Körper.

„Es tut mir leid", sagt er kleinlaut. „Ich weiß auch nicht, warum ich das gesagt habe... es war blöd von mir und ich... ich hätte mit dir reden müssen..."

„Ist schon okay..."

„Nein, das ist es nicht."

„Kyle, mir... mir ist echt kalt", sagt sie bibbernd.

„Mein Gott, ich bin so ein *Vollidiot.* Los, komm schon, lass uns gehen."

Ich sehe durch die Lücken zwischen den Brettern, wie er seinen Arm um sie legt, und würde ihn am liebsten *erwürgen.* Dann bleibt er plötzlich stehen.

„Warte, was ist mit dem Rucksack?"

Ich bewege mich nicht, halte die Luft an. Ich höre nur meinen Herzschlag und warte auf Julies Antwort.

„Keine Ahnung, wem der gehört", antwortet sie und zuckt mit den Schultern. „Der lag schon da, als ich vorhin hier ankam."

Ihre Lüge klingt überzeugend. Einen Augenblick frage ich mich, ob er sie durchschaut, weil er sie viel besser kennt als ich, aber sie täuscht ihn. Er gibt ihr einen Kuss auf die Stirn. Und mit diesem Kuss kehrt die köchelnde Wut in meinen Bauch zurück.

Julie

Mein Körper ist berauscht. Ich zittere, aber das liegt nicht an der Kälte. Der Wind streift meine Haut und sie zieht sich unter ihm zusammen, aber das spielt alles keine Rolle. *Ich bin ihm nicht egal.* Dieser Gedanke glimmt wie glühende Kohlen in meinem Inneren. Er hat mich gesucht. Er war meinetwegen am Steg.

In unserem Apartment brennt noch Licht. Kyle und ich gehen schweigend nebeneinander her. Die Stille begleitet uns den Weg entlang und die Stufen hinauf. Ich spüre seine Blicke auf mir wie Hände, und die Dunkelheit scheint all die unausgesprochenen Dinge und Geheimnisse zu verbergen, die zwischen uns stehen. Ich schaue einen Moment auf die Uhr. Beinahe halb drei morgens. Der Tag scheint endlos, doch meine Droge hält mich wach. Aber allein beim Gedanken an die Doppelschicht morgen wird mir schlecht.

Als ich das Terrassenlicht einschalte, entdecke ich Caroline und Lucas eng verschlungen auf einem der Liegestühle. Aber da ist es bereits zu spät. Das Licht ist an und mit ihm schrecken sie hoch und schauen uns desorientiert an.

„*Tut mir so leid*“, flüstere ich peinlich berührt. „Ich habe euch nicht gesehen.“

Ich erkenne in Kyles Augen, dass er wünschte, er wäre der auf dem Stuhl und ich die auf seinem Schoß, während ich heimlich wünschte, ich wäre noch mit Jake im Wasser.

„Kein Problem...“, sagt Caroline und greift nach dem Shirt, das neben ihnen liegt. „Wir... wir hätten reingehen sollen.“

„Das haben wir irgendwie nicht mehr geschafft“, sagt Lucas und grinst dreckig.

„Luke...“, zischt Caroline.

„Wieso? Ist doch wahr“, antwortet er und zuckt nur mit den Schultern. Dann schaut er zu Kyle und mir. „Ist bei euch alles okay?“

„Doch, doch... alles okay“, sage ich knapp. „Kyle hat mich nach Hause begleitet und ich muss jetzt ins Bett.“

Er sieht mich kurz an, dann lächelt er. „Ja, ich... ich hau’ dann mal ab...“ Er macht einen Schritt in Richtung Stufen, dann schaut er zu Caroline und Lucas. „Ihr habt übermorgen beide erst abends eure Schicht, oder?“

Sie nicken.

„Jules und ich treffen meinen Bruder in CB, na ja, also, vorausgesetzt, dass er mir *endlich mal* antwortet.“

Ich schlucke so laut, dass ich mir sicher bin, dass es *jeder* gehört hat, aber niemand scheint es bemerkt zu haben.

„Habt ihr vielleicht Lust mitzukommen?“

Caroline und Lucas sehen an Kyle vorbei und mich fragend an. Ich nicke eindringlich.

„Wenn wir euch nicht stören, total gerne“, sagt Caroline begeistert. „Luke? Was meinst du?“

Lucas kann sich ein Grinsen nicht verkneifen, nickt aber auch. „Sicher... Ich war noch nie dort..."

„Okay, dann melde ich mich morgen bei euch."

Ich gehe einen Schritt auf ihn zu, drücke ihm einen Kuss auf die Wange und lächle ihn an. „Bis morgen, Kyle."

„Bis morgen." Er nimmt mich in den Arm und zieht mich fest an sich, dann lässt er mich los und sieht mir tief in die Augen. „Schlaf gut, Süße."

•••

„Du hast es ihm also nicht gesagt", flüstert Caroline, als er außer Hörweite ist.

„Ich kam nicht dazu..."

„Ach, Jules", seufzt sie.

„Na ja, ich..."

„Ja?", fragt sie mit hochgezogenen Augenbrauen.

„Ich saß am Steg... und dann..." Ich atme tief ein schaue zu Boden. „Dann kam Jake..."

Lucas schüttelt den Kopf und verkneift sich das Lachen. „Das kann ja was werden..."

„Jules, du weißt, ich liebe dich und ich will mich echt nicht einmischen, aber wenn du das nicht bald in Ordnung bringst, wird das böse enden..."

Bevor ich antworten kann, piept mein Handy, ein paar Sekunden später Carolines und zuletzt auch das von Lucas.

Gruppennachricht von Kyle Singer an Caroline Guterson, Lucas Crawley, Julie Donovan und eine Nummer, die ich nicht kenne. Aber allein die *Vorahnung*, wem sie vermutlich gehört, lässt mich schneller atmen: Jay könnte uns übermorgen um 11:00 Uhr auf dem Hotelparkplatz abholen – passt euch das?

Ein Teil in mir erstickt fast an meinem rasenden Herzklopfen, der andere schaut hilfesuchend zu Caroline und der dritte antwortet mit einem *Ja* und einem grinsenden Smiley.

„Ob Kyle es sich je verzeihen wird, dass *gerade er* dir Jakes Nummer geschickt hat?", fragt Caroline.

Ein paar Sekunden, nachdem sie das sagt, vibriert mein Handy.

„Wow", sagt Lucas grinsend. „Das ging schnell."

Ich öffne die neue Nachricht und beim Anblick der Nummer stolpert mein Herz. 555 – 564 989: Ich weiß, ich sollte das nicht schreiben, aber ich kann nicht aufhören, an dich zu denken.

Caroline hat recht. Das wird böse enden. Und trotzdem sprengt das Lächeln fast mein Gesicht.

Jake

„Ich weiß echt nicht, was mit ihr los ist. Ich habe keine Ahnung“, sagt Kyle seufzend.

„Vielleicht hat sie einen anderen?“, frage ich und hasse mich dafür.

„Was!?“ Seine Stimme bebt. „Nein! ... Nein, das glaube ich nicht. Das hätte sie mir erzählt.“

„Sicher?“ Wie kann ich ihm das antun?

„Ja, ich kenne sie.“

„Bestimmt hast du recht“, antworte ich nickend.

Kyle sitzt mir gegenüber. In seinem Gesicht ist kein Ausdruck. Nichts als Leere. Als mein Handy vibriert, frisst mich das schlechte Gewissen langsam auf.

„Aber was, wenn du doch recht hast?“, fragt er und sieht mich an. „Was, wenn sie wirklich einen anderen hat?“

„Komm schon, Kyle, es gibt auch noch andere tolle Frauen.“

„Für mich gibt es nur sie.“

Die Art, wie er mich ansieht, bringt mich fast um. Ich muss es ihm sagen. Alles. Die ganze Wahrheit. Aber ich kann es nicht tun.

„Deine Kleine ist toll, aber du wirst eine andere kennenlernen.“

„Ich will keine andere.“

„Ja, das ist mir klar", antworte ich. „Alles, was ich damit sagen will, ist, dass du drüber weg kommen würdest."

„Nein, das würde ich nicht", sagt er.

„Vielleicht nicht sofort, aber irgendwann."

„Du... du verstehst das nicht." Kyle schüttelt den Kopf und seine Augen füllen sich mit Tränen. „Ich liebe sie über alles." Seine Augen sind mit unzähligen kleinen Adern durchzogen. Tränen laufen über seine Wangen. Und bei diesem Anblick schwöre ich mir, die Sache mit Julie zu beenden.

•••

Eine Kellnerin bringt unser Essen und zwei große Gläser Cola. Sie lächelt mich an, dann sieht sie Kyles Tränen. Sie hat diesen Ausdruck in den Augen, den nur Frauen haben. Diesen sanften Blick, der uns zuflüstert, dass alles wieder gut wird, auch wenn das nicht stimmt.

Nachdem sie verschwunden ist, sieht Kyle mich an und sagt: „Je länger ich darüber nachdenke, desto sicherer bin ich mir, dass du recht hast."

„Okay?", antworte ich und schaue ihn fragend an. „Und warum plötzlich?"

„Sie hat doch gesagt, sie hat sich gut unterhalten." *Fuck*. „Aber sie hat nicht gesagt, mit wem." Ich muss es beenden. So schnell wie möglich. „Ich wette, er ist hier in Oceanside." Mein Handy vibriert und ich zucke zusammen. „Alles okay?"

„Ja, klar“, sage ich und verstecke mich hinter meinem Grinsen. „Was sollte sein?“

„Du hast so komisch geschaut.“

„Wie denn?“

„Ich weiß auch nicht“, antwortet Kyle und sieht mich fragend an. „Ach, vermutlich habe ich es mir nur eingebildet.“ Als ein paar Sekunden später schon wieder eine Nachricht ankommt, schüttelt Kyle den Kopf. „Wer schreibt dir denn da die ganze Zeit?“

„Du kennst sie nicht“, lüge ich. „Sie heißt ...“ Ich brauche einen Namen. *Denk nach, Jake.* „Lucy.“

„Seit wann kennst du sie?“

„Erst seit ein paar Tagen“, sage ich und zwinkere ihm zu.

„Sie ist aus Oceanside?“

Mir bricht der Schweiß aus und meine Hände zittern. „Puh, keine Ahnung“, sage ich und zucke mit den Schultern. „Warum?“

„Sie könnte doch morgen mitkommen.“

„Morgen? Mitkommen?“, frage ich und schüttle verständnislos den Kopf. „Denkst du wirklich, das ist eine gute Idee?“

„Warum nicht?“, fragt er, und die Art, wie er mich ansieht, irritiert mich. Dieser Blick ist anders. Ahnt er etwas? Oder werde ich gerade paranoid? „Jay?“

„Hm?“, frage ich und schlucke.

„Fragst du Lucy?“

„Lucy?“

„Na ja, ich denke, zu *sechst* wäre es vielleicht besser als zu fünft, meinst du nicht?“, sagt Kyle und nimmt einen Schluck Cola.

„Doch, du hast recht.“ Mein Handy vibriert und mein Magen rumort. „Ich bin heute Nachmittag sowieso mit ihr verabredet. Da kann ich sie gleich fragen.“ Ich nehme einen Schluck Cola. „Zwischen zwei Pärchen langweile ich mich sonst bestimmt zu Tode.“

„Noch sind Jules und ich nicht zusammen.“

Dieses *noch* klingt wie eine Kampfansage. Oder ist es nur eine Feststellung? Ich weiß nicht, ob er das wertfrei sagt, oder ob er mich gerade vorwarnt.

„Ich bitte dich“, antworte ich grinsend, während mich mein schneller Herzschlag fast k.o. schlägt. „Das ist doch nur eine Frage der Zeit.“

„Hoffentlich.“ Kyle schaut kurz auf sein Handy. „Fuck, schon zehn vor. Ich muss los“, sagt er und steht auf. „Meine Schicht fängt gleich an.“ Er sucht nach seinem Portemonnaie.

„Lass stecken, ich zahle.“

„Das ist wirklich nicht nötig“, sagt er und schaut mich an.

„Komm schon, ich will dich einladen.“

„Jay...“

„Jetzt hau schon ab!“, antworte ich lachend. „Wir sehen uns morgen um elf.“

„Okay“, sagt er endlich. „Und danke fürs Essen.“

„Mach dich nicht lächerlich." Ich stehe auf und nehme ihn in den Arm. „Pass auf dich auf, kleiner Bruder."

Er geht in Richtung Strand. Das muss enden. Die Lügen und das schlechte Gewissen. Ich sehe ihm nach und in der Sekunde, als er nicht mehr zu sehen ist, greife ich nach meinem Handy, lösche Julies Nachrichten ohne zu lesen, was sie geschrieben hat und suche Lucys Nummer raus.

Julie

Es ist beinahe halb zwölf, als ich mich die Stufen zu unserem Apartment hochschleppe. Nach zwei viel zu kurzen Nächten, meinem Streit mit Kyle, über elf Stunden Arbeit und einem Berg von Lügen fühle ich mich, als hätte mich ein Laster überfahren.

Caroline ist nicht zu Hause. Alles ist dunkel und ich bin froh, dass ich nicht sprechen muss. Ich suche mir etwas Bequemes zum Anziehen, bringe es aber nicht über mich, nach Kyles Jogginghose zu greifen. Stattdessen schlüpfe ich in ein langes T-Shirt, hole mir ein Bier aus dem Kühlschrank und setze mich auf die Terrasse.

Ich genieße die Stille. Das sanfte Rauschen des Meeres und das sommerliche Zirpen der Grillen. Meine Füße bringen mich fast um und meine Lider sind schwer, aber nichts im Vergleich zu den Fragen, die ich seit Stunden wälze.

Wie viele Mitteilungen machen einen eigentlich zum Stalker? Zehn? Fünfzehn? Ich überfliege den Verlauf um sicherzugehen, dass meine Nachrichten überhaupt zugestellt wurden. Okay, wurden sie. Ich bin so armselig. Seit 11:47 hat er mir jetzt nicht mehr geantwortet. Was ist heute Mittag passiert?

Ich nehme einen Schluck Bier, dann atme ich tief ein und tippe meine letzte Nachricht an Jake. Okay, ja, vermutlich nur für heute.

Julie: Ich bin auf dem Weg zu Kyle. Ich werde es ihm sagen.

Es dauert keine dreißig Sekunden, dann klingelt mein Handy. Es geht im also gut. Das macht es nicht wirklich besser. Ich hatte irgendwie gehofft, dass er bewusstlos in irgendeinem Krankenhaus liegt. Dann hätte er nämlich nicht antworten *können.* Aber so ist es nicht. Er wollte mir nicht schreiben. Die Vernunft hat ihn wieder. Oder eine andere Frau. Ich schlucke die Tränen hinunter und drücke ihn weg.

•••

Das winzige Bad erstickt im Wasserdampf. Ich steige aus der Dusche und trockne mich ab. Meine nassen Füße hinterlassen Flecken auf dem Boden. Es fühlt sich an, als wäre ein Klumpen in meinem Brustkorb, der sich bis in den Hals zieht. Er dehnt sich aus. Träge und schwer liegt er auf meinen Lungen und drückt auf mein Herz. Wie ein nasser Sack, den die Enttäuschung immer weiter aufbläst. Jeden Moment wird er meine Rippen sprengen. *Hör endlich auf, an ihn zu denken. Du wusstest, dass er ein Arschloch ist.* Wusste ich das? *Ja, das wusstest du.* Aber ich ... ich habe mich in ihn verliebt. *Ja, das hast du, aber das ändert nichts daran, dass du es von Anfang an wusstest.* Ja, kann sein, vielleicht.

Ich lege das Handtuch zur Seite und schaue in den Spiegel. Mir gegenüber steht eine junge Frau mit leicht gebräunter Haut und kleinen Brüsten. Mit den Augen gleite ich über meinen nackten Oberkörper. Über meinen flachen Bauch. Dann drehe ich mich zur Seite und begutachte mein Profil. Ich wünschte, ich hätte mehr Brust und weniger Hintern. Na ja. Ich wünschte auch, Jake würde jeden Augenblick an der Tür klopfen und sich entschuldigen. Und mich dann küssen. Mein Seufzen zerschneidet die Stille.

Während ich Zahnpasta aus der Tube auf den Bürstenkopf drücke, sehe ich wieder sein Gesicht. Dieses Lächeln und diesen Kiefer, den ich ihm gerne brechen möchte. Ich bin so lächerlich. Jake ist auch nur ein Kerl. Ein gutaussehender Niemand. Ein Typ, der alles flachlegt, was sich ihm in den Weg stellt.

Ich schleppe mich zum Bett. Mein Körper bricht jeden Augenblick zusammen. Ich kann mich kaum noch auf den Beinen halten. Die Müdigkeit dringt mir bis in die Knochen, aber mein Hirn ist hellwach. Aufgedreht. Beim bloßen Gedanken an den Ausflug morgen könnte ich kotzen. In Jakes Nähe zu sein, ohne ihn küssen zu dürfen, ist wie Folter. Jeder Blick begleitet von den Gewissensbissen, die ich so was von verdient habe. Ich weiß, ich sollte absagen. Aber aus welchem Grund? Gut, zugegeben, wenn ich *wirklich* wollte, würde ich einen finden. Das Problem ist, ich *will* hin. Und ja, mir ist klar, wie erbärmlich das ist.

Ich strecke mich nach meinem Handy und finde eine neue Nachricht:

Jake: Das zwischen uns war ein Fehler. Ich denke, man will immer das, was man nicht haben kann und in diesem Fall warst das eben du. Ich bin zu weit gegangen. J.

Jake

Es ist erst halb elf, als ich auf den Hotelparkplatz fahre und den Motor abstelle. Eine halbe Stunde zu früh, und das, obwohl ich noch einmal umkehren musste, weil mir auf halber Strecke aufgefallen ist, dass Kyle meinen Rucksack nach vorgestern Nacht womöglich wiedererkennen könnte. Ich bin also noch einmal zurückgefahren, habe alles umgepackt, etwas mehr Parfum aufgetragen und mich wieder auf den Weg gemacht. Und jetzt stehe ich hier und warte. Und beim Gedanken daran, sie zu sehen, zieht sich alles in mir zusammen. Ich steige aus, fische das Handy aus meiner Hosentasche und tue das, was ich seit dem Abend am Pier vor mir herschiebe. Ich rufe Andrew an. Es klingelt ein Mal, dann ist er dran.

„Na, der Anruf hat ja ganz schön auf sich warten lassen."

„Ja, ich weiß", antworte ich seufzend. „Ich hätte mich verabschieden sollen, aber ..."

„Vergiss es einfach, kein Thema."

„War Ivy sauer?"

„Nein, eher enttäuscht", sagt er und ich höre ihn grinsen. „Sie hat mich nach deiner Nummer gefragt."

„Ach was...", sage ich lachend.

„Die war echt scharf auf dich."

„Wem sagst du das", antworte ich grinsend. „Du hast ihr meine Nummer aber nicht gegeben, oder?"

„Hältst du mich für einen Vollidioten? Wo denkst du hin?“

„Und mit Michelle und dir?“, frage ich beiläufig. „Alles okay?“

„Alles beim Alten. Sie ist nach wie vor in mich verliebt und ich will nach wie vor nur mit ihr ins Bett gehen.“

„Was du aber nicht tun wirst...“

„Genau.“

„Scheiße...“

„Das bringt es ziemlich gut auf den Punkt“, sagt er lachend. „Ach ja, bevor ich es vergesse, nächsten Freitag spielt *My Morning Jacket* am Pier... Kommst du mit?“

„Ich habe leider keine Ahnung, wer das ist“, gebe ich zu.

„Ich schicke dir die Playlist... Glaub mir, du wirst sie mögen.“

„Okay, tu das...“

„Was ist mit Julie?“

„Mein Bruder und ich sind nach wie vor verrückt nach ihr.“

„Fuck.“

„Ich wünschte fast, ich hätte sie nie getroffen“, sage ich seufzend.

„Ich weiß genau, wie es dir geht.“

„Was soll ich sagen, es ist, wie es ist.“ Ich sitze auf der Motorhaube. Die Morgensonne brennt mir in den Nacken und ein angenehmer Wind weht mir ins Gesicht.

„Jay!“ Kyles Stimme lässt mich aufschauen.

„Andrew, ich muss Schluss machen“, sage ich, während mein Blick Julie findet. „Schick mir die Playlist, ich höre dann rein.“

„Ist gut... wir sehen uns...“

Ich lege auf und rutsche von der Motorhaube.

„Du bist ja schon da.“ Kyle kommt auf mich zu, nimmt mich in den Arm und klopft mir auf den Rücken. „Wo ist Lucy?“

„Guten Morgen erst mal“, sage ich in die Runde, aber mein Blick bleibt einen Moment zu lang an Julie hängen. An Julie und der Tatsache, dass sie ein schulterfreies Top und keinen BH trägt. Ihre Haut glänzt, ihre Augen strahlen. Sie ist so unfassbar schön, dass ich einen Augenblick fast vergesse zu atmen. Caroline bemerkt meinen Blick. Und so, wie sie mich ansieht, weiß sie alles. Sie kennt jedes noch so kleine schmutzige Detail.

„Hi, wir kennen uns ja bereits.“

Ich reiße meinen Blick widerwillig von Julie weg und entdecke den blonden Surfer-Typen. Er streckt mir die Hand entgegen und grinst mich wissend an. *Okay. Er weiß es wohl auch.* Ich sehe zu Julie hinüber, aber sie ignoriert mich.

„Hi, Lucas, schön, dich zu sehen.“

•••

Die ganze Fahrt über reden alle durcheinander. Es geht hauptsächlich um den Sturm, der im Anrollen ist. Jeder scheint eine Meinung dazu zu haben. Na ja, fast.

Julie und ich schweigen lieber. Ich versuche, mich aufs Fahren zu konzentrieren, aber mein Blick verirrt sich leider immer wieder in den Rückspiegel – zu Julie. Wegen ihrem schulterfreien Oberteil sieht es fast so aus, als wäre sie nackt. Ich betrachte ihren grazilen Hals, die einzelnen Strähnen, die ihr der Wind ins Gesicht wirbelt. Sie trägt das Haar in einem losen Knoten und das gesamte Auto riecht nach Cocos.

„Was machen wir als erstes?“, fragt Lucas.

„Also ich habe *Hunger*“, höre ich Kyle antworten.

„Oh ja, ich auch“, sagt Caroline und erwischt mich dabei, wie ich Julie beobachte. „Wo kann man denn gut frühstücken?“, fragt sie und mustert mich eindringlich.

„Im *Café de Paris*“, antworte ich. „Aber das kennst du bestimmt schon, oder?“

Sie schaut peinlich berührt weg. „Ja, ich... ich bin beim Joggen dort vorbeigekommen.“

•••

Zehn Minuten später setzen wir uns an einen Tisch im Freien. Möwen ziehen ihre Bahnen übers Meer, ein paar Segelboote sind draußen und die Bucht ist bereits voll mit unzähligen bunten Strandtüchern.

Julie würdigt mich keines Blickes. Ich wünschte, ich könnte es ihr erklären, aber die Wahrheit ist, es ist für alle Beteiligten am besten, wenn ich einfach meine Rolle spiele. Wenn ich das tue, was irgendwie ohnehin jeder von mir erwartet. Wenn ich ihr das Herz breche. Wenn ich das Arschloch bin, für das sie mich im Grunde doch sowieso alle halten. Weil ich es immer war. Wenn Julie nämlich doch nur eine von vielen war, kann das Leben einfach so weitergehen wie bisher. Das würde alle Probleme lösen. Julie kann mich hassen und sich in Kyles Arme flüchten. Kyle kann sich in Sicherheit wiegen und mich wieder so sehen wie früher: den großen Womanizer. Diesen herzlosen Typen, der jede vögelt, aber keine liebt. Der Mann, dem keine Frau widerstehen kann.

Aber der Gedanke, Julie das Herz zu brechen, bringt mich um. Genauso wie die Tatsache, dass niemand wissen wird, dass nicht nur ihres bricht. Es muss so sein. Ich will nicht, dass sie um etwas kämpft, das aussichtslos ist. Um mich und das, was wir hätten sein können. Ich muss sie gehen lassen. Für Kyle. Weil es ihn umbringen würde, wenn er wüsste, was zwischen uns passiert ist.

Kyle flüstert Julie etwas ins Ohr und streicht ihr über den Handrücken. Diese flüchtige Berührung spannt jeden Muskel in meinem Körper an. Sie wird mit ihm schlafen. Sie wird ihn *lieben.* Ich kann das nicht. Ich kann nicht so tun, als wäre es mir egal. Ich schaue wieder zu Julie hinüber und sie aufs Meer. Es ist dieser Blick, der mir sagt, dass sie genau weiß, dass ich sie ansehe. Ich wünsche mir nur einen kurzen Moment. Nur eine Sekunde, in der sich unsere Augen treffen. Stattdessen legt Kyle den Arm um sie und sie lehnt sich an seine Schulter. Ich spüre die Wut. Sie jagt durch meinen Körper, aber ich beiße die Zähne fest zusammen und versuche so auszusehen, als würde ich den Moment genießen, obwohl ich Kyle am liebsten zu Brei schlagen würde.

Caroline und Lucas beobachten die Situation, tun aber so, als würden sie die Karte studieren. Ich spüre ihre Augen, dann Carolines Hand unter dem Tisch auf meinem Arm und diesen Blick, der mich fragt, ob alles okay ist. Aber nichts ist okay. Die Eifersucht brennt in jeder Zelle. Ich spüre die Anspannung, das Zittern. Ich spüre, wie sich meine Fäuste ballen. Ich sollte gehen, bevor ich Julie von ihm wegreiße. Die Stimmung schrammt haarscharf am Desaster vorbei und ich frage mich, ob ich nicht vielleicht doch hätte absagen sollen.

„Was kannst du denn empfehlen?“, fragt Caroline und hält mir die Karte hin. „Ich kann mich einfach nicht entscheiden.“

„Ich...“, sage ich und schlucke.

„Wie ist zum Beispiel das *Pain au Chocolat?*“

„Fantastisch.“ Ich muss lächeln. Vielleicht, weil ich selten jemandem so dankbar war wie Caroline.

„Sehr gut, dann will ich eins“, sagt sie und nickt zufrieden.

Ich will gerade antworten, als wie aus dem Nichts Lucy neben mir auftaucht und mich anstrahlt.

Julie

Ich fasse es nicht. Die Frau aus dem *Racoon*. Die, mit der er Mittagessen war. Ich war schon eifersüchtig in meinem Leben. Aber das, was ich gerade spüre, ist neu. Es ist anders und reißt mich innerlich in Fetzen. Ich versuche nicht hinzusehen, aber mein Blick findet immer wieder zu meinem Norden zurück. Nur, dass mein Norden leider auch *ihrer* zu sein scheint. Sie zieht ihn mit den Augen aus und ich würde sie ihr am liebsten auskratzen.

„Jacob?“, ertönt eine warme Stimme neben mir. „Ist das schön, dich so schnell wiederzusehen!“

Jacob? Einen Moment entwischen meine Augen wieder zu Jake. Er findet meinen fragenden Blick, dann schaue ich schnell weg. Zu dieser kleinen, runden Frau mit dem mütterlichen Ausdruck in den Augen und der Schürze mit Spitzenborte, die neben unserem Tisch steht und Jake anlächelt. Ihre roten Wangen und die Art, wie sie ihn ansieht, zeigen, dass sie ihn schon ewig kennt. Ja, vielleicht sein ganzes Leben lang. Lachfältchen umrahmen ihre blauen Augen und das graue Haar trägt sie in einem Knoten am Hinterkopf.

„Chloé.“ Er steht auf und nimmt sie in den Arm. Und die Tatsache, dass ich wünschte, ich wäre sie, nur um seine Wärme zu spüren, zeigt, wie armselig ich eigentlich bin. Er lässt sie los und zeigt auf uns.

„Ich gebe heute eine Clearwater Bay Führung und da durfte das *Café de Paris* nicht fehlen."

„Das freut mich." Sie strahlt und lächelt uns an. „Dann seid ihr Jacobs Freunde?"

„Mein Gott, du kennst Kyle gar nicht", stellt Jake fest und deutet zu Kyle hinüber. „Das ist Kyle. Mein Bruder."

„Oh nein, wie schön!", sagt Chloé und klatscht in die Hände. „Jacob hat mir so viel von dir erzählt."

„Ehrlich?", fragt Kyle und schüttelt ihr die Hand. Er sieht einen Augenblick zu Jake hinüber und sagt: „Das... das freut mich."

„Ja, was denkst du denn?", sagt er grinsend und zeigt dann zu mir. „Die junge Dame neben ihm ist seine Freundin Jules." Dieser Satz ist wie ein Schlag ins Gesicht. Er trifft einen Nerv, der so entsetzlich wehtut, dass mir sofort Tränen in die Augen schießen. Plötzlich wird alles still. Wie kann er das sagen? Wie kann er mich als Kyles Freundin vorstellen? Dann endlich begreife ich, dass mich alle ansehen. Sie muss denken, dass ich schrecklich unhöflich bin. „Hallo", sage ich und schlucke. „Freut mich sehr."

„Bezaubernd...", flüstert Chloé und dreht sich zu Jake. „Ist sie nicht bezaubernd?"

„Natürlich ist sie das. Kyle hat eben Geschmack", antwortet Jake lächelnd. Dann wendet er sich Lucy zu. „Und das hier ist Lucy."

„Ich nehme an, deine Freundin..." Chloé reicht ihr die Hand. „Eine hübscher als die andere." Seine *Freundin?* Ich versuche zu atmen, aber ich kann nicht.

So als wäre ich unter Wasser. Etwas sperrt sich. Vielleicht ist es mein Herz, das gerade bricht und sich in meine Lungen bohrt.

Und ja, zugegeben, Lucy sieht toll aus, aber muss sie sagen, dass sie hübscher ist als ich? Ich meine, ich weiß, dass es so ist, aber muss sie es auch noch *sagen?* Ich mustere sie abschätzig. Sie und ihre strahlend weißen Zähne. Sie ist bestimmt fünf Jahre älter als ich, aber es sind keine schlechten fünf Jahre. Diese fünf Jahre machen sie nicht alt. Sie machen sie zu einer echten Frau, neben der ich mit meinen riesigen Augen und den viel zu kleinen Brüsten plötzlich wie ein dummes, unsicheres Mädchen aussehe. Ihre blonden Haare fließen wie Gold um ihre Schultern und die mandelförmigen grünblauen Augen strahlen zwischen langen dichten Wimpern hindurch. Diese Frau ist ein Albtraum. Ein Albtraum mit einem makellosen Gesicht und einem Hammerkörper. Aber das Schlimmste ist, wie sympathisch sie mir ist. Ihr freundliches Lächeln und der aufrichtig interessierte Ausdruck in ihrem Gesicht. Wäre ich Jake, ich hätte mich auch für sie entschieden. Aber warum hat er mich dann geküsst?

Der Kloß in meinem Hals schwillt weiter an und die Tränen kämpfen sich bis in meine Augen vor, während ich irgendwie darauf zu warten scheine, dass Jake protestiert. Dass er sagt, dass ich viel schöner bin und dass das mit Lucy eine völlig bedeutungslose Bettgeschichte ist. Aber er schweigt. Und sie sieht leider nicht bedeutungslos aus. Und auch nicht wie eine Bettgeschichte. Ich spüre Carolines besorgten Blick auf mir, aber wenn ich sie jetzt ansehe, werde ich nur anfangen zu weinen, und deswegen schaue ich weiter stur in die Karte.

„Ich komme regelmäßig hierher“, sagt Lucy. „Es gibt keinen besseren Apfelkuchen.“ Was für eine verdammte Schleimerin.

„Ach, dann wohnen Sie auch in Clearwater?“

„Ja, seit etwas über einem Jahr.“

Ich schaue hoch. Sie ... sie *wohnt* hier? Kann mich bitte irgendjemand aus diesem Albtraum aufwecken? Wie bin ich überhaupt hierher gekommen? In Kyles Arme? Und an einen Tisch mit dieser Schlampe?

„Und dieses Traumpaar?“, fragt Chloé und lächelt ihr warmes Lächeln.

„Das sind Caroline und Lucas...“, antwortet Jake grinsend.

„Schön, euch kennenzulernen.“

„Gleichfalls“, sagt Caroline und sieht dann sofort wieder besorgt zu mir.

„Also, was darf ich euch denn bringen?“

•••

Ich trage das benutzte Geschirr in das kleine Café und stelle es auf den Tresen. Chloé lächelt mich an.

„Wie lieb von dir“, sagt sie. „Jules, richtig?“

„Julie, ja.“ Ich rieche Jake, bevor ich ihn sehe. Sein Duft schlängelt sich hinterrücks in meine Nase. Ich atme tief ein, dann verabschiede ich mich. „Es war sehr schön, Sie kennenzulernen“, flüstere ich. „Sie haben ein wunderschönes Café.“

„Es freut mich wirklich sehr, dass du das sagst", antwortet sie strahlend. „Vielleicht kommen du und dein Freund ja mal wieder?"

„Ich...", stammle ich. „Ja, bestimmt sogar." Ich sehe Jake im Augenwinkel, dann verschwinde ich in Richtung der Toiletten.

Ich blinzle die Tränen weg und atme gegen den Schmerz. Habe ich es mir vielleicht nur eingebildet? Waren die Augenblicke zwischen uns wirklich nur Sex? Oder war es mehr? Ich dachte es. Es hat sich so echt angefühlt. Ich schaue in den Spiegel. In meine glasigen Augen. In die Leere.

Ich weiß, es ist naiv, aber ich dachte irgendwie, Jake wäre der Mensch, den ich finden musste. Der, den manche ihr Leben lang suchen. Ich dachte, er wäre mein Gegenstück. Aber er ist Kyles Bruder. Und ein Arschloch. Jeder Atemzug tut weh. Wieso hat mir keiner gesagt, dass man für sein Gegenstück vielleicht nicht dieser eine Mensch sein könnte? Man geht immer davon aus, dass es so sein wird. Aber so ist es nicht.

Ich wasche mir die Hände und trockne sie ab, dann lege ich noch etwas Cocos-Öl auf. Das Make-up versteckt mein gebrochenes Herz, und ich hoffe, mein Duft wird ihn ebenso quälen, wie seiner mich.

Als ich wieder das kleine Café betrete, höre ich Chloé fragen: „Was ist mit *Seashell Cove?* Weißt du inzwischen, was du tun wirst?"

„Nein, noch nicht", antwortet Jake. Dann sieht er mich und flüstert: „Lass uns ein anderes Mal darüber reden, okay?"

Ich dachte, uns verbindet etwas. Wenn ich ehrlich bin, dachte ich, es wäre Liebe. Aber was weiß ich schon von ihm? Nichts. Und alles, was ich gehört habe, war schlecht. Seine Zartbitteraugen finden meine und sein Blick treibt einen eiskalten Schauer über meinen Körper. Meine Brustwarzen ziehen sich langsam zusammen und zeichnen sich unter dem Bandeau-Top ab. Was ist es nur mit Jake?

Als wir uns wenig später ins Auto setzen, sieht er mich durch den Rückspiegel an. Und in der Sekunde, als er liebevoll die Hand auf Lucys Schenkel legt, brennen die Tränen in meinen Augen, aber ich schlucke sie hinunter. Okay, Jake. Wenn du das Spiel so spielen willst, bitteschön. Game on.

Jake

„Und ihr wollt *echt* an den Strand?“, frage ich irritiert. „Aber den habt ihr in Oceanside doch auch?“

„Nur kurz abkühlen“, sagt Kyle. „Es ist echt viel zu heiß heute.“

„Na gut, wie ihr wollt“, sage ich. Und in diesem Moment erinnere ich mich an eine versteckte Bucht, die mir mein Dad vor Jahren einmal gezeigt hat. Ich war ewig nicht mehr dort. „Ich weiß, wohin ich euch bringe...“

Mein Blick verirrt sich zu Julie, weil ich eigentlich nur ihr diesen Ort zeigen will, aber sie hat die Augen geschlossen und genießt den Fahrtwind, der ihren Cocos-Duft zu mir nach vorne wirbelt. Kurz muss ich lächeln, aber dann entdecke ich Kyles Arme, die sie festhalten. Als er sie dann auch noch sanft auf die Schläfe küsst, streiche ich mit dem Daumen über Lucys Oberschenkel und hoffe insgeheim, dass Julie es sieht.

•••

„O mein Gott, ist das schön“, sagt Lucy und nimmt die Sonnenbrille ab.

„Ja, nicht wahr?“, flüstere ich und beobachte im Augenwinkel Julies Reaktion.

Sie steht nur da. Reglos. Die Art, wie ihre Augen über die Bucht gleiten und wie sie in diesem Anblick versinkt, ziehen mein Herz zusammen. Ich setze mich in den warmen Sand und sehe zu ihr hinüber. Schaue ihr zu, wie sie barfuß in Richtung Wasser geht. Es rollt in sanften Wellen an Land und ist so klar und türkis wie ihre Augen. Mein Vater hat diesen Strand *Pearl Beach* getauft. Ich habe keine Ahnung warum. Vielleicht, weil er so *unfassbar* schön ist. Eine Kostbarkeit. Ein kleines Paradies. Ich werde es ihr vermutlich niemals sagen, aber für mich heißt dieser Strand von nun an *Julie Beach.* Weil er genauso ist wie sie.

Die Bucht ist versteckt. Umringt von Pinien und Laubbäumen. Zwei Felsen liegen wie steinerne Arme im Meer und schotten den Strand ab. Man könnte fast glauben, dass noch nie jemand hier war. Als hätte noch kein Mensch vor uns diesen Strand jemals betreten. Das Einzige, was diese Illusion zerstört, ist die kleine Brücke, die die beiden Felsen miteinander verbindet. Sie spannt sich wie ein Steg von einer Seite zur anderen. Ich kann nicht sagen, wie viele Stunden ich dort oben verbracht habe. Aber es waren viele. Mal habe ich nachgedacht, mal gelesen. Manchmal auch geträumt. Aber ich war immer allein. Ich habe nie jemanden mit hierher gebracht.

Mein Blick greift nach Julies und lässt sie nicht mehr los. Wie am Steg. So, wie jedes Mal, wenn er ihren findet. Ich weiß, dass meine Fassade nicht mehr lange halten wird. Die bröckelt bereits. Ich spüre die Risse und das Zucken in meinen Muskeln. Wie mein Kiefer arbeitet und sich meine Arme anspannen. Ich will sie. *Fuck, ich will sie.*

„Gehst du mit mir ins Wasser?", bricht Lucys Stimme in meine Gedanken.

„Ich...", antworte ich und schlucke. „Ja, gleich."

„Dann warte ich." Sie setzt sich zu mir in den Sand. Lucas und Caroline klettern auf die Felsen und legen sich zusammen auf die Brücke. Kyle zieht sich das T-Shirt über den Kopf.

„Kommst du, Süße?"

„Ich weiß nicht..." Julie zögert.

„Was ist?", ruft er und geht rückwärts ins Wasser.

„Ich habe kein Schwimmzeug dabei."

„Na und?", antwortet er lächelnd. „Geh doch in Unterwäsche..." Mit diesem Satz dreht er sich um und springt in die Fluten.

Ich sitze nur da und warte. Was wird sie tun? Sie trägt keinen BH. Sie wird doch nicht oben ohne mit ihm schwimmen gehen? Ach, bestimmt nicht. Oder? Daran darf ich gar nicht denken.

„Ich habe mich sehr über deinen Anruf gestern gefreut", flüstert Lucy und sieht mich von der Seite an.

„Was?", frage ich und zwinge mich sie anzusehen.

„Es ... es hat mich sehr gefreut, dass du mich eingeladen hast", sagt sie und greift vorsichtig nach meiner Hand.

Ich spüre Julies Blick und sehe zu ihr hinüber. Eine Sekunde treffen sich unsere Augen, dann sieht sie weg. Kurz steht sie einfach nur da, dann zieht sie sich die Hotpants aus. Ihre langen Beine und dieser Hintern lassen mich flach atmen. Sie greift nach dem

Saum ihres Tops und zieht es sich langsam über den Kopf. Ich betrachte ihren grazilen Rücken. Den Nacken. Ihre nackte Haut. Erinnere mich daran, wie sie sich unter meinen Händen angefühlt hat. Julie geht in Richtung Wasser. Ich sehe Kyle und die Art, wie er sie ansieht. Die Tatsache, dass sie gerade halbnackt auf ihn zugeht, wird zu einem Knoten in meiner Brust. *Keiner* darf sie so sehen. Die Eifersucht brennt in meinem Bauch.

„Was meinst du?“, fragt Lucy. „Wollen wir auch ins Wasser gehen?“

„Unbedingt“, antworte ich schwer atmend. „Das kalte Wasser wird mir sicher guttun.“

Sie streift sich die Träger von den Schultern. Der dünne Stoff gleitet ihre Haut hinunter. Ja, Lucy hat einen tollen Körper. Schöne Haut. Aber vor allem tolle Titten. Ihre Brustwarzen ziehen sich zusammen und pressen sich gegen das knappe Bikini-Oberteil. Ihr Blick ist eine Aufforderung. Sie lächelt, dann dreht sie sich um und geht in Richtung Wasser. Mein Atem geht schneller. Mein Körper will. Aber eben nicht sie, sondern Julie. Und allein beim Gedanken an ihren zierlichen Körper, der sich gegen meinen presst, an das kühle Wasser und diesen fordernden Ausdruck in ihren Augen, werde ich sofort wieder hart. Sie macht mich fertig.

Julie

Kyles Augen leuchten, als ich auf ihn zugehe. Sie sehen mich so an, wie sie mich bereits vor ein paar Monaten angesehen haben. Als würden sich endlich seine größten Träume erfüllen. Sein Blick tastet sich über meinen nackten Oberkörper, Jakes über meinen Rücken. Ich gehe ins Wasser und für einen kurzen Moment konzentriere ich mich nur auf Jake und dieses Gefühl. Auf die Gänsehaut, die sich immer weiter ausbreitet. Und meine Gedanken, die einen Ausflug zurück an den Steg machen, als er mich nicht nur mit den Augen berührt hat.

Ich verdecke mir mit den Händen die Brüste, als er neben mir auftaucht, und lächle ihn schüchtern an, weil das Teil des Spiels ist, in das er mich gezwungen hat. In den Tiefen seiner Augen brennt etwas. Ist es nur Verlangen? Oder ist es mehr?

„Schwimmen wir ein bisschen raus?", fragt Kyle und zieht mich plötzlich in eine Umarmung. Die Hände auf meinen Brüsten trennen unsere Körper voneinander. Seine Haut ist kühl. Ich sehe ihn an und nicke, dann befreie ich mich aus seinen Armen und gleite ins Wasser. Aber bevor ich ganz eintauche, nehme ich die Hände weg und schaue zu Jake. Sein Blick fällt auf meine Brüste. Seine Kiefermuskeln treten bei diesem Anblick hervor und er mustert mich mit diesem düsteren Blick, den ich sofort tief in meinem Bauch spüre.

In dem Moment, als ich hinausschwimmen und meinen kleinen Triumph genießen will, zieht Lucy ihn lachend mit sich in die Fluten. Ich *hasse* diese Frau.

...

Der Horizont schwebt als Linie in der Ferne und das Wasser glitzert türkis in der prallen Mittagssonne. Kyle schwimmt voraus. Er dreht sich immer wieder zu mir um, so als wollte er sichergehen, dass ich mich nicht heimlich aus dem Staub mache.

Warum will mein Herz nicht verstehen, dass Kyle der Richtige für mich ist? Er ist alles, was ich mir wünsche. Witzig, intelligent, gutaussehend. Aber er lässt meinen Körper kalt. So sehr ich ihn auch liebe – und das tue ich – ich werde mich von ihm nie auf diese Art angezogen fühlen. Kyle dreht sich wieder zu mir um und das Lächeln, das mich trifft, ist so unbeschwert und fröhlich. Ich kann nicht anders, als es zu erwidern, obwohl mir kein bisschen danach ist. Seine gebräunte Haut schimmert im Sonnenlicht und seine dunklen Augen strahlen.

„Jules, schau mal." Kyle zeigt auf die Rückseite des zerklüfteten Felsens. „Da ist ein verstecktes Stückchen Strand." *O nein.* „Komm schon, lass uns da hinschwimmen."

„Ich...", stottere ich und schlucke. „Ich brauche erst etwas zu trinken."

„Soll ich dir etwas holen?"

„Ach was", antworte ich lächelnd.

„Okay", sagt er lächelnd. „Aber du kommst dann wieder?" Die Sehnsucht in seinem Blick sticht in meiner Brust.

„Natürlich..."

Ich schwimme langsam zurück in Richtung Ufer. Das kühle Wasser legt sich um meine glühende Haut. Alles ist so friedlich, während in meinem Inneren das Chaos die Macht übernimmt. Das ändert nichts daran, wie vollkommen dieses Fleckchen Erde ist. Ich schwimme unter der kleinen Brücke hindurch, auf der Lucas und Caroline herumalbern. Ich höre sie lachen, höre das Zwitschern der Vögel, das sanfte Rauschen der Wellen. Alles erstrahlt in Grün und Blau und Türkis. Es ist perfekt. Die vielen Bäume, die den Strand säumen, und die Felsen, die sich schützend um die Bucht legen wie starke Arme. Und ich mittendrin. Aber so traumhaft die Kulisse auch erscheinen mag, so grauenhaft fühle ich mich.

Mein Blick sucht nach Jake, findet aber nur Lucy, die gerade im dichten Gebüsch verschwindet. Mein Herz rast und der Kloß in meinem Hals schwillt wieder an. Wie ... wie kann er das tun? Ich meine, vorgestern haben wir uns noch geküsst. Er hat geschrieben, dass er nicht aufhören kann, an mich zu denken. Er ... Ich sehe wieder seinen brennenden Blick, diesen Anflug eines Lächelns auf den Lippen, spüre, wie sich sein nackter Oberkörper an meinen drängt. Ich kämpfe gegen die Bilder in meinem Kopf, als sich wie aus dem Nichts etwas um meinen Arm legt und mich ruckartig in Richtung Felsen zieht.

„Hör auf damit, Julie", flüstert er heiser.

„Ich?“, frage ich aufgebracht.

„Du musst damit aufhören“, sagt er verzweifelt und sieht mich an. Sein Blick kribbelt meine Haut entlang. „Julie, ich ... ich halte das nicht aus.“ Ich will etwas sagen, aber ich kann nicht mehr denken. Seine Wärme drängt sich an meine Brüste, sein flacher Atem trifft mein Gesicht, seine Lippen schweben über meinen. „Du machst mich verrückt.“

Das Wasser plätschert um unsere Körper, seine Hände gleiten über meine Haut, halten mich am Po. Er zieht mich noch fester an sich. Das Pochen tief in meinem Bauch treibt mich in den Wahnsinn und der herbe Duft seiner Haut erstickt jeden Gedanken. Ich schlinge meine Beine um sein Becken. Als ich seine Härte spüre, atme ich scharf ein.

„Was willst du von mir?“, hauche ich.

„Ich will ...“

Aber plötzlich kreischt Caroline meinen Namen und ich lasse Jake instinktiv los. Ich weiche zurück und dann entdecke ich Kyle im Augenwinkel.

„Wo bleibst du denn?“, fragt er grinsend. „Ich dachte, du ...“ Dann sieht er Jake. Und dass er mich am Arm festhält. „Julie, was ist hier los?“

Jake

Komm schon, Jake, denk nach. Sag etwas.

„Geht es wieder?", frage ich und lasse Julies Arm los.

„Geht *was* wieder?", fragt Kyle. Seine Stimme ist getränkt von Misstrauen. *Fuck*.

„Keine Panik", antworte ich gelassen. „Sie hatte nur einen Krampf."

„Einen Krampf?"

„Ja, einen Krampf", sagt Julie und zeigt auf ihre Wade.

„Was für ein Glück, dass du da warst", sagt Kyle und sieht mich an.

„Was ist?", frage ich kopfschüttelnd. „Hätte ich ihr lieber nicht helfen sollen?"

„Sie ist oben ohne, verdammt noch mal!"

„Was hat das eine bitte mit dem anderen zu tun?" Meine Stimme bebt.

„Lass die Finger von ihr, Jay!", brüllt Kyle. „Jules ist keine von deinen Bettgeschichten!"

„Kyle, bitte", flüstert Julie. „Hör auf."

„Nein, ich höre nicht auf!", schreit Kyle und seine Stimme überschlägt sich. „Denkst du, ich sehe nicht, was hier läuft?"

„Wie bitte?"

„Komm schon, Jay, ich bin nicht blind!"

„Beruhige dich, Alter“, sage ich und lege meine Hände auf seine Schultern. Mein Herz rast und mein Magen verkrampft sich. „Wovon zum Teufel redest du?“, flüstere ich atemlos. Meine Hände zittern und der Puls rauscht in meinen Ohren. „Jules wird *nie* eine meiner Bettgeschichten sein, okay?“ Ich schaue einen winzigen Moment zu Julie hinüber. In ihre großen Augen.

„Okay“, sagt Kyle schließlich.

Ich sehe zu ihm hinüber. „Okay?“

„Ja, ich ...“ Er schüttelt den Kopf. „Ich weiß auch nicht, was eben in mich gefahren ist.“

•••

Der Wind wirbelt durchs Auto. Er bringt Bewegung in unser eisernes Schweigen. Alle sehen aus dem Fenster, beobachten die Landschaft, die an uns vorbeizieht. So wie das Leben. Nur, dass wir das nicht bemerken. Carolines Blick findet meinen im Rückspiegel und ich kann nicht sagen, was in ihren Augen schimmert. Ein Vorwurf? Sorge? Ich schaue weg und konzentriere mich wieder auf die Straße. Hätte sie vorhin nicht Julies Namen gerufen, hätte er uns erwischt. So konnten wir uns rausreden. Die Lüge noch ein bisschen länger aufrecht erhalten.

Ich kann das nicht mehr. Ich will nicht mehr lügen. Das wird alles kaputtmachen. Wenn man es genau nimmt, ist es schon viel zu weit gegangen. Ich habe mich so sehr in Julie verliebt, dass mir alles wehtut, aber das ändert nichts daran, dass es falsch ist. Es ist an der Zeit, sie gehen zu lassen.

Wir fahren die Küste entlang und die tiefstehende Sonne glitzert auf der Wasseroberfläche. Hinter der nächsten Kurve wartet das Ortsschild. Und ein paar hundert Meter dahinter trennen sich unsere Wege. *Welcome to Oceanside, Massachusetts.* Ob sie weiß, dass es ein Abschied sein wird? Weiß ich es? Bin ich mir sicher? Ich schaue kurz in den Rückspiegel und finde ihre Augen. Diesen Blick, der mir den Verstand raubt. Als Kyle mich plötzlich ansieht, lächle ich.

„So, da wären wir", sage ich und fahre auf den Hotelparkplatz. Ich halte etwas abseits des Eingangs, steige aus und gehe um den Wagen. Lucy nimmt meine Hand und ich lasse es zu. „Ich hoffe, dieser Ausflug war für euch kein komplettes Desaster."

Julie bemerkt unsere Hände und sieht zu Boden. Caroline scheint es auch gesehen zu haben, denn sie nimmt sie in den Arm und streicht ihr über die Schulter. „Ich hatte echt einen wunderschönen Tag", sagt sie lachend.

„Also ich fand es auch klasse", sagt Lucas und streckt mir die Hand entgegen. „Wir sehen uns ja bestimmt noch."

„Das hoffe ich."

„Jay", sagt Kyle und sieht mir direkt in die Augen. „Hast du einen Moment?"

„Sicher", antworte ich und drehe mich zu Lucy. „Ich bin sofort wieder da, Babe."

Ich sehe Julies Blick, der mich am liebsten töten möchte. Ihr wehzutun ist kaum auszuhalten. Ich bin echt froh, wenn es vorbei ist.

„Was gibt's?", frage ich grinsend. Und dieses Grinsen verlangt mir alles ab.

„Ich...", fängt er an und schüttelt den Kopf. „Tut mir noch mal leid wegen vorhin."

„Ich bitte dich", antworte ich lachend. „Das ist längst vergessen." Julie steht nicht mal einen Meter von uns entfernt und ich weiß genau, dass sie uns belauscht.

„Nein, im Ernst, Jay, ich..."

„Kyle", falle ich ihm ins Wort und sehe ihm in die Augen. „Ich bin vielleicht ein Arschloch, aber ich würde dir doch niemals *absichtlich* wehtun." Das ist nicht mal gelogen.

„Ich weiß...", sagt er seufzend. „Und du bist kein Arschloch."

„Doch, das bin ich, und die Rolle steht mir..."

„Jay..."

„Du hast es selbst gesagt, ich bin nicht der Typ für die große Liebe."

„Hey, so habe ich das nicht gesagt."

„Hör mir zu..." Ich zeige unauffällig hinter mich und spüre Julies Augen auf mir. „Siehst du diese Frau?"

Er schaut an mir vorbei. „Was ist mit ihr?"

Ich weiß, er denkt, ich meine Lucy. Und auch Julie denkt, dass ich sie meine. „*Das* ist die Frau, an der ich interessiert bin, okay?" Kyle grinst und nickt. „Deine

Kleine ist klasse. Das meine ich ernst.“ Ich lege meine Hände auf seine Schultern und dann sage ich den Satz, der Julie und mich zu geschiedenen Menschen machen wird. „Aber sie ist nicht gerade der Typ Frau, mit dem ich mir sonst so die Zeit vertreibe... falls du verstehst, was ich meine.“

Julie

Reiß dich zusammen. Komm schon, Julie, reiß dich endlich zusammen. Caroline hält mich fest im Arm und drückt mich an sich. Vielleicht soll mir das dabei helfen, nicht auseinanderzubrechen. Aber das tut es nicht. Innerlich liege ich in Scherben.

Ich kann kaum atmen. Alles brennt. Ich will nicht glauben, was er eben gesagt hat. Andererseits hat er nie gesagt, dass er etwas für mich empfindet. Dass ich ihn *wahnsinnig* mache, ja. Aber was genau heißt das schon? Dass er mich *flachlegen* will? Dass er mich liebt? So oder so haben wir keine Zukunft. Und ich glaube, genau das soll es heißen. Vielleicht ist das ja Jakes Art, mich gehenzulassen. Mit einem Fausthieb in den Magen.

„Also, wir sehen uns!" Mit diesem Satz winken Jake und Lucy uns zu und steigen ins Auto.

Ich spüre, wie meine Unterlippe zittert, spüre die Tränen, die sich nicht mehr aufhalten lassen. Jeden Moment werden sie über meine Wimpern rollen.

„Mist, Jules, wir müssen echt los!", sagt Caroline und greift nach meiner Hand. „Reiß dich noch einen Augenblick zusammen", flüstert sie und zieht mich hinter sich her.

„Wir sehen uns später!", ruft uns Kyle hinterher, aber ich antworte nicht. Meine Welt bricht gerade zusammen. Und ja, ich weiß, dass es enden muss. Ich weiß, dass es besser ist. Aber so fühlt es sich nicht an. Es fühlt sich ein bisschen an wie sterben, nur bei vollem Bewusstsein. Die Tränen laufen heiß über meine Wangen. Eine nach der anderen. Es ist wie eine OP am offenen Herzen. Ohne Betäubung. Und ohne die Aussicht auf Heilung.

•••

Ich habe alles auf den Sturm vorbereitet, der in den kommenden Tagen auf die Ostküste treffen soll. Auf Cynthia. Ich habe Blumentöpfe geschleppt, Markisen und Sonnenschirme verstaut, den Urlaubern erklärt, was genau zu tun ist, wenn es los geht, und *jeden einzelnen* Fensterladen in diesem Resort in seiner Verankerung befestigt. Meine Schicht ist vorbei und ich bin nicht mehr traurig. Und wenn doch, fühle ich es nicht mehr. Die Wut füllt mich komplett aus. Ich bin so wütend, dass ich mich fast ein bisschen vor mir selbst fürchte. Gibt es nur das, was Kyle und Jake wollen? Was ist bitte mit mir? Und wie konnte er es mir so sagen? Ja, vielleicht hätte ich damit rechnen sollen, aber das habe ich nicht. Ehrlich gesagt, weiß ich nicht, was ich mir erwartet habe. Nicht das. Mein Herz schlägt gegen meine Rippen und jeder einzelne Muskel in meinem Körper ist angespannt.

Während mir die Wut immer mehr zu Kopf steigt, fahre ich mit dem Aufzug nach unten. Ich gehe an der Wäscherei und dem Lager vorbei und weiter zu den Umkleiden der Angestellten.

Ich werfe meine verschwitzte Uniform in einen der Wäschesäcke, dann ziehe ich mich an. Kaum zu glauben, dass ich mich in diesen Klamotten heute Morgen sexy gefühlt habe. Ich bade gerade in Jakes Gesichtsausdruck, als er mich darin gesehen hat, als plötzlich jemand die Tür aufmacht.

„Jules, hey", sagt Caroline und sieht mich an, als würde ich garantiert jeden Augenblick in Tränen ausbrechen. „Bist du okay?"

„Alles gut", antworte ich knapp.

„Süße...", sagt sie sanft. „Willst du ..."

„Nein, will ich nicht", schneide ich ihr das Wort ab. „Bitte, ich ... Ich will einfach nur allein sein."

„Verstehe", sagt Caroline und seufzt. „Falls du es dir anders überlegst, ich bin bei Lucas."

„Ist gut." Ich zwinge mich zu lächeln, dann gehe ich so schnell ich kann zu den Aufzügen, die mich in die scheinbar perfekte Welt zurückbringen. Eine Welt mit glänzenden Fliesen und viel zu stark gemusterten Teppichböden, mit völlig unnötigen Beistelltischen und wundervoller Pianomusik, die aber leider niemand wirklich bemerkt.

•••

Ich sollte duschen. Ich sollte mich betrinken und dann in den Schlaf weinen. Aber anstatt ins Bett zu gehen, tragen mich meine Füße wie ferngesteuert in Richtung Pier. Meine Augen brennen und meine Haut spannt. Ich spüre noch das Salzwasser. Es hat weiße Muster als kleine Erinnerung an diesen Tag auf meiner Haut hinterlassen und ist in meinen Haaren getrocknet. Mit nichts als meinem Handy steuere ich auf den Hafen zu. Noch ist es warm, aber später werde ich bestimmt bereuen, dass ich nichts zum Drüberziehen mitgenommen habe. Ich gehe am *La Mer* und den vielen anderen Luxusrestaurants der Promenade vorbei. Es riecht nach frisch gebratenem Fisch mit Rosmarinkartoffeln, und erst bei diesem Duft fällt mir auf, wie hungrig ich eigentlich bin. Bis auf das Croissant, für das ich mich tatsächlich nur deswegen entschieden habe, weil Jake auch eines bestellt hat, habe ich den ganzen Tag nichts gegessen. Mein Magen zieht sich bei diesem Gedanken beleidigt zusammen. Aber ich habe keine Zeit, mir etwas zu holen, wenn ich den letzten Bus noch erwischen will.

Ich werde schneller. Gehe vorbei an der Eisdiele und den Partybooten, die bunt beleuchtet vor sich hinschaukeln. Die Musik hat bereits eingesetzt. Sie werden jeden Moment zu ihrer allabendlichen Tour aufbrechen.

„Jules?"

Ich zucke zusammen und mein Herz hämmert gegen meinen Brustkorb. „Kyle, hi...", antworte ich und zwinge mich dazu zu lächeln.

„Hi." Er sieht mich einen Augenblick lang nur an, dann sagt er schließlich: „Bist du ... ich meine, bist du meinetwegen gekommen?"

„Na ja, ich ... ich ..." Verdammt noch mal, Julie, jetzt sag etwas. Irgendetwas.

„Ich bin auch nervös", sagt er lachend und greift nach meiner Hand. „Es ist wirklich beruhigend, dass nicht nur du mich nervös machst." Ich kämpfe gegen die Gewissensbisse, die mich von innen auffressen. „Also, was ich damit eigentlich sagen wollte..." Er grinst. „Ich habe dich vorhin gesucht."

„Hast du?" Die Art, wie Kyle mich anlächelt, macht mich fertig. Er hat mich gesucht. Und was mache ich? Ich versuche den letzten Bus nach Clearwater zu bekommen. Ich bin ein grauenhafter Mensch. Ich verabscheue mich selbst. Aber ich muss ihn sehen. Ich kann nicht einfach so tun, als wäre alles okay, wenn es das nicht ist. Genau genommen ist *nichts* okay. Ich muss diesen Bus erwischen. Ich brauche Antworten. Und ein paar Minuten mit Jake. Allein. Einen Moment, in dem ich ihm endlich die Fragen stellen kann, die ich stellen muss. Ehrlich gesagt weiß ich nicht, ob ich Jake suche, oder nur Ärger. Vermutlich beides. Ich muss wissen, ob Lucy bei ihm ist. Ich muss mit eigenen Augen sehen, dass sie die Frau ist, die er will. Erst dann werde ich es glauben können. Ich weiß zwar noch nicht, was ich tue, wenn es so ist, aber um mir das zu überlegen, habe ich ja auch noch eine halbe Stunde Busfahrt Zeit. Und dann muss ich noch rausfinden, wo Jake überhaupt wohnt.

„Worüber denkst du nur so angestrengt nach?", dringt Kyles Stimme zu meinen Gedanken.

„Ich ... ich bin komplett durch den Wind", sage ich und seufze schwer.

„Ja, ich auch", antwortet er und streicht mit dem Daumen über meinen Handrücken. „Ich wollte mich bei dir entschuldigen." Ich sehe einen Bus am Pier einfahren. *Oh nein. Oh bitte.* Ich darf diesen Bus nicht verpassen!

„Hey, Kyle! Wir müssen!“, ruft ein junger Mann von einem der Stege. „Komm schon!“

„Ich bin gleich da, Jackson!“, brüllt er zurück, dann dreht er sich wieder zu mir. „Fuck, ich...“ Er schüttelt den Kopf. „Ich muss los.“

„Es ist okay“, sage ich lächelnd. „Wir sehen uns morgen.“

Ich will gerade meine Hand aus seiner ziehen, da hält er sie fest. „Jules?“

„Hm?“, frage ich und sehe ihn an.

„Bitte, ich muss es einfach sagen. Und ich muss es *jetzt* sagen, weil mir morgen vermutlich wieder der Mut dazu fehlen wird und weil es so viele Gründe gibt, die dagegen sprechen.“

Oh mein Gott. „Kyle, ich-“

„Bitte, Jules, lass mich aussprechen...“

„KYLE!“, schreit Jackson ein zweites Mal. „Das Boot legt *jetzt* ab!“

Kyle wirft mir einen Blick zu, dann atmet er tief ein. *Sag es nicht. Bitte, bitte, sag es nicht.* „Schlaf gut, Jules...“

Jake

Wie konnte ich das tun? Ich kann nicht glauben, dass ich das wirklich getan habe. Das bin alles nicht ich. Ich will einfach wieder dahin zurück, wo ich mich auskenne. In eine Welt, in der ich es nicht schlimm finde, oberflächlich und einsam zu sein. In eine Welt, in der ich nicht auf die große Liebe warte, weil ich viel zu zynisch dafür bin, auch, wenn ich mir das gerne als realistisch verkaufe. Ich will wieder eine Welt ohne Julie. Andererseits kann ich mir diese Welt nicht mal mehr vorstellen.

Fuck, sie wird mich für immer hassen. Und nie wieder mit mir sprechen. Ich starre in den Spiegel im Bad und versuche die Situation zu begreifen. Lucy wartet. Ich kann nicht ewig hier drin bleiben. Und Lucy ist toll. Sie sieht gut aus und hat Humor. Sie ist klug. Ich mag sie. Verdammt. Ich atme tief ein und schließe kurz die Augen. Okay, Jake, du bekommst das hin. Geh da raus und bring es hinter dich. Mach es wie mit dem Pflaster. Reiß es einfach runter. Ich nicke meinem Spiegelbild zu. Okay, Jake, du schaffst das. Du bekommst das hin. Garantiert. Und mit diesem Mantra gehe ich zu Lucy zurück.

Julie

Ich renne zum Bus und schaffe es gerade noch rechtzeitig, bevor sich die Türen schließen. Völlig außer Atem suche ich meine Angestellten-Karte heraus, weil ich damit kostenlos die Verkehrsmittel nutzen kann, zeige sie dem rundlichen Fahrer und lasse mich wenig später auf einen der freien Plätze fallen. Und während wir sanft ruckelnd Oceanside verlassen und in diese pechschwarze Sommernacht hinausfahren, frage ich mich zum ersten Mal, wie ich wieder zurückkommen soll. Ich habe kein Geld für ein Taxi und das hier ist der letzte Bus bis morgen früh um sechs. Ich greife nach meinem Handy. Nur noch 20 % Akku. Im Notfall könnte ich immer noch Caroline anrufen und sie fragen, ob sie mich abholt. 19 %. *Verdammt.* Aber sie hat kein Auto. Sie müsste Kyles nehmen. Was habe ich mir nur dabei gedacht? Okay. Im schlimmsten Fall muss ich zu Fuß gehen. Das ist weit, aber durchaus machbar. Und jetzt ist es ohnehin zu spät, um einen Rückzieher zu machen.

•••

Der Bus hält knapp einhundert Meter vom *Café de Paris* entfernt und ich erkenne bereits von weitem die beleuchtete Terrasse. Es hat ziemlich abgekühlt und die Luft weht frisch vom Wasser aufs Land. Ich stehe vor dem Café und starre auf den Tisch, an dem wir heute Morgen noch gesessen haben. Ich sehe mich dort sitzen, sehe, wie Lucy neben uns auftaucht und spüre den kalten Stich der Eifersucht. Was mache ich hier? Ich meine, was habe ich mir erwartet? Ein Happy End? Ich stehe nur da und schüttle den Kopf. Wenn Lucy tatsächlich bei ihm ist, will ich es nicht sehen. Ich darf es nicht sehen, weil ich sonst nur in Tränen ausbreche. Und wenn sie nicht da ist, werde ich vermutlich doch nicht den Mut finden, an seiner Tür zu klopfen. Vorausgesetzt, ich finde überhaupt raus, wo er wohnt. Ich schaue noch einmal auf mein Handy. Nur noch 13 % Akku. Der realistische Ausgang dieses Abends, das bin ich allein am Strand. Ich schaue auf die Uhr. 23:16. In zwei Stunden werde ich wahrscheinlich weinend nach Oceanside zurückgehen. Mutterseelenallein. Nur ich und mein gebrochenes Herz.

„Julie, richtig?“

Ich schrecke dermaßen zusammen, dass ich das Handy fallen lasse.

„Oh, es tut mir so leid, Sweetheart.“ Chloé hält sich bestürzt die Hand vor den Mund. „Ich wollte dich nicht erschrecken.“

Ich hebe das Handy auf und schüttle den Kopf. „Ich... alles okay.“

„Was machst du hier ganz allein?“

„Ich suche Jake.“

„Wieso? Ist etwas passiert?“, fragt sie alarmiert.

„Nein, nein“, antworte ich schnell. „Ich will nur mit ihm reden.“

Einen Augenblick sieht sie mich nur an. Ihr Blick durchleuchtet mich. „Ich dachte, du... du wärst Kyles Freundin?"

„Kyle und ich sind nicht zusammen."

„Okay, und wie kann ich dir weiterhelfen?"

„Ich weiß nicht, wo er wohnt", flüstere ich und schaue auf meine Füße. „Ich dachte, wenn es jemand weiß, dann Sie."

„Weiß Kyle es denn nicht?"

„Doch, bestimmt sogar", antworte ich und atme tief ein. „Aber den kann ich nicht fragen."

„Verstehe."

Was mache ich hier? Wieso habe ich nur auf den Impuls gehört? Auf die Wut in meinem Bauch? Ich stehe hier in Clearwater, ohne Geld, und wenn man es genau nimmt mit einem ziemlich bescheidenen Plan, der sich gerade vor meinen Augen immer mehr in Luft auflöst. „Ich hätte nicht herkommen sollen", sage ich schließlich und spüre die Enttäuschung und die Müdigkeit in meinen Augen brennen. Alles tut weh. Jeder Atemzug. „Es tut mir leid...", flüstere ich und drehe mich weg.

„Julie, warte!"

Ich spüre ihre warme Hand auf meiner Schulter. Liebevoll und mütterlicher, als es die meiner Mutter jemals war. Die erste Träne rollt über meine Wange, dann eine zweite.

„*Seashell Cove* ist knapp fünf Meilen von hier", sagt sie und lächelt. „Ich kann dich fahren."

...

Wir holpern eine dunkle Straße hinunter. Bis auf das schummrige Licht der alten Scheinwerfer ist nichts zu sehen. Nur ein paar Meter sandiger Weg und die Umrisse von dichtem Gebüsch.

„Wo... wo sind wir hier?“, frage ich.

„Wir sind jeden Augenblick da.“

Das knirschende Geräusch der Reifen mischt sich zu meinem rasenden Herzschlag und dem Rauschen der Wellen, das inzwischen immer lauter wird.

„Woher kennen Sie Jake eigentlich?“, frage ich, weil die Nervosität mich sonst umbringt.

„Er hat jeden Sommer hier verbracht“, sagt Chloé lächelnd. „Zusammen mit seinem Dad.“

„Dann kennen Sie ihn wohl schon sehr lange...“

„Seit er vier Jahre alt ist.“

„Oh, wow“, antworte ich, während ich mir einen vierjährigen Jungen mit dunkelbraunen Augen und kleinen Locken vorstelle. Und bei diesem Anblick schmelze ich natürlich dahin. Mein Gott, ich bin so ein Klischee.

„Jacob ist ein wunderbarer Junge“, sagt sie stolz. „Intelligent, gutaussehend, gebildet... er hat Sinn für Humor und das Herz am rechten Fleck.“ Sie sieht zu mir. „Nur, weiß er das leider nicht.“

„Er weiß, wie gut er aussieht“, sage ich mehr zu mir selbst, und sie bricht in schallendes Lachen aus.

„Ja, das mag stimmen.“ Ich spüre ihre Augen auf mir und die Frage, die zwischen uns liegt. Aber sie schweigt. Vielleicht, weil sie weiß, dass ich es nicht aussprechen kann. Ich wage es ja kaum zu denken. Einen Moment schweigen wir, dann schließlich frage ich: „Was ist *Seashell Cove?*“

Sie hält an und zeigt in die Dunkelheit. „Das ist *Seashell Cove.*“

„Danke, Chloé“, flüstere ich und steige aus. „Für alles.“

„Nicht doch...“, antwortet sie und lächelt. „Ich wünsche euch viel Glück.“

Ich schließe die Tür so leise wie möglich, dann setzt sie langsam zurück. *Ich wünsche euch viel Glück.* Ich denke gerade noch über diesen Satz nach, als ein Motorengeräusch die Stille durchbricht. Ich gehe etwas näher an die Büsche heran. Erst sehe ich nichts, doch dann strahlt helles Scheinwerferlicht durch die Äste. Und dann, als sie an mir vorbeifährt, sehe ich sie. Ich erkenne sie sofort. Lucy.

•••

Ich kämpfe mich durch das Gebüsch. Äste schnalzen mir ins Gesicht, aber ich bemerke den Schmerz nicht. Zumindest nicht wirklich. Nur ein bisschen. Dumpf und weit entfernt. Die Wut verschluckt alles. Und die Enttäuschung, die sich darunter versteckt. Raues Holz schürft über meine nackten Beine. Meine Haut brennt wie Feuer. Wie konnte er das tun?

Meine Füße versinken bei jedem Schritt im Sand. Dann entdecke ich zwischen den Bäumen ein Haus. Holz und riesige Fenster. Das Licht brennt noch.

Ich weiß nicht, wo der Eingang ist. Ich glaube, es gibt gar keinen. Zumindest keine Haustür. Ich bleibe einen Augenblick stehen. Deckenhohe Schiebetüren umringen das Erdgeschoss. Und die meisten davon stehen offen. Ich gehe etwas näher heran. Und dann sehe ich ihn, und dieser Anblick erstickt für einen Moment jeden einzelnen Gedanken. Sogar die Wut.

Seine Haare sind nass und einzelne Tropfen laufen über seinen nackten Oberkörper. Die weißen Boxershorts hängen tief auf seiner Hüfte und zeigen einen Großteil der feinen Linie aus dunklem Haar, die sich von seinem Nabel nach unten hin ausbreitet. Seine Leisten zeichnen sich ab. Ich kann kaum noch atmen.

Jake holt eine Flasche Bier aus dem Kühlschrank, macht sie auf und wirft den Kronkorken weg. Bei jeder Bewegung drängen sich seine Muskeln durch seine karamellfarbene Haut. Jakes Körper ist wie sein Gesicht, wie dieser Blick, wie diese Lippen, die mir zuflüstern, wie verdammt gut er im Bett ist. Ich spüre wieder seine Hände auf meinem Körper, die Art, wie er mich anfasst. Seine bebende Stimme. Und dann sehe ich Lucy. Wie sie lächelt und seine Hand nimmt. Ich höre wieder, was er zu Kyle gesagt hat und jedes Wort schneidet etwas tiefer. Sehe, wie Lucy an mir vorbeifährt. Und bei diesem Gedanken begreife ich es. Meine Augen folgen den Tropfen, die über seine Haut laufen. Er ... er ist frisch geduscht. Hat er ... ? Jake wischt sich das Haar aus der Stirn und nimmt einen Schluck Bier. Dann sieht er mich. Und in der Sekunde, als seine Augen meine finden, spannt sich jeder Muskel in seinem Körper an.

Er sieht mich nur an. Mit diesem Blick, der in meinem Magen rumort. „Was machst du hier?", fragt er heiser und kommt langsam auf mich zu. Er sieht mich an, aber ich kann nicht sagen, was er denkt. Ich scheitere an der Fassade. Er stellt die Flasche auf den Boden, lässt mich aber nicht aus den Augen. Sein Blick brennt auf meinem Gesicht. „Du hättest nicht herkommen sollen."

Ich spüre die Tränen und den Klumpen in meinem Bauch. Ich spüre die Wut, die sich wie Gift durch meinen Körper frisst. Meinen bebenden Brustkorb. Es hat mich so viel Mut gekostet. Und jetzt? Ich wollte Antworten, aber jetzt fallen mir nicht mal mehr die Fragen ein. Oder ist das alles gerade die Antwort? Ich weiß nicht, was ich tun soll, deswegen stehe ich nur da. Ich will ihn küssen und schlagen. Wegrennen und weinen. Alles gleichzeitig. Und deswegen tue ich nichts. Jeder Atemzug tut weh. Als würde in diesem Moment die Betäubung nachlassen. Sein Gesicht, seine schwarzen Augen und dieser Mund verschwimmen. Als die erste Träne schwer und dick über meine Wange läuft, ändert sich etwas in seinen Augen.

„Julie, ich ..." Er greift nach meiner Hand.

„Weißt du was, Jake? *Fick. Dich!*"

Ich will mich gerade umdrehen, da hat er mich bereits an den Handgelenken und presst mich mit seinem Körper gegen die Schiebetür. Einen Moment lang sehen wir einander an wie Raubtiere, die nur darauf warten, sich anzufallen.

„Warum tust du das, Julie?", flüstert er.

„Lass mich los“, schluchze ich. „Ich will gehen.“ Auch wenn ich nicht weiß, wohin.

„Und warum bist du dann gekommen?“, flüstert er heiser. „Ich habe das, was zwischen uns war, nicht ohne Grund beendet.“

„Ich weiß“, fauche ich. „Ich habe Lucy gesehen!“

„Was!?“

„Tu nicht so, Jake“, sage ich abschätzig, während sich sein Körper an meinen drängt.

„Ich habe keine Ahnung, wovon du sprichst.“

„Ich habe gesehen, wie sie weggefahren ist, Jake.“ Ich schüttle den Kopf. Immer neue Tränen laufen über mein Gesicht. „Ich bin so dumm... ich dachte, das zwischen uns hat etwas bedeutet.“

„Das hat es auch!“, brüllt er.

„Wie konntest du dann mit ihr schlafen?“

Er sieht mich nur an. Und sein Blick durchbohrt mich. Bis auf das Rauschen des Meeres und unseren flachen Atem ist es still.

„*Das* denkst du von mir?“ Seine Stimme fließt bedrohlich durch mich hindurch. „Du denkst, ich war mit ihr im Bett?“

„Was willst du von mir hören?“, flüstere ich.

„Die Wahrheit...“

„Die Wahrheit?“, frage ich und schlucke.

„Ja, Julie, die Wahrheit“, flüstert er.

„Die Wahrheit ist, dass ich es nicht weiß, Jake“, flüstere ich schließlich. „Du... du bist halbnackt und offensichtlich frisch geduscht, und sie ist vor ein paar Minuten gefahren.“

„Julie, ich habe mich kurz wegen dem Salzwasser abgeduscht... *nachdem* sie weg war."

„Ich bitte dich! Du willst mir doch nicht ernsthaft erzählen, dass du sie nach Hause geschickt hast?!"

„Doch, genau das will ich!", sagt er mit bebender Stimme. „Was ist? Glaubst du mir nicht?"

„Ich habe keine Ahnung, was ich glauben soll... ich weiß noch nicht mal, was das zwischen uns eigentlich ist!"

„Was das zwischen uns ist?" Seine Augen funkeln mich wütend an, sein Griff um meine Handgelenke wird noch fester. „Verdammt, Julie, ich liebe dich..."

Jake

Schweigen. Die Luft knistert und ich versinke in Julies Augen. In dieser Farbe, in die ich eintauchen möchte. Ich verliere mich in diesem Blick, spüre ihren flachen Atem und rieche den Cocos-Duft, der seltsame Dinge mit meinem Hirn macht. Die Zeit steht still. Ich habe es gesagt. Ich habe ihr gesagt, dass ich sie liebe. Diese drei Worte, die ich noch nie zu einer Frau gesagt habe. Ja, ich will Julie. Aber ich will so viel mehr von ihr, als ich je in Worte fassen könnte. Deswegen nehme ich die, die all das sagen sollen, was ich nicht sagen kann.

„Ich liebe dich."

„Du...", flüstert sie. „Du liebst mich?"

„Julie, ich habe mich so sehr in dich verliebt, dass ich kaum atmen kann... Ich bin verrückt nach dir", sage ich und spüre, wie sich ein eisiger Schauer eng um meine Haut spannt. „Ich liebe die Art, wie du mich ansiehst, ich liebe, dass du nach Cocos riechst, ich liebe, dass du dir ein Croissant bestellst, nur weil ich mir eines bestellt habe..." Ihre Augen schauen hektisch zwischen meinen hin und her. „Ich liebe, wie sich deine Haut anfühlt und wie du lachst... ich liebe das kleine Muttermal auf deinem Augenlid..." Alles in mir zieht sich zusammen. „Und deine Augen liebe ich so sehr, dass ich darin ertrinken möchte." Ich schlucke angestrengt. Eine Träne läuft über ihre Wange. Ich lasse ihre Handgelenke los und wische sie mit dem Daumen weg. „Julie, du hast keine Ahnung, wie viel Kraft es mich kostet, mich von dir fernzuhalten.“

Ein paar Sekunden sieht sie mich nur an, dann stellt sie sich auf die Zehenspitzen. Ihre Finger sind kalt und ihre Hände zittern, als sie mich langsam zu sich hinunterzieht. Unsere Lippen trennen nur noch Millimeter. Ich spüre ihren Herzschlag, ihre Haut. Ich halte sie fest, obwohl ich das nicht sollte. Aber ich kann nicht anders.

„Jake?“, flüstert sie.

„Was?“, frage ich heiser.

„Ich liebe dich auch.“

Julie

Seine Lippen sind warm, seine Hände zittern. Dieser Kuss ist anders. Und ich kann nicht sagen, ob es der erste richtige ist oder ob es vielleicht doch unser letzter sein wird. Ich schiebe diese Gedanken weg und falle in den Moment. Halte mich an ihm fest. Spüre seinen schnellen Herzschlag, den feuchten Film, der sich auf meiner Haut ausbreitet, meinen rasenden Puls und meine weichen Knie, die mich nicht mehr halten könnten. Jake stemmt mich gegen die Schiebetür. Er hält mich fest und mein Leben zusammen.

Der Holzboden ist warm und seine Haut brennt auf meiner. Die Funken entladen sich zwischen unseren Körpern wie kleine Explosionen. Er küsst mich, wie ich noch nie geküsst wurde. Jede Zelle erliegt ihm. Das Pochen tief in meinem Bauch wird lauter und ich gleite mit der Hand vorsichtig unter den Bund seiner Boxershorts.

„Julie, warte...“, flüstert Jake atemlos und sieht mich an. Ich schüttle nur den Kopf und ziehe ihn wieder an mich. „Julie“, stöhnt er.

„Was?“

„Wir sollten aufhören.“

„Ich will aber nicht aufhören“, sage ich seufzend, während sich meine Hand immer weiter zwischen unsere verknoteten Beine schiebt.

Jake atmet scharf ein und hält meinen Arm fest. „Wenn wir nicht *sofort* aufhören, kann ich nicht mehr aufhören.“ Ich lächle ihn nur an und gleite mit der Zungenspitze über seinen Hals. „Fuck, Julie...“, raunt er. „O Fuck... Julie, hör auf...“ Er schiebt mich von sich weg und hält mich fest. „Das ist ein Fehler...“

„Nein, Jake, das ist es nicht.“ Ich sehe ihm in die Augen. „Ich werde das hier nicht bereuen“, flüstere ich außer Atem. „Egal, was passiert. Auch, wenn es nur dieses eine Mal geben wird...“

Er streicht mir eine Haarsträhne aus der Stirn. „Ich will dir nicht wehtun“, sagt er flüsternd.

„Das tust du nicht.“

„Aber ...“

„Bitte, Jake“, falle ich ihm ins Wort. „Schenk mir diese eine Nacht.“

Jake

Ich ziehe sie aus. Ganz langsam. Ich inhaliere diesen Anblick, versuche mir jedes Muttermal zu merken, jede noch so kleine Abschürfung, jeden Kratzer. Ich versuche mir alles einzuprägen, damit ich mich daran erinnern kann, wenn die Realität mich einholt.

Julie liegt nackt auf meinem Bett, ihre leicht gebräunte Haut hebt sich von der weißen Bettwäsche ab. Ich gleite mit den Händen über ihren zierlichen, weichen Körper, über jede Kontur, male winzige Muster. Ich beobachte, wie der kalte Schauer ihre Brustwarzen zusammenzieht, genieße, wie sie sich unter meinen Berührungen windet. Ich betrachte ihr Gesicht, die geschlossenen Augen, die Anspannung. Julies Lippen sind einen Spalt weit geöffnet und ihr Brustkorb vibriert bei jedem Atemstoß. Ich höre sie seufzen und dieser Klang macht mich fertig. Ich konzentriere mich nur noch darauf, lasse mich von ihrem Atem leiten. Ich schließe die Augen und küsse ihren Hals, dann die Schlüsselbeine und ihre Brüste. Meine Zunge kreist um ihre harten Brustwarzen. Sie schmeckt salzig vom Meerwasser. Als ich anfange, sie sanft zu beißen, stöhnt sie auf. Der Cocos-Duft strömt mir warm entgegen und haftet an meinen Händen, die langsam über ihren Bauch gleiten. Ihre Muskeln zucken und ihr Becken drängt sich mir entgegen, als ich mit dem Zeigefinger über ihre Leiste male. Ich mache die Augen wieder auf und beobachte Julies angespanntes Gesicht, während ich mich millimeterweise zu ihren Schenkeln vortaste. Ihr Seufzen wird zum Stöhnen. Jeder Muskel in ihrem Körper scheint auf die Bewegung meiner Finger zu warten. Ich genieße es, ihr dabei zuzusehen, wie sie sich in diesem Augenblick verliert. Wie sie den Moment herbeisehnt, in dem meine Finger ihr Ziel finden. Als es dann endlich passiert, öffnet sie plötzlich die Augen und atmet scharf ein. Ihr Blick findet meinen, und die Art, wie sie mich ansieht, lässt meinen Schwanz zucken. Ich lasse weiter meine Finger kreisen und beobachte Julies Gesicht, genieße ihren schnellen flachen Atem und die Verzweiflung in ihren Augen. Sie wartet auf die Erlösung, auf die Sekunde, in der sie fällt, die Sekunde, in der sie alles um sich herum vergisst.

Julie greift nach meinem Arm, hält sich an mir fest. Ihre Augen fallen zu und sie bäumt sich auf. Sie seufzt, windet sich. Dann atmet sie ein letztes Mal scharf ein und erstarrt. Ich bewege meine Finger weiter, warte, bis sie schließlich wieder ausatmet und die Anspannung ihren Körper verlässt.

Dieser Anblick und dieses Gefühl sind besser als alles, was ich jemals erlebt habe. Meine Lippen finden ihre und ich falle in einen Kuss, der sich anfühlt wie Liebe. Er schmeckt sogar danach. Nach all dem, was Worte nicht sagen können.

Julie

Als seine Lippen sich von meinen lösen, kann ich mich nicht bewegen. Bin wie im Rausch. Meine Haut brennt und dieses Saugen tief in meinem Bauch sucht Jake. Ich spüre mich. Jede Zelle. Und dieses Lächeln. Es fühlt sich beinahe so an, als würde ich schweben. Als würden tausende von Ameisen über meine Haut krabbeln. Ich höre Jake grinsen, spüre seine Blicke, dann schließlich öffne ich die Augen. Der Ausdruck in seinem Gesicht rumort in meinem Magen. Er küsst mich sanft am Hals, dann flüstert er heiser: „Ich will mit dir schlafen, Julie..." Und bei diesem Satz zieht sich etwas ganz tief in meinem Bauch voller Vorfreude zusammen.

•••

Ich sehe Jake dabei zu, wie er das Kondom abrollt, dann lehnt er sich über mich und stützt sich neben meinem Kopf ab. Ich spüre seine Haut auf meiner. Die Schwere seines Körpers, rieche diesen herben Duft. Alles kribbelt. Ich höre nur noch unseren Atem und das Rauschen der Wellen. Spüre die Gänsehaut, die sich unaufhaltsam auf meinem Körper ausbreitet. Und die Ungeduld, die mit jeder Sekunde weiter in mir hochsteigt. Jake greift zwischen unsere Beine. Ich versuche ruhig zu atmen, aber alles in mir zieht sich zusammen. Er sieht mir in die Augen. Dann dringt er langsam in mich ein. Sein Gesicht spannt sich an und ich höre mich flach atmen. Mein Körper schmiegt sich eng um seinen. Jake schiebt sich tiefer in mich. Und noch tiefer. Er füllt mich völlig aus. Dann schluckt er. Sein Mund findet meinen, seine Hände legen sich warm um mein Gesicht. Und in der Sekunde, als seine Zunge meine Lippen teilt, fängt er an, sich in mir zu bewegen. Dieses Gefühl ist magisch. So als wären wir zusammen vollkommen. Sein Körper reibt gegen meinen, berührt mich überall. Seine Hände gleiten über meine erhitzte Haut, sein schweres Seufzen bebt bis in meine Knochen. Er saugt an meiner Unterlippe, ich stöhne in seinen Mund und vergesse mich in seinen Armen, während er meinen Körper dirigiert wie ein Instrument.

Der laue Wind dringt durch die offenen Fenster und trifft kühlend auf den feuchten Film auf meiner Haut. Meine Muskeln spannen sich an, ich seufze, zittere. Spüre Jake tief in mir, höre ihn stöhnen, fühle seinen Atem an meinem Hals. Er wird schneller. Mein Körper drängt sich ihm entgegen. Mein Becken presst sich an seines. Es ist so gut, dass ich es kaum aushalten kann. Etwas braut sich in mir zusammen, baut sich in mir auf, wartet auf die Explosion. Mein Seufzen klingt fast verzweifelt, meine Hände suchen Halt. Jake öffnet die Augen und sieht mich an, während er sich weiter bewegt. Ich verliere die Orientierung, aber sein Blick hält mich fest. Alles um uns dreht sich, verschwimmt. Meine Lider wollen zufallen, aber ich will ihn ansehen, will sein Gesicht sehen, wenn ich falle. Jeden Augenblick. In einer

Sekunde. Ich höre mich laut aufstöhnen, spüre die Gänsehaut. Dann bricht die Welle. Ich atme ein letztes Mal scharf ein, dann zieht sich alles in mir zusammen, verkrampft sich. Ich kann nicht atmen, mich nicht bewegen. Ich liege nur da in diesem gigantischen Rausch, in diesem Strudel, der mich mit sich reißt. Und alles, was übrig bleibt, sind Jakes schwarze Augen und dieser Ausdruck in seinem Gesicht, der all das sagt, was ich fühle. Jake dringt noch einmal tief in mich ein, dann erstarrt er auf mir. Ich spüre, wie er in mir pulsiert, wie mein Körper an ihm saugt. Dann atmen wir beide aus und ich falle in diesen Blick, ertrinke in diesem Moment, in dem alles Sinn ergibt. *Wir ergeben Sinn.* Diese Nacht und dieser Moment. Jake und ich. Wir sind einander so nah, wie man es einem anderen Menschen nur sein kann. Wie ein Versprechen. Oder ein Traum, der gerade wahr wird, von dem wir aber nicht wissen, wie lange wir ihn träumen können. Aber in dieser Sekunde ist er echt. In Jakes Armen. So, als dürfte mein Körper nun endlich das tun, was mein Herz bereits seit dem Moment darf, als ich ihn zum ersten Mal gesehen habe. Ihn lieben.

Jake

Wir sehen einander an. Und dieser Blick ist genauso wie dieser Moment. Ich könnte ewig mit ihr schlafen. Ihr zusehen, wie sie kommt, spüren, wie sie sich unter mir windet. Wie ihre Muskeln zucken und sich anspannen, wie sie sich an mir festhält. Beobachten, wie sich ihr Gesicht von schmerzverzerrt und verzweifelt im Bruchteil einer Sekunde zu absolut erfüllt verändert. Einmal muss ich es noch sehen. Ich dringe wieder ganz tief in sie ein und der Ausdruck in ihrem Gesicht verändert sich sofort. Das Flehende findet in ihre Augen zurück und die Anspannung lässt sie plötzlich einatmen. Ich bewege mich nur minimal, ganz langsam. Bleibe nah bei ihr, reibe mich an ihrem Körper. Dieses Mal fallen ihre Lider zu. Ich spüre ihren feuchten Atem, der immer flacher wird, spüre, wie sie sich an mir festhält, höre, wie sie meinen Namen haucht. Bei diesem Klang in ihrer Stimme werde ich wieder hart. Ich sehe sie nur an und verfalle diesem Ausdruck in ihrem Gesicht. Und dann kommt wieder dieser Moment. Ihr zierlicher Körper spannt sich an, ihre Arme klammern sich an mir fest. Sie bäumt sich unter mir auf, wirft den Kopf in den Nacken und erstarrt.

Und bei diesem Anblick vergesse ich alles. Ich vergesse, warum wir das nicht tun sollten, dass wir vielleicht einen Fehler machen, dass das, was wir tun, aus so vielen Gründen falsch ist. Alles, was übrig bleibt, ist die Wucht, mit der jeder Gedanke aus meinem Kopf gefegt wird. Bis auf diesen einen: Dass ich nie wieder für eine andere Frau das fühlen werde, was ich für Julie empfinde.

Julie

Wir liegen nebeneinander. Atemlos. Nackt. Die Luft schwebt träge durchs Zimmer. Sie ist wie wir. Eine seltsame Mischung aus müde und aufgeladen. Ich höre Jake neben mir atmen, spüre seinen Herzschlag, rieche diesen herben Duft.

Ich drehe mich auf die Seite, stütze meinen Kopf auf der Hand ab und schaue ihn an. Jake hat die Augen geschlossen, den Arm über dem Gesicht. Mein Blick wandert über seinen Hals, die vibrierende Schlagader, den bebenden Brustkorb. Ich bewundere seine gloriose Nacktheit. Seinen definierten Körper. Ich streiche gedankenverloren mit den Fingern über seine Haut.

„Was denkst du?", fragt er heiser.

Als ich hochschaue, finde ich dieses Lächeln und diesen Blick, die sich verbünden und mich sofort erschauern lassen. „Gar nichts", flüstere ich. „Ich sehe dich nur an."

„Ich hoffe, dir gefällt, was du siehst...", sagt er grinsend und zieht mich an sich.

„Sehr", antworte ich und schlucke. Die Wahrheit ist, ich könnte Jake ein Leben lang ansehen. Sein markantes Gesicht, diese weichen Lippen und seine Zartbitteraugen. Jake fährt sich durchs Haar, dann küsst er mich auf die Stirn. Er streicht über meinen Rücken, und bei dieser zarten Berührung schließe ich die Augen. „Hmmm... deine Haut", brummt er. „Du hast so weiche Haut..." Er vergräbt den Kopf in meinem Nacken und atmet tief ein. Unter seinen Händen erwacht ein Teil in mir zum Leben, den ich nicht kannte. Mit Jake bin ich einfach ich. Ohne zu denken. Unbefangen. Mit ihm genieße ich es, nackt zu sein.

Ich spüre seine Blicke auf mir und die Gedanken, die sich dahinter verstecken, und öffne die Augen. Wenn er mich so ansieht, kann ich nicht denken. Ich lasse mich einfach fallen. Lebe den Moment. Mein Hirn steht auf Halbmast. Es hält mich am Leben und lässt mich ansonsten in Ruhe. Meine Augen gleiten über seine Haut und entdecken eine lange Narbe an der Innenseite seines Oberarms.

„Woher hast du die?", flüstere ich und fahre sie mit dem Finger nach. Er lacht und schüttelt den Kopf. „Was ist? Was ist so komisch?"

„Gar nichts", sagt er und küsst meine Schulter. „Es ist hier passiert. In diesem Haus."

„Wie?"

„Es ist ewig her, ich glaube, ich war fünf." Er setzt sich auf. „Vielleicht war ich auch schon sechs." Jake schüttelt den Kopf und lacht. „Ich bin diese Treppe runtergefallen." Mein Blick folgt seiner Hand, die auf die Stufen zeigt, die zum Erdgeschoss hinunterführen. „Von ganz oben... Mit einem Glas in der Hand." Er zeigt auf die Narbe. „Und das ist, was von diesem Glas übrig blieb."

„Muss ein tiefer Schnitt gewesen sein..."

„Oh ja", antwortet er. „Das Blut war überall..." Jake schüttelt den Kopf. „Ich will nicht wissen, wie oft mein Dad zu mir gesagt hat, dass ich nicht laufen darf, wenn ich nasse Füße habe... Ich glaube, er hat es wirklich jedes Mal gesagt, wenn ich aus dem Pool gestiegen bin. *Jake, hast du nasse Füße?*", imitiert er die Stimme seines Vaters und ich muss lächeln. „Na ja, gemerkt habe ich es mir aber leider erst nach diesem Unfall."

„Hat er geschimpft?"

„Nein, hat er nicht", sagt er lachend. „Ich durfte zwei Wochen lang nicht ins Wasser, das war Strafe genug." Jake streckt die Hand aus und streicht mir durchs Haar. Er nimmt eine lange Strähne zwischen Daumen und Zeigefinger. „Ich war jeden Sommer hier."

„Ich weiß", sage ich lächelnd. „Chloé hat es mir erzählt."

„Was?", fragt er erstaunt. „Wann?

Ich beiße mir auf die Unterlippe. „Als sie mich vorhin hergefahren hat..."

„Sie hat dich hergefahren?"

„Na ja, ich hatte ja deine Adresse nicht und ich habe kein Auto."

Jake lehnt sich zu mir und küsst mich. „Dann werde ich mich wohl bei ihr bedanken müssen", flüstert er in meinen Mund und küsst mich wieder. Dieses Mal länger. Seine Hände in meinem Haar, seine Lippen auf meinen, unsere Zungen, die sich umkreisen, als würden sie tanzen. Dieser Kuss schenkt meiner Fantasie Flügel. Sie breitet ihre riesigen Schwingen aus und legt den Kippschalter in meinem Hirn um. Ich höre nur noch unseren schweren Atem und die schmatzenden Geräusche unserer Lippen. Jake rollt sich auf mich, dann plötzlich weicht er ein Stück zurück und sieht mir in die Augen. „Danke", flüstert er und atmet tief ein.

„Wofür?"

„Für das hier. Für unsere Nacht." Er nimmt mein Gesicht zwischen seine Hände und küsst mich noch einmal, dann sieht er mich wieder an. „Dafür, dass du hergekommen bist und nicht auf mich gehört hast..." Jake streicht mir mit dem Daumen über die Wange. „Völlig egal, was passiert, ich werde-"

„Shhh", flüstere ich und lege meinen Zeigefinger auf seine Lippen. „Bitte, Jake..."

„Julie, ich will nur-"

„Noch nicht...", flüstere ich und ziehe ihn wieder an mich. „Unsere Nacht ist noch nicht vorbei."

Jake

Mein Kopf liegt auf Julies Brust. Ihr Herz hämmert unter meiner Schläfe. Meine Lippen sind taub vom vielen Küssen. Mein Mund ist trocken und es ging mir noch nie besser. Ich war nie so glücklich. So unbeschwert. So sehr ich.

Das Leben ist schon komisch. Ich dachte, ich würde nie wieder hierher zurückkommen. Und wäre er nicht gestorben, wäre ich auch nicht wieder gekommen. Aber vielleicht musste ich das, um mich an die besten Zeiten meines Lebens zu erinnern. Vielleicht musste ich für die neuen zurückkommen. Für diese hier. Momente, die ich niemals vergessen werde. Vielleicht musste es genau so passieren. Genau hier. An dem einen Ort, der mir am meisten bedeutet. Dem einen Ort, den ich immer geliebt habe. Das Grinsen passt kaum auf mein Gesicht, mein Körper zittert, während ich zuhöre, wie ihr Herz sich langsam beruhigt.

„Ich liebe dich", flüstert sie.

Ich sehe ihr in die Augen und dieser Ausdruck in ihren Tiefen lässt mein Herz einen Schlag aussetzen. „Ich liebe dich auch, Julie."

Sie lächelt mich an und räuspert sich. „Hast du etwas zu trinken?"

„Natürlich", flüstere ich, küsse ihren Handrücken und stehe auf. „Wasser?"

„Ja, Wasser."

Als ich nackt das Zimmer verlasse, will sie sich nach ihrem Top bücken. Ich bleibe stehen und schüttle nur grinsend den Kopf. „Was tust du da?"

„Na ja, ich-"

„Denk nicht mal drüber nach."

„Aber-", sagt sie lachend.

„Bleib genau so wie du bist..."

Julie

Ich liege mit geschlossenen Augen auf dem Bett und bade in diesem wunderbaren Moment. In diesem Gefühl, das mich vollkommen ausfüllt. Ich höre Jake in der Küche hantieren und träume von einer Zukunft, in der wir beide hier leben. In diesem Haus, an diesem Strand, umgeben von Pinien. Allein und abgeschieden, aber zusammen. Wie wir kochen und lachen und nachts nackt im Meer baden. Wie wir miteinander schlafen. Immer und immer wieder. Und wie wir danach duschen. Wie er mich einseift und mir die Haare wäscht. Ich sehe uns auf der Terrasse sitzen, sehe, wie er mir vorliest, während ich auf seinem Schoß liege. Wie die Sterne über uns funkeln... Dann plötzlich höre ich mein Handy vibrieren und mache die Augen auf. Ich krame es aus der Hosentasche. 3:24 Uhr. Fünf neue Nachrichten.

Linni (23:56 Uhr): Jules, ist alles okay?

Linni (01:06 Uhr): Wo bist du?

Linni (01:34 Uhr): Bitte melde dich kurz, wenn du das liest.

Linni (02:39 Uhr): JULES.

Linni (03:23 Uhr): Ich hoffe, du bist da, wo ich denke, dass du bist und ich hoffe, es geht dir gut. Bitte schreib mir kurz. Ich mache mir Sorgen.

Verdammt. Ich bin so ein Vollidiot. Nur noch 3 % Akku. Ich tippe schnell meine Antwort:

Julie: Es tut mir so leid, Linni. Ich bin bei Jake. Und es ging mir nie besser. <3

Ich drücke auf *senden* und in dem Moment, als unter der Nachricht das Wörtchen *zugestellt* erscheint, geht mein Handy aus. Puh. Glück gehabt.

•••

Wir sitzen einander nackt gegenüber und fallen über unsere Sandwiches her. Meine Augen genießen Jakes Anblick, während mein Magen sich darüber freut, endlich etwas zu essen zu bekommen.

„Das schmeckt absolut fantastisch", sage ich mit vollem Mund.

„Eine weitere Schöpfung von meinem Dad", sagt er schmatzend. „Er hat sie *Baywiches* genannt... und wir haben sie immer nur hier gegessen."

„Sie sind großartig", flüstere ich, schiebe mir das letzte Stückchen in den Mund und schlecke über meine Fingerkuppen. „Es geht doch wirklich nichts über ein Baywich."

„Ja, nicht wahr?" Jake isst den Rest, reibt sich die Hände und stellt den Teller beiseite.

Ich nehme einen großen Schluck Wasser. „Was für Schöpfungen gibt es noch?"

Jake sieht mich an. Und dieser Blick treibt mir einen eiskalten Schauer über den Rücken. Er zieht meine Brustwarzen zusammen, bis sie aussehen wie kleine Knospen. Der Ausdruck in seinen Augen lässt mich hart schlucken. Jake beugt sich zu mir, drückt mich in die Decken und gleitet mit den Lippen über meine Brüste. Seine sanften Bisse brennen tief in meinem Bauch. Dann sieht er zu mir hoch.

„Was war noch gleich die Frage?“

Ich muss lachen. „Weitere Schöpfungen“, flüstere ich.

„Richtig“, antwortet er heiser. „Okay...“ Jake setzt sich wieder auf. „Zum Beispiel die Bucht, bei der wir waren...“

„Ja?“

„Mein Dad hat sie *Pearl Beach* getauft.“

Ich nicke. „Das passt perfekt.“

„Das dachte ich früher auch“, flüstert er.

„Und jetzt nicht mehr?“

„Nein, jetzt nicht mehr.“

Ich schlucke. „Etwa wegen dem Streit?“

„Nein.“

Ich denke an diesen Augenblick im Wasser. Diese Spannung zwischen uns. Kaum zu fassen, dass das alles tatsächlich erst vor ein paar Stunden passiert ist. „Warum dann?“, frage ich vorsichtig.

„Ich hätte nicht gedacht, dass ich dir das je sagen würde.“ Jake macht eine kurze Pause. „Aber als ich dich dort gesehen habe...“ Er zögert. „Ich weiß auch nicht... aber seitdem heißt sie für mich *Julie Beach.*“

„Was?“ Mein Magen zieht sich abrupt zusammen. „Warum?“

„Weil sie genauso ist wie du.“

•••

„Bist du müde?“

„Nein“, flüstert er. „Du?“

„Nein.“

Er sieht mich lange an, dann sagt er: „So könnte es immer sein. Nur du und ich.“

„Ich würde am liebsten nie wieder gehen.“

„Dann bleib.“ Jake nimmt mich in die Arme und vergräbt sein Gesicht in meinem Nacken. Er atmet tief ein. „Cocos...“, flüstert er und seine tiefe Stimme vibriert bis tief in meinen Bauch. „Ich liebe es, wie du riechst...“

Die Welt steht still. Es gibt nur uns und diesen Moment. Seine Stimme. Die funkelnden schwarzen Augen. Diesen Anblick. Jakes nackten Körper und wie er sich unter meinen Händen anfühlt. Die Art, wie er mich ansieht und dass das reicht, dass er hart wird. Er lächelt mich an. Mit diesem Blick, der mich um den Verstand bringt. Wir liegen in unserer Seifenblase. Weit weg von allem. Da sind nur wir und das Rauschen des Meeres. Sonst nichts. Dieses Geräusch legt sich schwer auf meine Lider.

„Du bist sehr wohl müde“, flüstert Jake lächelnd.

„Vielleicht ein bisschen“, gebe ich zu. „Aber ich will nicht schlafen.“

„Ich glaube ja, ich weiß, wie ich dich wachhalten kann.“

„Ach ja?“, frage ich grinsend.

„Oh ja...", antwortet er. „Aber nicht das, was du gerade denkst."

„Schade..."

Als Jake den enttäuschten Ausdruck in meinen Augen sieht, bricht er in schallendes Lachen aus. Er beugt sich wieder über mich und gleitet mit der Hand über die Innenseite meines Oberschenkels. Ich spüre seinen Atem am Hals und seine Härte am Bein und kann kaum noch atmen. „Ich habe etwas für dich", flüstert er heiser. „Aber ich glaube, das muss noch warten..."

„Muss es?", frage ich seufzend, während er mit der Hand zwischen meinen Beinen verschwindet.

„Ja, ich fürchte, das muss es."

Jake

Ich liege auf ihr. Atemlos. Jeder einzelne Muskel in meinem Körper zittert und ihr Herz schlägt gegen meines. Als ich hochschaue, sehe ich ihre Augen und diesen erfüllten Ausdruck. Dieses Lächeln. Ich spüre ihren Körper unter mir, den Schweißfilm, der uns verbindet, das Saugen, das sich um mich legt. Dann plötzlich ändert sich ihr Blick. Er wird unerwartet ernst.

„Was ist mit dir?“, frage ich leise.

„Nichts.“

Ich sehe, dass sie lügt. „Das stimmt nicht.“

„Ich will es nicht kaputt machen.“

„Was willst du nicht kaputt machen?“

„Den Moment.“

„Los, komm schon“, antworte ich und streichle ihr übers Haar. „Sag es mir.“

„Willst du es auch dann wissen, wenn du nichts daran ändern kannst?“

„Ja, auch dann.“

„Okay.“ Julie holt tief Luft, dann sagt sie endlich: „Ich kann einfach nicht aufhören, daran zu denken, wie viele Frauen du schon hattest.“

„Was!?“, frage ich perplex. „Daran denkst du?“

„Ich habe eben gedacht, wie unglaublich gut du im Bett bist...“ Julie beißt sich auf die Unterlippe und weicht meinem Blick aus. „Dass du genau weißt, was ich will und was mir gefällt... Und dann dachte ich, dass du das vermutlich schon unzählige Male gehört hast..."

Der Ausdruck in ihrem Gesicht schnürt mir die Luft ab. Und ja, sie hat recht. Es stimmt. Ich habe es oft gehört und es war jedes Mal schmeichelhaft. Aber es war genau genommen völlig unwichtig, weil keine von diesen Frauen etwas bedeutet hat. Das Problem ist nur, dass Julie mir das nicht glauben würde. Ich seufze, ziehe mich aus ihr heraus und stehe auf. Ich gehe ins Bad, werfe das benutzte Kondom in den kleinen Mülleimer und gehe wieder ins Schlafzimmer zurück.

„Siehst du", flüstert sie. „Ich hätte es nicht sagen sollen." Sie liegt da, mit den Händen über ihrem Gesicht. Ich setze mich neben sie und greife nach meiner Jeans.

„Julie?"

„Was?", flüstert sie.

„Julie, schau mich an", sage ich und ziehe ein winziges Papiertütchen aus der Hosentasche. „Bitte." In der Sekunde, als ihr Blick meinen findet, fällt die erste Träne groß und schwer über ihre Wimpern.

„Ich hatte viele Frauen", sage ich und wische mit dem Daumen über ihre Wange. „Und keine von ihnen hat mir etwas bedeutet." Die nächste Träne kullert ihr Gesicht hinunter. „Aber *dich* liebe ich." Bei diesem Satz schluchzt sie. „Ich *liebe* dich, Julie." Und noch eine Träne. Und noch eine. Ich nehme ihre Hand und lege das kleine Papiertütchen hinein.

„Was ist das?", fragt sie mit belegter Stimme.

„Sieh nach.“

Ihre Halsschlagader vibriert aufgeregt und mein Herz hämmert in meiner Brust. Julie setzt sich auf, greift mit zitternden Fingern in das Tütchen und fischt den winzigen Anhänger heraus.

Julie

Eine winzig kleine Muschel. Sie ist Roségold und absolut vollkommen. Mit filigranen Einkerbungen. Ich spüre die Rillen zwischen meinen zitternden Fingern. Ich möchte etwas sagen, aber ich finde keine Worte. Mein Kopf ist leer und meine Zunge gelähmt.

„Ich wollte sie dir eigentlich erst zum Geburtstag schenken", flüstert Jake. „Aber ich glaube, das ist der richtige Moment."

Als ich hochschaue, rollt eine weitere Träne über meine Wimpern. Ich höre mich schluchzen, spüre mich ruckartig einatmen, während ich in diese Augen falle, genauso wie ich in meine Gefühle für ihn gestürzt bin. Ich halte mir die Hand vor den Mund, spüre eine Träne nach der anderen heiß über meine Wangen laufen.

„Du hast keine *Vorstellung* davon, wie viel du mir bedeutest, Julie", flüstert Jake und zieht mich an sich. „Und was für eine Heidenangst mir das einjagt."

Die Anspannung fällt von mir ab und bebt durch meinen Körper. Ich liege nackt in seinen Armen und weine, während er mich festhält. Mich am Nacken küsst und mich sanft hin und her wiegt. Ich werde ruhiger, als wäre ich an seiner Brust endlich zuhause angekommen. Das Schluchzen ebbt ab und wird langsam wieder zum Atmen. Ich höre auf zu zittern, höre nur seinen Herzschlag und spüre seine Nähe.

„Gefällt sie dir?", fragt er unsicher.

„Sie ist perfekt", antworte ich und meine Stimme klingt müde und beschlagen, weil ich geweint habe. Er küsst mich auf die Stirn. „Sie erinnert mich ans Meer. Und ich liebe das Meer."

„Ich auch", flüstert mir Jake sanft ins Ohr und seine Stimme brummt warm durch meinen Körper. „Alles daran. Dieses endlose Rauschen und das Auf und Ab der Wellen, fast so, als würde die Oberfläche atmen." Ich muss lächeln. „Aber am meisten liebe ich diese Farbe. Diese perfekte Mischung aus Blau und Türkis... diese unbeschreibliche Klarheit." Er schiebt mich von sich weg und der Blick, der mich trifft, legt sich wie eine Faust um mein Herz. „Wenn ich dich ansehe, fühle ich genau dasselbe." Er wischt meine Tränen weg. „Und jedes Mal, wenn ich dir in die Augen schaue, ist es ein bisschen so, als würde ich in sie eintauchen. Als würden sie mich verschlucken." Mein Blick fällt auf die winzige Muschel in meiner Hand. „Du musst sie nicht tragen", sagt Jake und lächelt, „aber sie hat mich an dich erinnert." Er küsst mich. „Ich konnte einfach nicht an ihr vorbeigehen. Genau so, wie ich nicht aufhören konnte, an dich zu denken, seit ich dich das erste Mal gesehen habe."

Ich halte ihm die Kette hin und nehme meine Haare zusammen. „Kannst du mir helfen?" Jakes schwarze Augen antworten mit einem Lächeln, das mir wohlig über den Rücken läuft. Eine Sekunde später spüre ich die kleine Muschel kühl auf meiner Haut und gleite mit den Fingern darüber. Ich sehe Jake in die Augen, dann flüstere ich: „Ich werde sie immer tragen."

•••

Die Sonne geht bereits auf und die Möwen ziehen ihre ersten Bahnen. Der Himmel liegt hinter einer milchigen Decke, während ich unter Jakes krieche und mich an ihn kuschle.

„Schlaf schön, Julie."

„Du auch", flüstere ich und meine Lider fallen zu. Ich rieche Jakes Duft und spüre seinen Herzschlag. Ich höre das sanfte Rauschen der Wellen und Jakes Atem. Und dann schlafe ich ein.

Jake

Sie liegt neben mir und schläft tief und fest. Sorglos. Ihr Gesicht ist völlig entspannt. Ich betrachte das kleine Muttermal auf ihrem Augenlid und ihre gebräunten Brüste, die sich mit jedem Atemzug heben und senken. Mein Blick fällt auf die winzige Muschel um ihren Hals und ihr dunkles Haar, das zerzaust auf dem weißen Kopfkissen liegt. Bei ihrem Anblick zieht sich alles in mir zusammen. Ich hätte nie gedacht, dass ich das einmal denken werde, aber genau das hier ist das, was ich sehen will, wenn ich die Augen öffne. Ihr Gesicht. Ich will unseren Duft in den Laken riechen und Julies Atem auf meiner Haut spüren. Zum ersten Mal kann ich es verstehen. Zum ersten Mal verstehe ich diesen Wunsch nach *für immer*.

•••

Ich lege Julie einen Zettel aufs Kissen, küsse sie sanft auf die Stirn und verlasse auf Zehenspitzen das Schlafzimmer. Ich kann nicht aufhören zu lächeln. Fühle mich völlig schwerelos. Als hätte ich noch nie in meinem Leben Sorgen gehabt. Die Leichtigkeit begleitet jeden meiner Schritte. Ich möchte Chloé danken. Und Frühstück holen. Und die Welt *umarmen*.

Ich laufe im Takt zu Coldplays *Strawberry Swing*, spüre den Sand unter meinen Füßen, schmecke die salzige Luft. Die Morgensonne brennt von einem wolkenlosen Himmel und plötzlich fühlt es sich so an, als würde mein Dad mich anlächeln. Als würde er sich für mich freuen. Als wäre dieser Streit eben doch nicht das, was von uns übrig bleibt. Und in diesem Augenblick in der sengenden Sommerhitze denke ich seit Monaten das erste Mal an ihn mit einem breiten Lächeln im Gesicht. Weil er weiß, dass er mir fehlt. Dass es mir leid tut. Ich bin mir sicher, er würde Julie mögen. Er hätte diesen Blick. Ich sehe ihn nicken und atme tief ein. Noch vor ein paar Wochen wollte ich auf keinen Fall nach Clearwater zurückkommen, und in diesem Moment kann ich mir nicht vorstellen, je wieder wegzugehen.

•••

Chloé hakt sich bei mir unter und begleitet mich nach draußen. „Woher hast du es gewusst?", frage ich. „Das mit Julie und mir?"

„An der Art, wie du sie angesehen hast", sagt Chloé lächelnd. „Du hattest nur Augen für sie." Wir bleiben vor dem Café stehen. „Und als sie dann gestern plötzlich so verloren hier stand, mit diesen glasigen Augen, da wusste ich, dass es das Richtige ist, sie zu dir zu fahren..."

„Danke", flüstere ich und gebe ihr einen Kuss auf die Wange.

„Dein Vater hätte sie sehr gemocht", flüstert sie und nimmt meine Hand.

„Ja, das denke ich auch", antworte ich lächelnd.

„Was ist jetzt mit *Seashell Cove?*"

„Ich hatte nie vor das Land zu verkaufen", sage ich und lächle. „Sogar wenn ich es gewollt hätte, ich hätte es ja doch nicht übers Herz gebracht."

„Weil du ein guter Junge bist...", sagt Chloé. „Ich freue mich für dich." Mit diesem Satz lächelt sie mich an und schenkt mir dieses warme mütterliche Lächeln. „Bis bald, Jacob."

„Bis bald, Chloé."

•••

Als ich das Haus betrete, ist es still. Einen Moment steigt die Angst in mir hoch, dass Julie gegangen sein könnte, aber als ich das Schlafzimmer betrete, liegt sie noch genauso da, wie bevor ich gegangen bin, und dieser Anblick lässt mich lächeln. Wie kann man jemanden nach so kurzer Zeit so lieben? Wie kann man sich so in Gefühlen verlieren?

Ich schleiche die Stufen hinunter, schließe mein Handy an die Stereoanlage an und suche das perfekte Lied für diesen Moment. Und dann sehe ich es auf meiner Favorites-Playlist: *Every little thing she does is magic* von *Sleeping at last.* Ich wähle *repeat all* und öffne alle Schiebetüren. Es fühlt sich fast so an, als wäre man im Freien. Keine Wände, nur Farben und der Wind, der zusammen mit der Musik durchs Haus schwebt. Ich mache die Musik etwas lauter, in der Hoffnung, dass sie Julie ganz sanft aufwecken wird, dann fange ich an, Frühstück zu machen.

Julie

Ich öffne die Augen. Es war kein Traum. Ich bin hier. Das Lächeln legt sich breit in mein Gesicht. Ich höre Musik von unten und rieche Kaffee. Gibt es eine *vollkommenere* Art, wach zu werden? Ich stecke meine Nase in die Laken und inhaliere Jakes Duft, dann entdecke ich den Zettel.

Ich hole Frühstück. Wenn du duschen willst, Handtücher sind im Wandschrank im Bad, wenn du was Frisches zum Anziehen brauchst, ich habe dir etwas hingelegt.

Ich beeile mich. J.

P.S.: Ich könnte dir stundenlang beim Schlafen zusehen.

Ich werfe die Decke zurück und mein Blick fällt auf ein weißes Unterhemd und Boxershorts.

Ich schlüpfe schnell hinein, gehe ins Bad, binde mir dir Haare zu einem hohen Dutt zusammen und spüle mir kurz den Mund mit einer Mundspülung aus, dann gehe ich die Stufen hinunter.

Und da steht er. Oben ohne und barfuß. Könnte ich mich je an ihm sattsehen? An der Art, wie er sich bewegt, wie er sich die Haare aus dem Gesicht wischt? Er schaut hoch und der Blick, der mich trifft, läuft mir kribbelnd über den Rücken.

Jake kommt auf mich zu, seine schwarzen Augen wandern über meinen Körper, dann nimmt er mich in die Arme und zieht mich fest an sich. In diesem

Moment weiß ich, wie sich Erfüllung anfühlt. Ich bin absolut erfüllt von Jake.

•••

Ich sitze mit angezogenen Beinen auf einem der Barhocker und beobachte Jake dabei, wie er uns Kaffee einschenkt. Ich schaue an mir hinunter und muss lächeln. Das Unterhemd, das bei Jake bestimmt eng anliegend wäre, ist mir viel zu groß, und seine Boxershorts gehen mir fast bis zu den Knien, aber trotzdem fühle ich mich verdammt sexy. Ich trage das *Freundin-Outfit*. Das, das man von einem Mann nur dann bekommt, wenn man ihm etwas bedeutet. Bei diesem Gedanken muss ich lächeln.

„Was ist?", fragt Jake und sieht mich an. „Warum lächelst du?"

„Nur so", sage ich und schüttle den Kopf.

„Nur so?", fragt er, während er mir eine Tasse herüberschiebt. „Das ist keine Antwort."

„Aber es ist so albern..." Jake sieht mich nur an und wartet. Dann schließlich seufze ich und sage: „Okay, okay, ich dachte nur, dass das, was ich gerade anhabe, das *Freundin-Outfit* ist..."

„Das *Freundin-Outfit*", flüstert er grinsend, nimmt beide Teller und geht um den Tresen herum. Er stellt sie vor uns ab, dann setzt er sich auf den Barhocker neben mir. „Dann bist du meine Freundin?", fragt er und sieht mich mit diesem Blick an, der sich als wohliger Schauer auf meiner Haut ausbreitet.

„So fühlt es sich an", flüstere ich lächelnd.

Wir wissen beide, dass es nicht so einfach ist. Aber bevor mich das schlechte Gewissen zu Boden ziehen kann, konzentriere ich mich nur auf dieses Lächeln, das mich in ungeahnte Höhen trägt. Ich will noch nicht an das denken, was kommen wird. Ich will den Moment noch ein bisschen behalten. Ein Unterhemd und seine Boxershorts machen mich vielleicht nicht zu seiner Freundin, das ändert aber nichts daran, dass ich sein Mädchen bin.

•••

„Also, die Marmelade scheint es dir ja echt angetan zu haben", sagt er schmunzelnd und sieht mir dabei zu, wie ich genussvoll in das Croissant beiße.

„Die ist fantastisch", sage ich mit vollem Mund. „Ich liebe Erdbeermarmelade."

„Das dachte ich mir schon, deswegen habe ich sie mitgebracht."

„Was?", frage ich, während ich das letzte Stück des Croissants mit einem dicken Klecks Marmelade bestreiche.

„Na ja, wenn Erdbeereis deine Lieblingssorte ist, kann Erdbeermarmelade so verkehrt nicht sein." Ich sehe ihn nur an. Erstaunt. Überrascht. „Was ist?", fragt er lachend. „Lass mich raten, du dachtest, ich hätte nicht zugehört..."

„Ich...", flüstere ich und schaue ihn von unten an. „Na ja..."

Er lehnt sich zu mir und sieht mir tief in die Augen, dann zieht er mich an sich. Seine Zunge teilt meine Lippen. Mein Gott, wie er küsst, macht mich völlig fertig. „Hmmm“, brummt er. „Die Marmelade ist wirklich gut.“

„Ja, das ist sie“, flüstere ich.

„Magst du noch ein Croissant?“ Sein Atem streift mein Gesicht.

„Vielleicht später...“

„Und was willst du jetzt?“, fragt er heiser und beißt mir sanft in die Unterlippe.

„Hast du nicht gestern einen Pool erwähnt?“

Jake

Wir liegen auf den warmen Holzdielen neben dem Pool. Mein Kopf auf Julies Brust, ihre Hände sind in meinem Haar vergraben, ihr Atem trifft auf meine Stirn. Mein Herz schlägt wie verrückt, mein Mund ist trocken. Ich schaue ihr in die Augen.

„Willst du auch etwas zu trinken?“

„Ja, gerne“, flüstert sie und lächelt mich an.

•••

„Warum siehst du mich so an, Jake Baker?“, fragt Julie und reicht mir die Wasserflasche.

„Da gibt es etwas, das mir nicht aus dem Kopf geht... etwas, das ich dich schon länger fragen will.“

„Okay?“

„Als ich dich aus dem Wasser gezogen habe – da warst du gar nicht in Schwierigkeiten, oder?“

Sie schüttelt den Kopf.

„Was hast du da unten gemacht?“

Sie zögert einen Moment, mustert mich nur, dann sagt sie: „Das ist eine komische Angewohnheit von mir.“

„Und was genau?“

„Unter Wasser zu sein, ist wie eine Welt in der Welt... so eine Art Parallelexistenz.“

Ich stelle den Kopf schräg. „Eine was?“

„Na ja, du bist noch Teil dieser Welt, aber alles ist irgendwie weiter weg... Es ist der einzige Ort, an dem man wirklich allein sein kann, ohne den Lärm und die anderen Menschen.“ Ich sehe sie nur an und lächle, dann lässt sie sich neben mir ins Wasser gleiten. „Komm schon...“

Wir holen tief Luft und tauchen unter, bis zum Boden. Alles ist still, ich höre nur, wie der Puls in meinen Ohren rauscht und meinen regelmäßigen Herzschlag, sonst nichts. Ich sehe zu Julie, die ein paar Meter von mir entfernt reglos im Wasser treibt. Arme und Beine ausgestreckt, den Blick in Richtung Himmel. Friedlich. Ich lasse alles los und folge ihrem Beispiel. Unscharf und verschwommen erkenne ich die vielen kleinen Wellen, die unsere Körper beim Eintauchen geschlagen haben, und wie die Sonne auf der Oberfläche glitzert. Ich spüre Julies Nähe, aber sonst spüre ich nichts. Nur mich. Mich und meine Gedanken. Das kühle Wasser trägt mich und es fühlt sich an, als würde es mich in den Armen halten. Schwerelos. Eine Welt in der Welt. Ein weiterer Teil von Julie, in den ich mich gerade verliebe.

Meine Lungen geben den Impuls zu atmen. Ich sehe zu Julie hinüber. Wie sie vollkommen entspannt neben mir hertreibt und ich wünschte, wir könnten hier bleiben. In dieser Welt, in der uns die Realität nicht so schnell finden kann. Aber es geht nicht. Nicht mehr. Und deswegen stoße ich mich vom Boden ab und komme ihr zuvor.

•••

Ich sitze am Beckenrand, meine Beine baumeln im Wasser und Julies Kopf liegt auf meinem Schoß. Sie schaut in den Himmel und in ihren großen Augen spiegeln sich die Sonnenstrahlen.

„Jake?“, flüstert sie.

„Hm?“

„Kommt dein Dad noch oft hierher?“

Ich atme tief ein, dann schüttle ich den Kopf.

Julie

„Warum?“, frage ich und spüre, wie sich sein Körper anspannt. „Für mich klang es so, als würdet ihr euch sehr nahe stehen.“ Jake sieht mich lange an. „Jake?“ Und dann verstehe ich es. Seine Augen sagen all das, was er nicht laut aussprechen kann. „Er ... ist tot?“, frage ich und setze mich auf. Jake schluckt nur und nickt. „Wann?“

„Vor vier Monaten.“ In seinem Blick schimmern zwischen den Tränen unzählige Erinnerungen.

„Wie ist es passiert?“

Jake schließt einen Moment die Augen. „Es war ein Herzinfarkt.“ Alles ist still. „Er war auf der Stelle tot.“

„Deswegen bist du zurückgekommen.“

„Deswegen bin ich zurückgekommen.“

Eine Weile sagen wir beide nichts, sehen einander nur an. In diesem Blick liegt eine Schwere, die sich eng um meine Brust schnürt. „Weißt du, was das Schlimmste ist?“

„Nein, was?“

„Das letzte Mal, als ich ihn gesehen habe, haben wir gestritten.“ Er schließt wieder die Augen und es sieht fast so aus, als würde er die Situation gerade noch einmal erleben. „Julie, ich habe Dinge zu ihm gesagt...“ Er rauft sich die Haare. „Dinge, von denen ich schon damals wusste, dass sie nicht stimmen.

Aber ich war mir sicher, dass wir Zeit haben.“ Eine einzelne Träne läuft über seine Wange und dieser Anblick bricht mir fast das Herz. „Dass ich mich noch entschuldigen kann.“

Ich nehme seine Hand und drücke sie. „Jake, ich bin mir sicher, das hat er gewusst.“

„Er fehlt mir so.“

Und mit diesem Satz brechen die Dämme und er vergräbt sein Gesicht in meinem Schoß. Mit diesen Tränen kommen wir in der Realität an. Ich halte ihn fest und weine mit ihm. Fühle seinen Schmerz. Da ist keine Fassade mehr, nur noch sein bebender Körper und ein Teil von dem kleinen Jungen, der ganz tief in seinem Herzen seinen Vater vermisst.

Ich streiche ihm durchs Haar und spüre, wie er sich nach und nach beruhigt. Wir bleiben eine Weile so. Schweigend. Bis er sich langsam aufsetzt und mir in die Augen sieht.

„Danke“, flüstert er.

„Wofür?“

„Dafür, dass ich bei dir ich selbst sein kann.“

•••

„Ich sollte mich auf den Rückweg machen.“

„Noch nicht“, sagt Jake und nimmt mich fest in die Arme.

„Ich muss duschen...“

„Nein, musst du nicht“, flüstert er und vergräbt sein Gesicht in meinem Nacken.

„Doch, Jake, ich..."

„Und außerdem gibt es hier zwei Duschen", fällt er mir ins Wort und küsst mich.

„Ich habe *nichts* zum Anziehen", sage ich lachend. „Keine Zahnbürste, nichts..."

„Mir ist es sowieso am liebsten, wenn du *nichts* anhast. Und was das Zahnbürsten-Problem betrifft... wir können dir eine kaufen."

„Jake..."

„Musst du heute noch arbeiten?"

„Ich will nur kurz nach Oceanside", flüstere ich. „Das dauert nicht lang..."

„Das heißt also..." Jake kommt näher und lächelt dieses Lächeln, das meinen Verstand augenblicklich außer Kraft setzt. „Du kommst dann wieder her?"

Die Art, wie er mich ansieht, breitet sich als Gänsehaut auf meinem Rücken aus. Wir wissen, dass das, was wir tun, falsch ist. Dass wir damit aufhören müssen. Aber wie geht das? Wie hört man auf zu lieben? Ich kann das nicht. Ich kann nicht aufhören. Wie beendet man etwas, das eben erst begonnen hat? Etwas, das sich so *richtig* anfühlt? Alles in mir will noch ein paar gestohlene Stunden. Noch ein paar Geschichten aus seinem Leben. Noch ein paar Mal mit ihm schlafen. Ihn küssen, bis meine Lippen taub werden.

Ich weiß, dass die Realität kommen wird. Mir ist klar, dass wir Kyle irgendwann die Wahrheit sagen müssen. Aber noch nicht jetzt.

„Ja", antworte ich. „Für eine Nacht."

Jake

Ich sehe sie nur an. Spüre, wie die Stimmung kippt, wie die Funken sprühen. Wie Wut und Verzweiflung übernehmen. Ich will nicht nur eine Nacht. Ich will immer. Jeden Tag. Aber ich weiß, dass es nicht geht. Weil Kyle mein Bruder ist. Meine Familie. Der eine Mensch, der noch da ist.

Julie mustert mich, dann sagt sie: „Ich sehe die Morgen-Gedanken in deinen Augen."

„So offensichtlich, huh?"

Sie nickt. „Komm schon, Jake, sprich mit mir."

Mein Herz rast. Ich will diese Gedanken nicht, weil sie die wenigen Momente zerstören, die wir haben, bevor die Zukunft uns auseinanderreißt. Ihre Augen durchdringen mich und zum ersten Mal kann ich ihrem Blick nicht standhalten. Die Wut brennt in meinem Magen und bei dem Gedanken an das, was kommen bald wird, an die reale Welt, die ich in den vergangenen Stunden so erfolgreich verdrängt habe, balle ich instinktiv die Hände zu Fäusten. Ich gehe zur Terrassentür und bücke mich nach der offenen Bierflasche, die ich mir letzte Nacht aufgemacht und dort abgestellt habe. Als Julie plötzlich vor mir stand.

Ich sehe sie an. „Wird es morgen vorbei sein?"

„Was?", fragt sie und kommt langsam auf mich zu.

„Du hast mich schon verstanden", sage ich und schlucke. „Wird es morgen vorbei sein?"

Sie nimmt mir die Bierflasche aus der Hand und stellt sie auf den Tresen. Dann sieht sie mich an und ich sauge ein, wie sie gerade aussieht. Ihr langes Haar in einem losen Knoten, ihre türkisfarbenen Augen, die mir entgegenstrahlen. Mein Unterhemd ist ihr viel zu groß, aber sie sah nie schöner aus als in diesem Moment.

„Ich will nicht, dass es vorbei ist...“, flüstert sie. „Ich liebe dich.“

Mein Blick stolpert über ihren Mund, und dieser Anblick lässt mich hart schlucken und treibt einen eisigen Schauer über meine Haut. Sie befeuchtet sich die Lippen, stellt sich auf die Zehenspitzen und legt ihre Arme um meinen Hals. Ihr feuchter Atem trifft mein Gesicht und alles zieht sich zusammen. Ich spüre, wie mein Schwanz wächst und hart wird. Ich will sie. Am liebsten für immer. Ich ziehe sie fest an mich und meine Hände vergraben sich in ihrem Haar. Julies Lippen finden meine und die Wucht, mit der mich dieser Kuss trifft, ist wie ein Stromschlag. Die Bilder der letzten zehn Stunden setzen sich in meinem Kopf zu einem Film zusammen, der mich schwer atmen lässt. Ich sehe jedes noch so kleine Detail, jede Berührung. Wie wir uns bewegen, wie wir uns küssen. Meine Haut, die unter ihren Händen brennt. Ihr Lachen. Unsere Körper schwerelos unter Wasser, der Ausdruck in ihrem Gesicht, kurz bevor sie unter mir explodiert ist. Jeder Muskel in meinem Körper steht unter Strom. Ich ziehe Julie an mir hoch und sie schlingt ihre Beine um meine Hüften. Ich trage sie nach oben, drücke sie an mich, halte sie fest.

Ich ziehe sie aus und sehe ihr in die Augen. Und in ihren Tiefen sehe ich dieselbe Verzweiflung, die ich gerade spüre. Das Lied, das zu uns hoch dringt, passt perfekt zu diesem Moment. Zu dieser seltsam aufgeladenen Stimmung. *Mad World* von *Gary Jules.* Julie wirft den Kopf in den Nacken und seufzt, während meine Hände über ihre glatte Haut gleiten. Ich küsse sie am Hals, bin süchtig nach ihr, nach uns. Nach dieser Nähe. Ich fürchte mich vor dem, was kommen wird. Aber alles, was ich tun kann, ist jede Sekunde, die wir miteinander haben, unvergesslich zu machen.

Julie

Jake bewegt sich langsam. Ich spüre ihn tief in mir, spüre, wie er mich ausfüllt. Halte mich an ihm fest. Wir verschmelzen zu einem Wesen, überwinden die Grenze zwischen unseren Körpern. Alles brennt und kribbelt. Dieser Augenblick ist zerbrechlich und so intensiv, dass ich kaum atmen kann. Er küsst mich, sanft, aber irgendwie auch verzweifelt. Vielleicht rede ich da aber auch von mir. Ich kann nicht mehr sagen, wo ich aufhöre und Jake anfängt. Er ist ein Teil von mir, tief in meinem Bauch versunken und in meinem Kopf verankert. Ich atme mein Verlangen stöhnend aus und schließe die Augen, verliere mich in diesem Gefühl, in diesem Augenblick, in dem wir uns lieben. In dem unsere Körper all das sagen, was ein simples *ich liebe dich* niemals ausdrücken könnte. Jakes Atem wird schneller, er stöhnt mir in den Mund und ich mache die Augen auf. Ich will sehen, wie er kommt, will die Anspannung fühlen.

Die Welle baut sich auf, kribbelt tief in meinem Inneren und steigt unaufhaltsam weiter. Sie vibriert in meinem Seufzen und zuckt in meinen Muskeln. Jakes Hand vergräbt sich in meinem Oberschenkel, ich rieche seinen Duft. Und in der Sekunde, in der ich es nicht mehr aushalte und sich alles in mir verkrampft, sehen wir einander an und fallen.

•••

Wir liegen nebeneinander. Atemlos. Ich spüre seine Wärme und sein Lächeln. Das laute Knurren meines Magens durchbricht die Stille. Jake zieht mich an sich. „Was hältst du davon, wenn du nach Oceanside rüber fährst und ich währenddessen alles wetterfest mache und uns dann etwas koche?"

„Ich habe kein Auto", sage ich leise.

„Doch, hast du", antwortet er. „Du hast meins."

„Jake, ich kann auch den Bus neh-..." Aber weiter komme ich nicht. Er erstickt meinen Vorschlag mit einem Kuss, der mir die Gänsehaut über den Rücken jagt, dann steht er auf.

„Der Schlüssel ist unter der Fußmatte."

„Im Ernst?", frage ich schmunzelnd.

„Ich weiß, es ist ein Klischee, aber mein Dad hat es immer so gemacht..."

„Verstehe."

Jake grinst mich an und geht zum Schrank. Meine Blicke begleiten ihn, wandern über seinen definierten Körper. Die Muskeln, die sich bei jeder Bewegung abzeichnen. Gibt es einen schöneren Anblick als Jake, wenn er nackt ist?

„Ich nehme an, du magst Pasta?"

„Bitte?", frage ich abgelenkt. Als ich hochschaue, finde ich seine Augen und dieses dreckige Grinsen.

„Ob du Pasta magst...", sagt er lachend.

„Und wie." Jake nimmt Boxershorts heraus und zieht sie an. „Soll ich noch etwas mitbringen?"

„Wie, was?“

„Na ja, ich dachte, wegen dem Sturm...“

„Wir haben alles, was wir brauchen.“

„Sicher?“, frage ich. „Auch Wasserkanister? Und genug zu essen?“

„Ich habe alles gekauft“, sagt er und setzt sich wieder zu mir aufs Bett. „Und ja, es reicht für uns beide.“

„Und was ist mit den vielen Fenstern? Müssen wir die nicht verbarrikadieren?“

„Vielleicht“, antwortet er nickend.

„Vielleicht?“

„Doch, ja, wenn es *wirklich* schlimm wird“, sagt er lachend.

„Was ist so komisch?“

„Ich liebe dich und ich liebe dieses Haus. Und ich verspreche dir, ihr seid beide sicher.“ Er nimmt mein Gesicht zwischen seine Hände und sieht mir tief in die Augen. „Mach dir keine Sorgen, Kleines.“

Als er *Kleines* sagt, zieht sich plötzlich alles in mir zusammen. Es ist das erste Mal, dass er mir einen Kosenamen gibt, und ich kann mir keinen Schöneren vorstellen.

•••

Ich fahre die geschwungene Küstenstraße entlang. Das Auto riecht nach Jake und ich denke an die letzte Autofahrt. An ihn und seine Hand auf Lucys Schenkel und meinen Kopf auf Kyles Schulter. Ich schiebe diese Gedanken weg und schaue auf die glitzernde Wasseroberfläche. Die Nachmittagssonne lässt den Himmel noch blauer erscheinen und die wenigen Schleierwolken schweben wie Seidentücher übers Meer. Aber das täuscht. Hinter der nächsten Kurve ist der Blick frei und am Horizont türmen sich bereits die grauen Wolken wie Felsmassive. Wie gebannt starre ich zu dieser Wetterwand, die in ein paar Stunden auch Oceanside erreichen wird. Der Sturm ist im Anrollen. Er ist fast da. Ich sollte mich beeilen. Die Straße macht eine letzte Kurve und schlängelt sich am Wasser entlang, dann sehe ich das Ortsschild. *Welcome to Oceanside, Massachusetts.*

Das Lied, das im Radio läuft, ist wie für diesen Moment geschrieben. Für mich. Für all das, was ich fühle und wofür mir die Worte fehlen. *This Is The First Day Of My Life* von *Bright Eyes.* Ich denke an Jake und dieses Lächeln, das ich überall spüre. An seine Zartbitteraugen und den Ausdruck in ihren Tiefen. Bei diesem Gedanken suchen meine Finger nach dem Kettenanhänger. Er gehört zu mir, so wie ich zu Jake. Ich bin wie im Rausch. Die vergangenen Stunden waren unwirklich. Wie ein anderes Leben. Gestern dachte ich noch, meine Hoffnung würde sterben. Ich dachte, ich würde mutterseelenallein mitten in der Nacht nach *Oceanside* zurückgehen. Doch stattdessen haben sich meine Träume erfüllt und mich in eine andere Welt getragen. Ich bin in Jakes Armen bei mir angekommen. Bei einer Version von mir, die ich nicht kannte, aber immer sein sollte. So als hätte er sie in mir entdeckt. Und nun kann ich nicht genug von uns bekommen. Von seinen Lippen.

Davon, ihn anzusehen. Ihn zu riechen, seine Haut auf meiner zu spüren. Von seiner tiefen Stimme und diesem Funkeln in seinen Augen. Von ihm. Wie habe ich es nur ohne ihn ausgehalten? Jetzt, wo ich weiß, dass es ihn gibt, wäre eine Welt ohne ihn wie ein Leben ohne Farben. Ohne Musik. Ohne Lachen. Wie ein Leben unter Wasser, aus dem ich aber nicht wieder auftauchen kann.

Jake ist diese eine Zutat, die gefehlt hat. Die, die aus etwas wirklich Gutem etwas Unbeschreibliches macht. Je besser ich ihn kenne, desto klarer wird es mir: Jake und ich ergeben nicht nur Sinn, wir gehören zusammen.

In dem Moment, als ich das Radio ausschalten will, sagt der Sprecher: Hurrikan Cynthia ist gestern Abend wie erwartet ziemlich hart auf die Küste von *Sunset Creek* getroffen und hat dort eine Schneise der Verwüstung hinterlassen. Ob der Sturm Todesopfer gefordert hat, ist zur Stunde noch nicht bekannt, aber fest steht, dass Zehntausende in Folge schwerer Überschwemmungen ihr Zuhause verloren haben und auch weiterhin ohne Strom sind. Wann genau Cynthia auf *Oceanside* und *Clearwater Bay* treffen wird, ist unklar, aber Meteorologen rechnen damit, dass uns die ersten Ausläufer bereits in der nächsten Stunde erreichen werden. Experten sind sich zwar einig, dass Cynthia bis dahin an Kraft verlieren wird, dennoch sollte mit Hagel, Sturmböen, Starkregen und großflächigen Überschwemmungen gerechnet werden. Decken sie sich mit ausreichend Batterien ein, sorgen Sie für Taschenlampen und genug zu essen, aber vor allem: *Stocken Sie Ihre Wasservorräte auf.*

Auf www.Unwetter-USA.com können Sie Cynthias Route verfolgen. Sollten Sie sich in einer der roten Zonen befinden, bringen Sie sich bitte umgehend in Sicherheit. Und denken Sie auch an ältere Nachbarn oder Verwandte. Es wird Zeit zusammenzurücken. Wir von Radio OSCB halten Sie selbstverständlich auf dem Laufenden.

Jake

Ich schalte das Radio aus und gehe unruhig auf und ab. Fuck, ich hätte sie nicht alleine fahren lassen sollen. Was ist, wenn der Sturm bereits in Oceanside angekommen ist?

Ich gehe nach draußen. Der Himmel ist eine bedrohliche Mischung aus grau, schwarz und grün, und es zieht so viel schneller zu, als ich gedacht hätte. Mein Blick fällt wieder auf die Uhr. *Fuck, Julie, wo bleibst du?* Ich schaue zu dieser Wand aus Wolken, die sich immer näher an Land schiebt. Wir sitzen in der Falle und alles, was wir tun können, ist zu warten. Und uns vorzubereiten. Der Pool ist abgedeckt und die Gartenmöbel verstaut. Ich habe alle Holzrollos befestigt. Sie liegen wie eine Festung ums Haus. Vor jedem Fenster. Nur eine Schiebetür ist noch offen und wartet auf Julies Rückkehr. Kurz spiele ich mit dem Gedanken, ihr eine Nachricht zu schreiben, aber dann fällt mir der leere Handyakku wieder ein und ich zwinge mich ins Haus zurückzugehen, bevor mich die Fragen in meinem Kopf in den Wahnsinn treiben.

Alles ist dunkel und ungewohnt beklemmend. Ich schalte die Lichter in Wohnzimmer und Küche ein und bereite alles fürs Abendessen vor. Aber meine quälenden Gedanken lassen sich nicht abschütteln.

Julie

Ich laufe die Stufen zu unserer Unterkunft hinauf, aber Caroline scheint nicht da zu sein. Ich halte die Magnetkarte an die Tür und sie springt auf. Die Küche liegt geisterhaft vor mir.

Ich gehe nach nebenan, bücke mich nach meiner großen Handtasche und packe etwas zum Anziehen und Ausziehen ein. Es ist fast traurig, dass ich nur ein einziges einigermaßen heißes Wäsche-Set besitze. Na ja, es ist ohnehin die Frage, ob ich dazu kommen werde, es zu tragen. Bei dieser Vorstellung ziehe ich schmunzelnd das Ladekabel aus der Steckdose und stopfe es zu den anderen Sachen, dann gehe ich ins Bad hinüber und werfe meine Zahnbürste, den Schminkbeutel, Shampoo und die Abschminktücher hinein. Und dann noch das Wichtigste. *Das Cocos-Öl.*

Ich weiß, es ist unpassend. Ich sollte an den Sturm denken, aber ich kann nicht. In meinem Kopf ist zu viel los. Ich sehe nur Jake, die Pasta und den nackten Nachtisch, der heute noch auf mich wartet. Diese Gedanken kribbeln genüsslich meine Haut entlang und legen sich als Lächeln auf meine Mundwinkel. Ich weiß, dass es falsch ist, aber das ändert nicht, wie ich mich fühle. Als würde ich schweben. Als wäre ich eine Feder, die durch die Luft tanzt und vom Wind getragen wird.

Ich schlüpfe in meine gelben Sneakers und werfe mir die Tasche über die Schulter. Meine Gedanken driften wieder in Jakes Arme, während ich mit einem breiten Grinsen das Apartment verlasse und den sandigen Weg in Richtung Parkplatz zurückgehe.

Kyle

Jules. Endlich! Ich will gerade ihren Namen rufen und ihr hinterherlaufen, als mir ihre vollgestopfte Tasche auffällt. Und dann das rote, schulterfreie Top und die Hotpants, die sie gestern schon in Clearwater und später am Hafen anhatte. *Ich wusste es.* Bei diesen Gedanken zieht sich alles in mir zusammen und ich balle meine Hände zu Fäusten. *Wo warst du?* Die Eifersucht brennt in meinem Bauch. Meine Muskeln zittern. Ich folge ihr, aber bleibe weit genug entfernt, dass sie mich nicht sieht. Das schlechte Gewissen frisst sich wie Gift durch mich hindurch. Es flüstert mir zu, dass ich das nicht tun sollte. Dass es mich nichts angeht. Dass sie nicht meine Freundin ist. Aber ich ignoriere diese Tatsachen und beobachte, wie sie in Richtung Hotelanlage abbiegt. *Wo willst du hin, huh?* Okay. Zu den Parkplätzen. Als ich das Auto erkenne, kriecht die Magensäure langsam in mir hoch. Nein. Das ist nicht möglich. Einen Moment hoffe ich, dass sie daran vorbei gehen wird, dass es ein Zufall ist, aber sie öffnet die Tür und steigt ein. Mir wird übel. Das Gefühl in meinem Magen geht von flau zu Krämpfen über.

Ich stehe einen Augenblick nur da, im Schatten der Büsche. Ich will schreien, will mit den Fäusten auf die Scheiben einschlagen, aber ich kann mich nicht bewegen. Bin wie gelähmt. Es gibt bestimmt eine Erklärung. Eine andere als die offensichtliche.

Es *muss* eine geben. Eine andere. Jules startet den Wagen und fährt los.

Ich versuche es zu begreifen, kann aber nicht mehr klar denken. Die Fragen in meinem Kopf sind zu laut. Sie überfordern mich. Wollte ich es einfach nicht sehen? Den Hochverrat? Die Realität? Oder habe ich es tief in mir die ganze Zeit gewusst? Diese Gedanken reißen mich aus meiner Schockstarre. Ohne weiter darüber nachzudenken, gehe ich zu meinem Auto und steige ein. Vielleicht gibt es noch eine andere Erklärung. Ich werde es erst glauben, wenn ich es mit eigenen Augen gesehen habe. Ich muss es sehen, auch, wenn mich allein der Gedanke daran fast umbringt.

Julie

Mein Blick folgt den schwarzen Wolken, die sich übers Wasser wälzen. Wie eine Wand, die uns bald treffen wird. Ich sehe die ersten Blitze und höre den grollenden Donner, der über die Wellen rollt. *Noch* weht kein Lüftchen. Die Ruhe liegt verräterisch in der Luft. Sie ist wie das Pulverfass, das nur noch auf den Funken wartet. Der Himmel färbt sich grünlich und die Stimmung ist aufgeladen. Noch ein paar Meilen. Die Hitze hängt träge in der Luft und legt sich als dünner Schweißfilm auf meine Haut. Ich kurble das Fenster herunter. Der Fahrtwind fühlt sich an wie ein Föhn. Er wirbelt mein Haar umher, aber schafft es nicht, mich abzukühlen. Ich sehne mich nach dem Regen. Nach Wasser. Salzige Kristalle liegen als Erinnerung an das Meer und den Schweiß auf meiner Haut.

Ich versuche mich abzulenken und schalte das Radio ein. Klaviermusik begleitet die Ruhe vor dem Sturm. Vor nicht einmal vierundzwanzig Stunden saß ich noch in der Linie 13A und hatte keine Ahnung, was passieren wird. Da wusste ich nicht so wirklich, was ich tue, aber jetzt bin ich unbeschreiblich froh, dass ich es trotzdem getan habe. Dass ich nicht nachgedacht und mich gefragt habe, ob es ein Fehler ist. Vielleicht, weil ich ohnehin wusste, dass es eigentlich einer ist. Aber die Wut hat entschieden. Sie hat mich handeln lassen, wo ich sonst nur wieder gegrübelt hätte. Sie hat die Richtung geändert und kurzerhand mein Hirn schachmatt gesetzt.

Der Wind frischt auf, als die Wolken sich über mich schieben. Die ersten Böen treffen den Wagen von der Seite und biegen die Baumstämme. Blätter fliegen wild umher und die ersten Tropfen fallen dick und schwer aus den tiefschwarzen Wolken. Mein Herz hämmert in meiner Brust. Jeden Moment wird es losgehen.

Etwa drei Meilen vor *Clearwater Bay* setze ich den Blinker rechts. Ich fahre die letzten Meter zu Jakes Haus. Das Rauschen der Wellen wird lauter, der Wind fegt wütend übers Meer und der Ruf der Möwen hallt mir schrill entgegen. Die Luft ist elektrisch aufgeladen, die Wolken schieben sich zäh über den grüngrauen Himmel. Noch sind es nur einzelne Tropfen, aber bald wird er aufbrechen. Es kann nicht mehr lange dauern. Ich parke den Wagen, greife nach meiner Tasche und laufe in Richtung Haus. Dann bricht der Himmel auf.

Kyle

Der Wind peitscht bereits wütend gegen die Fenster und die Möwen schreien hysterisch. Ich halte an. Die Scheibenwischer rasen über die Frontscheibe, aber ich kann trotzdem fast nichts sehen. Ich steige aus, und bereits nach ein paar Metern ist meine Kleidung durchnässt. Ich gehe an den Büschen vorbei. Dann sehe ich sie.

Die Luft sprüht Funken. Julie lächelt Jake von unten an, lässt die Tasche auf den Boden gleiten und fällt ihm in die Arme. Das Adrenalin flutet meinen Körper, jeder Muskel spannt sich an. Alles in mir zieht sich zusammen. Ich atme flach und mein Herz rast. Jakes Hände vergraben sich in ihrem Haar. Ich habe das Gefühl zu ersticken. Jeder Atemzug brennt. Ich stehe nur da und sehe, wie er sie anfasst, und will ihn umbringen. Als er sie dann plötzlich an sich zieht und küsst, setzt mein Hirn aus. Kurzschluss.

Die Eifersucht vermischt sich mit dem Zorn und der Enttäuschung. Alles wird zu diesem immensen Knoten, der mir die Luft abschnürt. Ich weiß, dass ich mich bewege, weiß, dass ich renne, spüre den Regen und den Sand, aber alles, was ich wirklich wahrnehme, ist Wut. Diese brennende Masse, die alles in mir niederwalzt.

Jake

Dieser Kuss ist eine Mischung aus Anziehung und Erleichterung. Darüber, dass ihr nichts passiert ist, dass es ihr gut geht. Dass sie wieder bei mir ist. Ich inhaliere ihren Duft und ziehe sie an mich. Versinke in diesem Augenblick, höre nur noch den Regen, der mit geschlossenen Augen fast wie Applaus klingt. Als wäre das hier gerade das große Finale, unser Happy End. Ich sauge an ihren Lippen, spüre ihren Atem. Dann höre ich eine Stimme durch den Sturm. Ich höre jemanden brüllen. Und in der Sekunde, in der ich die Augen öffne, reißt jemand Julie von mir weg, und ich sehe nur noch eine Faust auf mich zurasen. Kyle.

Alles ist verzerrt. Ich spüre die dumpfen Schläge, die auf meinen Körper prallen, schmecke Blut und verliere die Orientierung. Kurz weiß ich nicht, ob ich noch stehe oder schon liege. Ich spüre nur meine Arme, die ich mir schützend vors Gesicht halte, höre Julie schreien und Kyle aus Leibeskräften brüllen, aber ich verstehe nicht, was er sagt. Ich höre nur seinen Schmerz und die Tränen. Er schlägt auf mich ein. Immer und immer wieder. Alles passiert so schnell, aber es fühlt sich an wie Zeitlupe. Meine Knie geben nach und ich gehe zu Boden. Kyles Wut trifft mich hart und verdient, aber mein Körper wehrt sich. Jeder Muskel spannt sich an. Ich weiche seinen Fäusten aus, trete nach ihm. Dann trifft er mich wieder und wieder. Der metallische Geschmack von Blut flutet warm meinen Mund. Dann entscheidet mein Körper. Es ist ihm egal, wer der Gegner ist. Der Instinkt schlägt die Moral und ich Kyle. Die erste Faust trifft ihn am Kiefer und gibt mir ein paar Sekunden, um wieder aufzustehen. Ich halte mir die Rippen. *Fuck,* er hat mich ganz schön übel getroffen. Im Gesicht und am Arm. Aber der Schmerz hält sich noch zurück, damit ich mich verteidigen kann.

„Wie konntest du das tun?", brüllt Kyle über den peitschenden Regen hinweg. Seine Stimme bebt und überschlägt sich. „Du hast gewusst, was ich für sie empfinde! Du hast gewusst, wie wichtig sie mir ist!"

„Kyle, du erdrückst sie!"

„Ich liebe sie!"

„Nein, du versuchst sie zu besitzen."

„Bullshit!", brüllt Kyle und baut sich vor mir auf. „Ich will sie nicht besitzen!"

„Doch, genau das willst du!"

„Hört auf", schreit Julie verzweifelt. „Bitte!"

„Du hast immer bekommen, was du wolltest", sagt er abschätzig. „Weißt du, andere können nicht einfach ein paar Jahre durch Europa reisen..."

„Was hat das eine mit dem anderen zu tun?"

„Alles!", brüllt Kyle. „Du musstest noch nie für etwas arbeiten, dir ist alles in den Schoß gefallen."

„Sagt wer, huh?", frage ich.

„Muss toll sein, so einen Daddy zu haben, oder, Jay? Die vielen Häuser und die ganzen Reisen? Das Studium..."

„Kyle, bitte...", sagt sie verzweifelt.

„Darum geht es?“, frage ich und spucke Blut in den Sand. „Dass das Leben dir schlecht mitgespielt hat?“

„Warum musste es ausgerechnet *sie* sein?“ Ich sehe seine Tränen und die unbändige Enttäuschung. „Warum, Jay?“

„Ich habe das nicht geplant.“

„Du hast sie mir weggenommen!“

„Wie denn? Sie hat dir nie gehört!“, brülle ich aufgebracht. „Die Tatsache, dass ihr euch ewig kennt, macht Julie doch nicht zu deinem Eigentum.“

„Natürlich ist sie nicht mein Eigentum!“

„Aber genau so verhältst du dich.“ Ich schüttle den Kopf. „Es geht dir doch gar nicht um sie...“

„Ach, und worum geht es mir dann?“

„Um dich.“

„Was?“, fragt er verständnislos.

„Du willst sie nur nicht verlieren...“

„Bullshit!“, schreit Kyle und sieht mich an, als würde er mir jeden Moment wieder seine Faust ins Gesicht schlagen. „Weißt du, Jay, vielleicht solltest du nicht von Dingen sprechen, von denen du keine Ahnung hast.“

„Und welche Dinge wären das?“

„Liebe“, antwortet er und sieht mir direkt in die Augen. „Ich *liebe* Jules... Und genau davon verstehst du nichts.“

„Doch, das tue ich“, sage ich ruhig.

„Ach, komm schon, Jay... du hast sie doch nur gefickt!“

„Ich liebe sie, Kyle." Der stechende Schmerz in meinen Rippen zieht hoch bis in die Arme. „Und sie liebt mich."

Bei diesem Satz packt er mich und schlägt mir ins Gesicht. Ein Mal, zwei Mal, drei Mal. Ja, vielleicht bricht er mir den Kiefer, aber ich habe sein Herz auf dem Gewissen.

Julie

„Kyle!“, schreie ich verzweifelt über den grollenden Donner hinweg. „Kyle, hör auf!“ Ich versuche, ihn von Jake wegzuziehen, halte ihn mit aller Kraft am Arm fest. Mein Herz rast und ich zittere überall. „Kyle, bitte!“

Als er sich von mir losreißt, trifft er mich mit dem Ellenbogen am Kinn. Der Schlag dröhnt dumpf in meinem Kopf und die Wucht lässt mich zur Seite stolpern. Ich höre meinen rasenden Herzschlag und spüre meine Gelenke, die plötzlich weiter weg zu sein scheinen.

„Jules!“ Kyle greift instinktiv nach meiner Hand, aber ich ziehe sie weg. Der Schmerz schießt durch mein Gesicht, pulsiert und pocht. Meine Augen brennen und alles wird unscharf. Der Schock kriecht zusammen mit dem Schmerz durch meinen Körper. „Ich weiß nicht, wie das passieren konnte.“ Ich schon. Ich kenne die Antwort. Nein, ich *bin* die Antwort. Das Problem, für das alle so *verbittert* eine Lösung suchen. „Es tut mir so leid.“

„Ja, mir auch.“ Ich höre mich gerade noch über den Wind und diese endlosen Wassermassen, die aus den Wolken stürzen. Ich sehe die beiden an. „Das alles tut mir leid“, sage ich und schlucke. Ich gehe langsam rückwärts, flüchte mich in die Arme des Regens, der auf meine Haut trifft wie eine kalte Dusche. Ich weiß nicht wohin. Aber ich muss weg.

Weg von den Scherben. Von diesem Augenblick, der mir meine Vergangenheit und meine Zukunft nimmt. Oder habe ich sie mir selbst genommen? Die Wellen donnern an Land, der Wind wirbelt Äste durch die Luft. Ich höre, wie Jake und Kyle mir folgen. Wie sie meinen Namen rufen, bis der Sturm schließlich ihre Stimmen verschluckt. Die Realität wartet nicht ewig. Hier in dieser Sekunde holt sie mich ein. Mich und diese naiven Tagträume, die niemals hätten gut gehen können. Eine Liebe aufgebaut auf Lügen. Ich wollte Kyle nicht verletzen und Jake nicht verlieren. Ich wollte alles und jetzt habe ich nichts. Ich laufe weiter zu Jakes Wagen, reiße die Fahrertür auf, steige ein und suche mit zitternden Fingern unter der Fußmatte nach den Schlüsseln. Die Gänsehaut hat mich fest im Griff, als ich den Wagen anlasse und schluchzend zurücksetze. Das Wasser läuft kalt über meine Haut und wischt die getrockneten Salzkristalle weg. Und mit ihnen die vielleicht schönsten Erinnerungen meines Lebens.

Kyle

„Fuck!“, brüllt Jake. „Julie, bleib stehen!“

Sie rennt zu seinem Wagen.

„Jules!“, schreie ich ihr nach.

Meine Beine sind schwer, meine Füße versinken im nassen Sand und meine Muskeln brennen. Der Regen peitscht mir wütend ins Gesicht. Wie eisige Nadeln.

Die Scheinwerfer durchbrechen die Dunkelheit.

„JULIE! Nein!“, brüllt Jake verzweifelt.

Sie fährt rückwärts, bremst plötzlich ab und dreht um. Der starke Wind und die Gischt verschlucken das Motorengeräusch. Mein Herz schlägt so schnell, dass mir schwindlig wird. Als würde ich gerade erst wieder zu mir finden. Eine Sekunde lang schließe ich die Augen. Hauptsächlich vor der Realität. Dann bricht Jakes Stimme in meinen Kopf.

„Die Schlüssel!“, schreit er. „Los, komm schon, gib mir die Schlüssel.“ Ich klopfe panisch auf meine Hosentaschen. „Komm schon, Kyle?!“

Ich versuche krampfhaft zu denken, mich daran zu erinnern, wo ich sie hingetan habe. *Konzentrier dich, Kyle.* Okay. Ich bin den Sandweg hinunter gefahren, dann bin ich ausgestiegen. Hatte ich da Schlüssel? „Die müssten noch stecken!“

•••

Wir rasen ihr hinterher. Über Straßen, die das Wasser verschluckt hat. Die Sicht ist grauenhaft, aber wir holen langsam auf. In der Ferne erkenne ich schwach die Rücklichter. Mein Blick fällt auf Jay und die Angst in seinem Gesicht. Er blutet noch immer. Es läuft ihm aus der Nase und der aufgeplatzten Unterlippe. Blut und Wasser vermischen sich und laufen seinen Hals hinunter.

„Julie, brems endlich ab“, sagt er beschwörend.

„Wird sie nicht“, flüstere ich und schlucke.

„Nein, wird sie nicht“, antwortet Jay angespannt. „Aber wenn sie die nächste Kurve so nimmt...“ Den Rest des Satzes spricht er nicht aus und ich darf seinen Gedanken nicht weiterdenken. Die Bilder, die sich durch mein Hirn fressen, krampfen meine Eingeweide zusammen. Als Jake plötzlich abbremst, schaue ich hoch und sehe Julie hinter der nächsten Kurve verschwinden.

„Was soll das?!“, rufe ich aufgebracht. „Los, fahr schneller...“ Julie rast auf die *Willow Creek Bridge* zu. „Komm schon, wir verlieren sie sonst!“

„Halt’s Maul, Kyle!“, brüllt er und wirft mir einen wütenden Blick zu. „Ich weiß, was ich tue!“ Ich will ihn anschreien, ihn fragen, für wen er sich hält. Aber plötzlich ist das alles unwichtig. Denn alles, was ich sehe, ist wie Julie in der Kurve die Kontrolle über den Wagen verliert. Wie sie ins Schleudern gerät und von der Straße abkommt. Ich kann nicht mehr atmen, mich nicht mehr bewegen. Ich spüre nur den Horror. Die Panik, die mich erfasst und mir das Adrenalin durch die Adern jagt. Alles erscheint langsam, die Zeit gedehnt. Für den Bruchteil einer Sekunde sehe ich sie durchs Seitenfenster. Sehe die Angst in ihrem Gesicht, sehe wie sie schreit. Das Wasser spritzt in alle Richtungen, als sie durch die Leitplanke bricht und in den Fluss rast.

Julie

Ich zittere. Jeder einzelne Muskel, jeder Knochen. Ich schmecke Blut. Metallisch und warm. Ich taste mit den Fingern über meine Stirn. Ein stechender Schmerz durchfährt mich. Noch mehr Blut. Es mischt sich mit Wasser und läuft mir in die Augen. Wasser. Überall Wasser. Es dringt durch die Türen und Fenster, durch die rostigen Stellen im Boden. Es kommt von überall und zieht den Wagen in die Tiefe. Ich sinke weiter und weiter und die Panik erfasst mich. Das Auto läuft langsam voll. Mein Herz donnert gegen meine Rippen und meine Augen suchen einen Ausweg. Mit einem dumpfen Geräusch treffen die Reifen den Grund. Ich schnalle mich ab und stemme mich mit aller Kraft gegen die Tür. Ich schlage dagegen, klopfe, trete. Aber sie bewegt sich nicht. Das Wasser strömt unaufhaltsam herein, es reicht mir bis zum Kinn. Ich klettere auf den Beifahrersitz, zerre an der Tür, schlage dagegen, schreie. Tränen laufen über meine Wangen. Heiß und zäh treffen sie auf die kalten Wassermassen, die mich jeden Augenblick verschlucken werden.

Jake

Alles ist dunkel, grünbraun, voll von hohen Gräsern und Schlingpflanzen und aufgewühltem Grund, der durchs Wasser wirbelt. Ich entdecke den Wagen. Sehe, dass Julie sich bewegt. Das Wasser bremst mich aus und strömt mir entgegen. Alles passiert in Zeitlupe, nur mein Herz rast. Es erschlägt mich fast. Das Adrenalin begleitet mich auf meinem Weg zu ihr, aber die Kälte macht jede Bewegung schwer. Im Augenwinkel bemerke ich Kyle, spüre seine Panik fast wie meine eigene. Dann sehe ich sie. Ihr langes braunes Haar treibt schwerelos neben ihrem Gesicht, während ihre Augen um Hilfe rufen. Sie stemmt sich gegen die Scheiben, kämpft gegen das Wasser.

Ich trete mit aller Kraft gegen die Beifahrertür und sehe Julie dabei zu, wie sie sie langsam verlässt. *Nein! Nein! Nicht!* Ich ziehe am Griff, während Kyle auf der Fahrerseite versucht, das Glas zum Nachgeben zu zwingen.

Ich kann nicht mehr. Ich muss atmen. *Jetzt. Sofort.* Alles in mir brennt und sticht und überall flirren Lichter wie Kristalle. Ich kämpfe, gebe alles. Aber es reicht nicht. Ich kann sie nicht zurücklassen, aber ich kann nicht mehr. Meine Kraft verlässt mich. Sie lässt alles taub werden und kribbeln, fast so, als würde mein Körper einschlafen.

Ich tauche hoch, zwinge mich durchzuhalten. Mit der letzten Kraft der Oberfläche entgegen, der Luft und dem Sturm. In dem Augenblick, in dem ich das Wasser verlasse, japse ich nach Luft, atme tief ein und tauche wieder unter.

Julie

Alles in mir will atmen. Braucht Luft. Die Panik frisst sich durch mich hindurch. Ich brenne von innen, während sich das Wasser kalt um mich legt. Die Gänsehaut zeigt mir, dass ich noch lebe. *Bitte. Bitte nicht.* Meine Muskeln zucken verzweifelt. Dieses Mal ist es Wirklichkeit. Dieses Mal kann ich nicht auftauchen.

Jake und Kyle schlagen auf die Scheiben ein, treten, ziehen an den Türen, die diesen Wagen zu einem Käfig machen, der mich nicht freigeben will. Luftblasen verlassen meine Lunge und steigen auf. Es waren die letzten. Ich höre meinen rasenden Puls und ein dumpfes Rauschen. Gleich ist es alles vorbei. Gleich wird es mich nicht mehr geben. Ich öffne die Lippen einen Spalt. Das Wasser dringt in meinen Mund. Immer tiefer. Bis in den Rachen. Dieses Mal schmeckt es nach Erde, gemischt mit Blut.

Noch bin ich da. Noch lebe ich. Aber ich spüre, wie sich das Leben langsam aus mir verabschiedet. Alles ist verschwommen. Ich sehe den Puls in meinen Augen, höre ein lautes Knacken, als ich schlucke. Alles pulsiert, ist unscharf und weit weg, während das Wasser mich verschluckt. Meine Lunge rebelliert. Sie sucht verzweifelt nach Luft, findet aber keine. Meine Muskeln geben auf. Dann finde ich Kyles Blick. Die Panik in seinen Augen und dieses Wissen, dass es hier enden wird.

Er muss auftauchen. Er muss atmen. Dann nicke ich und lächle. Meine Augen weinen ohne Tränen. Und auch, wenn er den Kopf schüttelt, weiß ich, dass er aufgeben muss. Ich nicke wieder und mein Blick sagt: *Kyle, es ist okay.* Einen Moment lang sieht er mich nur an, dann stößt er sich vom Boden ab und verschwindet ins Leben zurück.

Ich drifte mit den Augen zu Jake, der weiter gegen die Beifahrertür kämpft. Ich sehe ihn an, erinnere mich an den ersten Augenblick mit ihm, an den Moment im Pool. An diese eine Nacht, die wir zusammen hatten. Die Gefühle, für die mir immer die richtigen Worte gefehlt haben. Das mit Jake war kurz, aber es war real. Ich forme mit den Lippen ein *Ich liebe dich,* aber Jake schüttelt nur den Kopf und in seinen Augen erkenne ich, dass er nicht gehen wird. Mein langes Haar treibt in Richtung Oberfläche. Dort hin, wo ich auch hin will, wohin er jetzt muss. Der stechende Schmerz lässt nach. Ich spüre keine Kälte mehr. Keine Panik. Alles ist friedlich, dann fallen meine Augen zu.

Kyle

In dem Augenblick, als ich wieder untertauchen will, bricht Jay durch die Wasseroberfläche und in seinen Armen liegt Jules. Regungslos. Mit geschlossenen Augen und blauen Lippen. Ich finde Jays Blick, sehe, dass ihn jeden Moment die Kraft verlassen wird. Ich greife nach Jules' Beinen, er hält ihren Kopf über Wasser und gemeinsam bringen wir sie ans Ufer.

Der Boden ist komplett aufgeweicht und rutschig, Schlamm läuft uns zäh entgegen, aber wir schaffen es sie an Land zu bringen. Ich starre sie nur an, kann mich nicht bewegen, kämpfe gegen den Gedanken, dass sie bereits tot sein könnte, während Jay versucht es aufzuhalten. Er beatmet sie, stemmt sich auf ihren Brustkorb, beatmet sie. Ihr Körper ist auf einmal nur noch eine Hülle ohne Leben. So wie ein fremdes Wesen. *Bitte, Jules, wach auf. Bitte.*

Jake

Ich habe keine Ahnung, was ich tue, aber ich gebe alles. Ich werde sie nicht gehen lassen. Zumindest nicht kampflos. Es darf nicht enden. Nicht so. Auch, wenn ich sie nie wieder sehen werde, auch, wenn sie sich für Kyle entscheidet, auch, wenn wir hier enden – *sie* darf nicht hier enden.

Meine Lippen treffen auf ihre. Ich halte ihr fest die Nase zu, überstrecke das Genick und fülle ihre Lunge mit Luft. Immer und immer wieder. Und in dem Augenblick, in dem mein Hirn mir sagt, dass es keinen Sinn mehr macht, zieht sich ihr Brustkorb krampfartig zusammen und sie reißt unvermittelt die Augen auf.

einen Tag später…

Jake

Ich steige in mein neues Auto. Mit Geld ist das einfach. Der Preis, den ich dafür gezahlt habe, ist aber leider mit Geld nicht aufzuwiegen. Es war der Wagen von meinem Dad und er hätte Julie beinahe umgebracht. Der neue hat eine bessere Ausstattung – aber der alte hatte eine Seele.

Ich fahre an den vielen Rettungswagen vorbei zur Ausfahrt des Parkplatzes, dann drehe ich mich ein letztes Mal um. Schaue zu dem Fenster, hinter dem Julie liegt. Vielleicht hätte ich mich verabschieden sollen, aber ich konnte es nicht. Ich habe sie aus der Ferne beobachtet. Kyle ist bei ihr. Ich hoffe, er kann wenigstens ihr eines Tages verzeihen.

Ich versuche es zu verdrängen. Alles. Die Bilder von letzter Nacht, den Streit. Die Panik, Julie zu verlieren. Ich habe dieses Jahr meinen Dad verloren. Und jetzt Kyle. Und in diesem Moment verlasse ich Julie. Aber sie lebt. Julie lebt. Und Dr. Gibbs meint, dass sie in den nächsten Tagen entlassen wird. Ich spüre noch seine Hände auf meinen Schultern und diesen Blick. Diesen *Sie haben ihr das Leben gerettet Blick*. Zählt das, wenn man es erst zerstört hat? Ich gebe mir einen Ruck und atme tief ein. Komm schon, Jake. Es wird Zeit. Mein Magen verkrampft sich und meine Augen brennen, weil sie wissen, dass es ein Abschied sein wird.

Ich fahre die Hauptstraße entlang. Die Sonne versteckt sich noch hinter Wolken, so als wäre es ihr unangenehm, das volle Ausmaß der Verwüstung so plump zu zeigen. Das ändert aber nichts daran, dass sie da ist. Ich spüre sie überall und sehe sie in meinem Gesicht. In den Schwellungen, der Platzwunde und den Rippen, die bei jeder Bewegung schmerzen.

Es sind nicht nur die umgestürzten Bäume, die überfluteten Straßen und zerstörten Häuser. Es sind die Geschichten und die Menschen dahinter. Die, die wir verlieren, und das oft schon im Leben und nicht erst durch den Tod. Ich denke an Kyle. Ich weiß, dass es ihm nicht egal ist. Aber manche Dinge kann man nicht verzeihen und schon gar nicht vergessen. Ich verdiene, wie es mir geht. Chloé meinte, dass er dankbar sein kann, dass ich Julie gerettet habe. Aber ohne mich wäre diese Rettung überhaupt nicht nötig gewesen. Julie hätte sich nicht in Gefahr gebracht, sie wäre bei ihm gewesen und er hätte sie mit seinem Leben beschützt, so wie ich es mit meinem getan habe. Ich werde ihn vermissen. Er gehört zu den wichtigsten Menschen meines Lebens und trotzdem gehen wir von nun an getrennte Wege. Ich fahre die Küstenstraße entlang, am Pier vorbei und weiter in Richtung Boston. Cynthia hat Spuren hinterlassen. Überall. Aber die alten Herrenhäuser in Oceanside sind den verheerenden Winden mit einem erhabenen Lächeln begegnet. Sie stehen da, als wäre nichts gewesen. Und auch *Seashell Cove* ist unversehrt. Das Haus hat gestern zwei Stürme erlebt und beide konnten ihm nichts anhaben.

Ich werde die Zeit mit Julie nicht vergessen. Ich bin froh, dass es sie gab. Julie und die Zeit, die wir hatten, auch wenn es jetzt so wehtut, dass ich kaum atmen kann.

Ich halte am südlichen Ende der Promenade auf einem Parkplatz. Andrew sitzt auf der Motorhaube seines Wagens. Als er mich kommen sieht, steht er auf und geht mir entgegen.

•••

„Also geht es ihr gut..."

„Den Umständen entsprechend", flüstere ich und nicke.

„Und dir?"

Ich schaue zu Andrew und sehe in Augen, die mich verstehen. „Beschissen."

„Musst du wirklich sofort fahren?"

„Es macht keinen Sinn, es aufzuschieben", sage ich seufzend und der stechende Schmerz meiner Rippen trifft mich wie Messerstiche. „Fuck!", fluche ich und verziehe mein Gesicht. Andrew legt mir tröstend die Hand auf die Schulter und sieht mich an. Und dann stellt ein Teil in mir eine Frage, die ich sonst vermutlich nicht laut aussprechen würde: „Wird es je aufhören, wehzutun?"

„Es wird dauern, aber es wird besser."

„Sicher?"

„Versprochen", antwortet er flüsternd.

„Danke“, sage ich und zeige in Richtung Auto. „Ich sollte dann mal los... Es wird Zeit.“

Wir gehen die paar Meter zu meinem Wagen schweigend nebeneinander her, bis Andrews Lachen die Stille plötzlich füllt.

„Was ist?“

„Du bist immer noch der beste Freund, den ich je hatte.“

„Ich weiß ganz genau, was du meinst.“

Er nickt und grinst dieses absolut unverkennbare Grinsen. „Pass auf dich auf, Alter...“

„Mach ich“, antworte ich lächelnd. „Du auf dich auch.“ Ich kämpfe gegen das verräterische Brennen in meinen Augen, steige ins Auto und lasse den Motor an. *The Funeral* von *Band of Horses* startet in ohrenbetäubender Lautstärke und ich drehe etwas leiser. „Ich melde mich bei dir...“

„Mach das“, sagt Andrew nickend und fügt dann grinsend hinzu: „Und jetzt hau schon ab.“

•••

Ich fahre die Straße hinunter, halte an einem Briefkasten, werfe den Brief ein und steige so schnell wie möglich wieder ein. Fast so, als hätte ich Angst, es mir sonst doch noch anders zu überlegen. Die Sonne scheint milchig durch die Wolken und legt ihr mattes Licht auf die Realität.

Als ich endlich das Ortsschild passiere, setzt das Lied zum Höhepunkt an und der Kloß in meinem Hals breitet sich weiter aus. Der, den ich neulich erst gespürt habe, als ich mich in Julies Schoß in Tränen aufgelöst habe.

„*You're leaving Oceanside, Massachusetts. Take care*".

Ich verlasse so viel mehr als nur Oceanside. Ich verlasse die Liebe meines Lebens, auch, wenn sie das nie wissen wird.

drei Tage später …

Kyle

Wenn jemand nicht mehr atmet und mit blauen Lippen reglos im Schlamm liegt, denkt man nicht mehr an das, was er getan hat. Man denkt nicht daran, wie weh es tut. Und so absurd es klingt, wäre Jules tatsächlich gestorben, hätte ich das alles auch vergessen. Ich hätte ihr alles verziehen. Und ein Teil von mir wäre mit ihr gestorben. Aber Jules lebt. Und so unbeschreiblich erleichtert ich darüber auch sein mag, jeder neue Tag bringt den Schmerz wieder ein bisschen näher. Den Verrat. Und die Lügen. Die Tatsache, dass ich nie für sie sein werde, was er für sie ist. Ich bin gefangen in einer Realität, in der mich die beiden Menschen, die mir am wichtigsten sind, belogen haben.

Mein Blick fällt wieder auf den Umschlag in meiner Hand. Will ich das lesen? Okay, zugegeben, ich war enttäuscht, dass er abgehauen ist, ohne sich zu verabschieden, aber ich verstehe es. Ich hätte ihm nicht zugehört. Die Wut ist zu groß. Trotz allem ist er mein Bruder. Er war da, wenn unsere Mom es nicht war. Er wurde zum Vaterersatz. Wenn man es genau nimmt, war er das bisschen Familie, das ich hatte. Mal abgesehen von Jules. Sie war die Familie, die ich mir ausgesucht habe. Und jetzt bin ich allein. Und Jules ist allein. Und vermutlich auch Jake.

Ich atme tief ein, reiße den Umschlag auf und ziehe zwei Blatt Papier hervor.

Hey kleiner Bruder,

wie ich dich kenne, wirst du diesen Brief lesen, obwohl du mich hasst. Weil du der bessere Mensch von uns beiden bist. Das warst du immer, und das weiß ich.

Was ich getan habe, hat dich verletzt. Vermutlich mehr, als ich je wissen werde. Und das tut mir leid. Ich würde nie absichtlich etwas tun, das dir wehtut. Im Moment mag das absurd klingen, aber du weißt, dass es so ist. Du bist mein Bruder. Meine Familie. Aber ich würde lügen, wenn ich behaupten würde, dass ich die Zeit mit Julie bereue. Und die Lügen sind das, was uns in diese Situation gebracht hat, also werde ich nicht mehr lügen. Ich lege die Karten auf den Tisch. Ich weiß, das hätte ich sofort tun sollen. Aber wie macht man das? Ich habe wirklich versucht, mich von ihr fernzuhalten. Aber ich konnte nicht. Das mit Julie war viel mehr als nur Sex. Ich weiß, dass du sie liebst. Aber das tue ich auch. Ich liebe sie so sehr, dass mir alles wehtut. Ja, es war ein Fehler, dich zu belügen. Ich hätte mit dir reden sollen, dir alles sagen, das Richtige tun. Aber in dem Augenblick gab es keine richtige Entscheidung. Du hättest so oder so gelitten. Bereue ich, wie es jetzt ist? Ja. Habe ich verdient, wie es mir geht? Ja, das habe ich. Aber bereue ich diese paar Tage mit Julie? Nein, nicht eine Sekunde.

Ich habe Julie getroffen, noch bevor du sie mir vorgestellt hast, und ich habe mich in sie verliebt, bevor ich wusste, dass sie dein Mädchen ist. Und als ich es dann erfahren habe, wollte ich das tun, was ich immer tue, aber Julie hat mich durchschaut. Ich konnte nicht anders. Ich konnte mich nicht von ihr fernhalten. Sie ist wie eine Sucht. Und ich konnte nicht widerstehen. Und irgendwann wollte ich auch nicht mehr. Alles, was ich wollte, war sie. Und daran hat sich nichts geändert.

Ich wollte, dass du weißt, dass ich sie liebe. Ich liebe sie unbeschreiblich. Ein Gefühl, das dir vertraut sein dürfte. Aber du bist mein Bruder. Und auch, wenn du mir vermutlich niemals verzeihen wirst, entscheide ich mich für dich. Ich habe meine Sachen gepackt und bin weg. Und damit ich nicht in Versuchung gerate, mich bei Julie zu melden, und auch für den Fall, dass sie mir schreiben oder mich vielleicht anrufen sollte, habe ich mir eine neue

Handynummer zugelegt. Das ist sie: 555 977 654. Nur falls du mich eines Tages doch wiedersehen willst.

Zu deinem Vorwurf, dass ich alles habe und nie kämpfen musste: Wir wissen beide, dass das nicht wahr ist, aber du kennst nur einen Bruchteil der Geschichte. Ich bin genauso aufgewachsen wie du, obwohl mein Dad mich zu sich genommen hätte. Ich bin bei dir und Mom geblieben, weil ich dich nicht zurücklassen wollte. Vielleicht ist das zu lange her und du erinnerst dich nicht mehr, wer dir jeden Tag etwas zu essen gemacht hat. Wer einkaufen war und wer dir bei den Hausaufgaben geholfen hat, bis ich ins Internat gegangen bin. Und sogar dann bin ich jedes Wochenende nach Hause gekommen. Das war deinetwegen. Alles, was ich hatte, habe ich mit dir geteilt, und ich würde es wieder tun.

Und was die Zeit in Europa angeht, die habe ich mir selbst finanziert, das hatte also nichts mit meinem Dad zu tun. Wir haben uns vor ein paar Jahren ziemlich übel zerstritten und ich bin gegangen. Wie auch immer. Das alles spielt jetzt ohnehin keine Rolle mehr, denn er ist tot. Deswegen bin ich auch zurückgekommen. Um mich um den Nachlass zu kümmern. Das Letzte auf meiner Liste war Seashell Cove. Ich wollte es verkaufen, aber ich bringe es einfach nicht fertig. Ich hätte nicht gedacht, dass es mir so schwer fallen würde. Aber dort habe ich die besten Erinnerungen meines Lebens gesammelt. Alles, was mir wirklich etwas bedeutet, ist dort passiert.

Und noch zu guter Letzt: Erinnerst du dich, als ich dir angeboten hatte, dein Studium zu bezahlen? Erinnerst du dich an deine Reaktion? Ich habe immer respektiert, dass du selbst etwas aus dir und deinem Leben machen wolltest. Ich hatte und habe Achtung davor. Aber ich hätte dir geholfen. Immer. Und das weißt du. (Und das würde ich auch jetzt noch.)

Vermutlich ist es zu spät für Erklärungen und Entschuldigungen. Vielleicht wirst du diese Zeilen niemals lesen. Aber für den Fall, dass du es doch tust: Es tut mir unendlich leid. Die Lügen und die Enttäuschung. Aber am meisten, dass wir beide dieselbe Frau lieben. Und dass es für dieses Problem keine Lösung gibt. Dreisam ist furchtbar. Aber einsam ist auch beschissen. Glaub mir, ich weiß, wovon ich spreche.

Ich hoffe, ihr findet euren Weg. Auch dann, wenn ihr ihn als Paar geht und du dich nie wieder bei mir meldest. Ich wünsche dir wirklich, dass du glücklich wirst – egal wie und egal mit wem. Weil du mein Bruder bist. Pass auf dich auf. Jay

Julie

Komplette Funkstille. Fast vier Tage. *Vier Tage.* Kyle und ich haben noch nie so lange nicht miteinander gesprochen. Er hat mich zwei Mal kurz besucht, dann kam die Realität zurück. Die Enttäuschung und der Betrug. Ich habe es in seinen Augen gesehen. Diesen Versuch, es sich nicht anmerken zu lassen. So zu tun, als wäre nichts gewesen. Und je mehr er so getan hat, desto größer wurde das Schweigen. Es lag in der Luft wie Blei. Das war vor drei Tagen und dreizehn Stunden, und seitdem war er nicht mehr hier. Ich weiß, ich sollte dankbar sein, dass er überhaupt gekommen ist, aber die Ernüchterung ist größer.

Ich stehe vor der Klinik in Kyles Jogginghose und seinem Unterhemd. Caroline hat die Sachen gestern vorbeigebracht. Ja, es musste schnell gehen und ja, sie sind bequem, trotzdem fühlt es sich falsch an, sie zu tragen. Seltsam. Früher habe ich sie andauernd getragen. Damals, als Kyle irgendwie noch der Mann meines Lebens war, auch, wenn ich ihn nicht auf diese Art geliebt habe. Trotzdem war mir keiner näher. Vielleicht ist das auch das Problem. Vielleicht kann man nicht beides haben. Jetzt habe ich weder noch und ich weiß, das ist meine Schuld. Und das macht es nicht besser.

Ich setze mich auf den Randstein vor dem Haupteingang. Die Sonne zeigt sich zum ersten Mal seit Tagen ohne sich zu verstecken. Cynthia ist wie ein Phantom. Als hätte es sie nie gegeben. Nur mein Schmerz erinnert an sie und diese Nacht. An diese Sekunden, in denen ich mir sicher war zu gehen. Für immer. Sterben ist so viel einfacher, als ich gedacht hätte. Zumindest, wenn der Körper endlich aufhört zu kämpfen. Dann ist es friedlich. Ich denke an den Filmriss. An diese knapp neunzig Sekunden, in denen ich nicht mehr da war. In denen ich nicht existiert habe. Zumindest nicht bewusst. Also nicht, wie ich jetzt existiere.

Ich höre Schritte und schaue hoch. Und wie jedes Mal ertappe ich mich dabei, dass ich hoffe, dass es Jake ist, aber nie ist er es. Stattdessen sehe ich eine kleine alte Frau, die mich freundlich anlächelt. Ich lächle zurück, obwohl mir nicht danach zumute ist.

Jake. Ich schaue auf die Uhr. In den vergangenen 136 Stunden und vielleicht 17 Minuten ist nicht eine Sekunde vergangen, in der ich nicht an ihn gedacht habe. Ich war mir sicher, er würde nach mir sehen. Nach drei Tagen wusste ich es dann besser.

„Jules?", dringt Carolines klare Stimme in meine Gedanken. Der dunkelblaue Himmel umrahmt ihr Gesicht. „Wollen wir los?" Sie streckt mir die Hand entgegen.

„Sicher", antworte ich und sie zieht mich hoch. „Danke fürs Abholen."

„Ich bitte dich..."

Wir gehen nebeneinander her und ich spüre ihre Blicke in der Seite.

„Linni, wenn du etwas fragen willst, frag einfach."

„Ich mache mir Sorgen“, sagt sie. „Das ist alles.“

Ich bleibe stehen und schaue sie an. „Die haben mich mehrfach durchgecheckt“, antworte ich. „Ich hatte einen Schock und etwas Wasser in der Lunge. Das ist alles.“

„Das ist alles?“, fragt sie und schüttelt den Kopf.

„Was willst du von mir hören?“, frage ich. „Du tust fast so, als hätte ich versucht, mich umzubringen.“

„Nein, aber du...“ Ihre Stimme bricht weg und ihre Augen glänzen unter einer Schicht von Tränen. „Du wärst fast gestorben.“

„Es tut mir leid“, flüstere ich und nehme sie in die Arme. „Mit mir ist wieder alles okay.“

Sie schiebt mich von sich weg und sieht mich an. „Ist es das?“

„Das Einzige, was mir fehlt, ist mein altes Leben.“

„Das vor Jake oder das vor Cynthia?“

„Ehrlich gesagt weiß ich das nicht so genau.“ Ich atme tief ein und schüttle den Kopf. „Ich fühle mich so leer.“

„Komm schon, Süße.“ Sie hakt sich bei mir unter. „Ich bringe dich erst mal nach Hause.“

Nach Hause. Komisch. Der erste Ort, an den ich denke, wenn ich das höre, ist *Seashell Cove.* Vielleicht, weil ich nie wirklich ein Zuhause hatte. Wir sind nie lang genug an einem Ort geblieben und andauernd umgezogen. Kyle war mein Zuhause. Der Mensch, bei dem ich dieses Gefühl immer hatte. Bis es für ihn dann mehr wurde.

„Ich hatte überlegt, ob ich deine Mom anrufen soll“, sagt Caroline, als sie Kyles Wagen startet, und ich versuche nicht daran zu denken, wie es mir ging, als ich das letzte Mal auf dem Beifahrersitz saß.

„Bitte sag mir, dass du sie nicht angerufen hast.“

„Nein“, antwortet sie und biegt in Richtung *Main & Carmichael Resort* ab. „Ich bin davon ausgegangen, dass es dir lieber ist, wenn ich ihr nichts sage...“

„Danke“, flüstere ich.

„Kein Problem...“

Während der restlichen Fahrt sagen wir beide kein Wort mehr. Ich sehe nur aus dem Fenster und Caroline schaut auf die Straße. Ich versuche mich an die alte Julie zu erinnern. Die, die so oft mit Kyle in einem Bett geschlafen hat. Die, die in seinen Armen geweint hat, wenn wieder alles schiefgegangen ist. Die, die an seiner Schulter immer einen Platz hatte, wenn es mit meiner Mom wieder Probleme gab – also eigentlich immer. Es kommt mir vor wie ein anderes Leben. So als wäre ein Teil von mir tatsächlich ertrunken. Ich vermisse ihn. Er ist wie der Bruder, den ich immer haben wollte. Ich liebe ihn. Und das werde ich immer tun. Aber ich werde nie das für ihn fühlen, was ich für Jake empfinde.

Kyle

Ich verlasse das imposante Büro und bin auf eine seltsame Art erleichtert. Nicht, weil das Gespräch nicht gut war, denn das war es, sondern weil ich mir vor einer halben Stunde noch sicher war, dass ich doch noch einen Rückzieher machen würde. Jetzt ist es offiziell. Ich habe meine Entscheidung getroffen.

„Ich wünsche Ihnen alles Gute, Kyle."

„Das wünsche ich Ihnen auch", antworte ich und strecke ihm die Hand entgegen. „Ich danke Ihnen. Für alles."

Mr. Main ist wie ein Versprechen, das die Leute glauben. Diese *perfekte* Kombination aus Pfadfinder, Boss und Berater. Autoritär, aber bescheiden.

„Ich kenne Sie inzwischen ja auch seit einigen Jahren", sagt er nickend. „Sie sind ein guter Junge, Kyle." Sein Lächeln ist das eines Vaters. Warm und aufrichtig. Ich mochte ihn schon immer, aber in diesem Moment ist er wie der Verbündete, der mir das Gefühl gibt, das Richtige zu tun. „Werden Sie fliegen?"

„Nein, ich denke, ich werde fahren."

„Eine ziemliche Strecke", antwortet er mit dieser sanften Strenge in der Stimme. „Aber doch sicher nicht allein."

„Doch, ich denke, darauf wird es hinauslaufen."

„Vielleicht finden Sie ja noch jemanden, den Sie mitnehmen können..." Mr. Main sieht mir direkt in die Augen. „Durch so lange Fahrten werden nicht selten aus völlig Fremden echte Freunde."

„Sie haben recht", sage ich grinsend. „Vielleicht finde ich ja noch jemanden..."

„Alles Gute, Kyle, und passen Sie auf sich auf."

•••

Ich werfe einen letzten Blick auf meinen Aushang und muss lächeln. Vielleicht war das wirklich schon lange überfällig. Dieser eine Schritt, den ich immer gehen wollte, aber nie gegangen bin, weil ich insgeheim Angst hatte, dass Jules den Richtigen finden würde, wenn ich es nicht verhindere. Vielleicht hatte Jay ja recht. Vielleicht ging es auch immer ein bisschen darum, sie nicht zu verlieren. Ich hatte diesen Platz. Diesen ganz besonderen Platz in ihrem Leben. Ich war der, den sie nach seiner Meinung gefragt hat. Ich war der, den sie angerufen hat, wenn es ihr schlecht ging. Der, der wusste, was zu tun ist, wenn sie es nicht mehr wusste. Der, der in ihr lesen konnte wie in einem Buch. In ihrer Mimik und in ihren Augen. Ich habe sie zum Lachen gebracht. Sie verstanden. Wir waren wie eine Person. Keiner stand ihr näher. Ja, ich liebe sie, aber vielleicht ist ja das, was ich für sie empfinde, wirklich mehr als das. Vielleicht wird es nicht weniger, wenn wir andere lieben. Und vielleicht ist es an der Zeit diesen Schritt zu machen. Ohne sie. Vielleicht sollte ich einer anderen Zukunft zumindest eine Chance geben, bevor ich sie von Anfang an abschreibe. Vielleicht wartet mehr, als ich denke.

Ich gehe den Pier hinunter. Ganz bis zum Ende. Ich schaue auf die glitzernde Wasseroberfläche, die sanften Wellen und kleinen Boote, die umgeben sind von perfektem Blau. Ich schaue in Richtung Strand, zu den Urlaubern, die vermutlich gerade denken, das Paradies gefunden zu haben. Sie sitzen auf den Schaukeln und baden im süßen Nichtstun. Es ist wirklich wie eine Postkarte. Fast ein bisschen *zu* perfekt.

Ja, vielleicht ist die Zeit endlich gekommen, sie loszulassen und meinen eigenen Weg zu gehen. Und wer weiß? Vielleicht bedeutet das gar nicht, sie zu verlieren. Ich werde nur dann wissen, ob das, was uns verbindet, stark genug ist, wenn ich es darauf ankommen und sie frei lasse.

Mein Herz schlägt aufgeregt gegen meine Rippen, als ich das Handy aus meiner Hosentasche ziehe. Ja, ich denke, es ist Zeit.

Julie

„Und du bist dir sicher?“, fragt Caroline und legt die Hand sanft auf meinen Arm.

„Ich bin mir sicher... geht auf das Konzert.“

„Aber was ist mit morgen?“, fragt sie vorsichtig.

„Mir ist wirklich nicht nach Feiern zumute.“

„Wenn etwas ist“, flüstert sie. „Du weißt schon.“

„Ja, ich weiß.“ Der Ausdruck in ihren Augen lässt mich kurz lächeln. Und das fühlt sich seltsam und fremd an. „Danke.“

...

Ich bin wie ein Schatten. Irgendwie da, aber eben nicht wirklich. Meine Gedanken kreisen um ihn. Sie driften zu diesen vollkommenen Momenten. Ich lebe in Erinnerungen. Nur, dass jede wehtut. Ich vermisse Kyles starke Schulter, seine aufbauenden Worte. Den Menschen, der mich aufgerichtet hat, wenn ich auf dem Boden lag. Aber ich habe es kaputt gemacht. Das, was wir waren und was wir hatten. Aber ich hoffe, nicht ihn. Ich drehe mich auf die andere Seite.

Jake ist weg. Genauso schnell wie er in meinem Leben aufgetaucht ist, hat er sich auch wieder daraus verabschiedet. Der Liebeskummer frisst sich durch mich hindurch. Er streckt mich nieder. Ich liege auf dem Bett. Zusammengekauert wie ein kleiner Ball.

Und immer wieder fällt mein Blick auf die Tasche, die ich gepackt hatte. Chloé hat sie vorbeigebracht, als ich noch in der Klinik war. Jake hat wirklich an alles gedacht. Nur nicht an mich. Mich hat er vergessen. In den Scherben. In einem Meer aus Tränen. Alles, was mir bleibt, sind die Gedanken und der Kettenanhänger, den er mir geschenkt hat, der sich ein bisschen so anfühlt wie ein Halsband, das zeigt, dass ich ihm gehöre, nur, dass ihn das leider nicht mehr interessiert. Er hat mich zurückgelassen. Ich wische die Tränen weg, die kitzelnd über meine Nasenspitze rollen und dann aufs Bett fallen. Er hat sich noch nicht einmal von mir verabschiedet.

Kyle

Ich halte die Magnetkarte an die Tür zu meinem Apartment, als mein Handy plötzlich klingelt. Ich schaue aufs Display, kenne die Nummer aber nicht.

„Hallo?"

„Ist da Kyle Singer?"

„Ja, und du bist?", frage ich, schiebe die Tür auf und hole mir ein Bier aus dem Kühlschrank.

„Lori", antwortet sie. „Bin ich schon zu spät?"

„Zu spät?", frage ich lachend. „Wofür?"

„Na, der Aushang ist doch von dir, oder?"

„Ja, ist er und nein, bist du nicht." Ich mache die Flasche auf und nehme einen Schluck. „Du bist die Erste, die sich meldet und ich nehme an, du wirst die Einzige bleiben."

„Okay", murmelt sie und macht eine Pause. „Na gut, wollen wir uns irgendwo treffen? Um zu sehen, ob wir es in einem Auto zusammen aushalten?"

„Sicher, sag nur wann und wo."

„Hmm... wie wäre es denn in einer halben Stunde am großen Souvenirstand am Pier?"

Sehr öffentlich und vollgestopft mit Leuten. Na gut, das verstehe ich sogar. Ich könnte schließlich auch ein Wahnsinniger sein.

„Okay, und wie erkenne ich dich?"

„Ich halte eine Oceanside-Postkarte hoch."

Ich schlendere mit meinem Bier in der Hand den sandigen Weg hinunter. Als ich an Jules' Apartment vorbeigehe, sticht mich aus heiterem Himmel die Erinnerung. Heute vor einem Jahr haben Linni und ich am *Lake Rosmond* eine Überraschungsparty zu Jules' Geburtstag organisiert. Wir haben reingefeiert. Und weil Jules kein großer Kuchenfan ist, gab es selbst gemachtes Erdbeereis. Seit diesem Tag ist sehr viel passiert. Wir sind nicht mehr die, die wir waren, auch, wenn ich uns manchmal vermisse.

•••

Ich erkenne sie von weitem. Sie hält eine Postkarte hoch und sieht damit ein bisschen aus wie ein Chauffeur, der am Flughafen auf jemanden wartet. Aber ich hätte sie auch ohne die Karte erkannt. Zwischen den ganzen Urlaubern sieht sie viel zu unbeeindruckt aus. Viel zu abgeklärt. Nur jemand, der schon oft hier war, ist gegen die paradiesische Idylle immun. Sie trägt eine Jeans, ein weißes Top und Flip Flops. Das bunte Bikini-Oberteil schimmert durch das Shirt und ihr langes blondes Haar hat sie zu einem Pferdeschwanz zusammengebunden. Ihre großen runden Augen suchen nach mir.

„Lori?"

„Ja." Sie nimmt die Postkarte herunter und sieht mich an. Lori hat ein herzförmiges Gesicht und ihr kleiner Mund lässt mich spontan an eine Kirsche denken. „Hi", sagt sie und lächelt.

„Willst du einen Kaffee trinken?"

„Gerne, lass mich nur kurz die Karte bezahlen."

„Natürlich", sage ich und nicke. „Ich hole schon mal den Kaffee."

„Okay..."

„Warte... Wie willst du ihn?"

Sie grinst mich an. „Schwarz und bitter, so wie das Leben."

Das ist der Satz, bei dem ich weiß, dass ich sie mögen werde. Na ja, eigentlich wusste ich es schon davor.

...

„Da will ich seit Monaten hier weg", sagt Lori und nippt an ihrem Kaffee. „Und jetzt, wo es bald soweit ist, bemerke ich, wie sehr mir *Oceanside* fehlen wird."

Ich sage nichts, schaue nur übers Meer. Wird es mir fehlen? Vermutlich, ja. Andererseits halte ich es hier kaum noch aus.

„Okay, dir also nicht...", sagt sie lachend.

Ich reiße meinen Blick vom Horizont los und schaue zu ihr hinüber. „Doch, bestimmt", antworte ich und zucke mit den Schultern. „Aber vielleicht muss ich erst weg, um es vermissen zu können."

„Ein Philosoph", sagt sie grinsend. „Gefällt mir."

„Nein, ich bin ganz sicher kein Philosoph", sage ich kopfschüttelnd.

„Aber ein Axtmörder bist du auch nicht."

Ich muss lachen. „Nein, das bin ich auch nicht."

„Was hältst du davon, wenn wir noch *heute Nacht* fahren?"

„Im Ernst?"

„Im Ernst."

„Ähm, na ja...", sage ich. „Das ist kurzfristig."

„Ja, das ist es wohl", sagt sie, trinkt ihren Kaffee in einem Zug aus und kommt ein Stück näher. „Aber macht nicht genau das ein Abenteuer aus?" Ihre grünblauen Augen leuchten mir entgegen und ihr Haar leuchtet rötlich in der tiefstehenden Abendsonne.

„Gut, dann heute Nacht."

„Ehrlich?", fragt sie begeistert.

„Ja, ehrlich."

„Okay, und wann?"

„Ich muss noch mein Zeug zusammenpacken, die Magnetkarte abgeben", denke ich laut. „Und noch zwei, drei Kleinigkeiten erledigen." Ich atme tief ein, während die Aufregung sich in mir breit macht.

„Wenn es dir morgen oder übermorgen lieber ist, dann-"

„Um dreiviertel eins hier?", falle ich ihr ins Wort. „Oder ist dir das zu spät?"

„Ich bitte dich... Da werde ich gerade wach", sagt sie grinsend.

„Okay", antworte ich und spüre die Vorfreude kribbeln. „Dann in fünf Stunden wieder hier."

„Ich werde hier sein", sagt sie nickend. „Lass mich bloß nicht hängen."

Julie

Es klopft an der Tür. Ein Mal. Zwei Mal. Aber ich bleibe liegen. Ich will mich vor der Welt verstecken. Vor dem, was da draußen wartet. Stille. Aber dann klopft es vorsichtig an meinem Fenster.

„Jules?" Beim Klang von Kyles Stimme setze ich mich ruckartig auf. „Jules, bist du da?", flüstert er.

Ich klettere aus dem Bett und ziehe den Vorhang zurück. Und da steht er. Mit leuchtenden Augen und einem Lächeln auf den Lippen. Und bei diesem Anblick breche ich in Tränen aus.

•••

Ich liege schluchzend in seinen Armen. Er streicht mir über den Kopf und hält mich fest, obwohl ich es nicht verdient habe. Wir stehen eine ganze Weile so da. Auf der Terrasse in der Dunkelheit. Nichts als ein paar Glühwürmchen und das Rauschen der Wellen. Dann nimmt er mein Gesicht zwischen die Hände.

„Hol dir eine Jacke und Schuhe."

„Wie bitte?", frage ich mit belegter Stimme und verstopfter Nase.

„Los, komm schon..."

Ich sehe ihn kurz an, aber dann gehe ich in mein Zimmer, greife nach meinem alten Kapuzenpulli und den Turnschuhen und ziehe sie an.

„Fertig?“, fragt er flüsternd

„Fertig.“

„Dann los...“

•••

Wir sitzen schweigend im Auto. Der Mond ist fast voll und leuchtet wie eine kalte Sonne von einem schwarzen Himmel.

„Sagst du mir, wo wir hinfahren?“

„Nah...“, antwortet er und sieht zu mir herüber.

Ich kurble das Fenster herunter und genieße den lauen Wind in meinem Gesicht. Ich war seit Tagen nicht draußen. Ich bin nur im Bett gelegen und habe darauf gewartet, dass mein Leben weitergeht. Und auch, wenn ich nicht wirklich weiß, wo es hingeht, tut es das gerade.

Ich schaue wieder zu Kyle. Er wirkt verändert. Irgendwie freier. Fast glücklich. Irgendwas ist anders, aber dennoch vertraut. Wie eine alte Seite, die ich lange nicht gesehen habe. Ich beobachte ihn aus dem Augenwinkel, während wir uns weiter an der Küste entlangschlängeln. Mein Herz schlägt gegen meine Rippen und mein Atem wird schneller.

„Wo...“, frage ich flüsternd. „Wo fährst du mich hin?“

„Nur noch etwas Geduld“, antwortet er und sieht kurz zu mir herüber. „Es dauert nicht mehr lang.“ Kyle grinst mich an, dann flüstert er: „Wir sind gleich da.“

•••

Kurz vor *Clearwater Bay* setzt Kyle den Blinker rechts und mein Herz fast aus. Als wir abbiegen, entdecke ich ein kleines Schild mit der Aufschrift *Seashell Cove* und greife instinktiv nach dem Anhänger.

„Was machen wir hier?“, frage ich, während mir Tränen in die Augen steigen. Aber Kyle antwortet nicht. Er fährt den sandigen Weg bis zum Ende, dann hält er an.

„Jules...“

„Ich weiß, dass er weg ist, okay?“, schluchze ich und schaue ihn an, während immer neue Tränen über meine Wangen laufen.

„Und was, wenn ich dir sage, dass er zurück ist?“

„Was?“, frage ich fassungslos, während sich alles in mir zusammenzieht. Meine Hände zittern und mein rasender Puls rauscht in meinen Ohren.

„Ja, er ist hier.“

„Unmöglich“, flüstere ich, während die nächsten Tränen über meine Wimpern rollen.

„Glaub mir“, sagt er lächelnd. „Ich weiß es.“

„Du hast...?“

Er sieht mich nur an und nickt. „Ja, ich habe ihn angerufen.“ Wir schauen einander an, dann schaut er einen Augenblick auf die Uhr und grinst. „Alles Gute zum Geburtstag, Jules.“

Kyle

Sie weint lautlos, sucht nach Worten, die ausdrücken, was sie fühlt, obwohl ihre Augen alles sagen. Sie sieht mich nur an, mit diesem Blick, der mein Herz zusammenzieht. Es fühlt sich unbeschreiblich an, das Richtige zu tun, auch, wenn es wehtut.

„Es ist an der Zeit auszusteigen, Süße."

„Und was ist mir dir?", flüstert sie.

Ich zeige auf die große Tasche auf dem Rücksitz. „Ich verabschiede mich."

„Nein, bitte..."

„Jules", flüstere ich sanft und nehme ihr Gesicht zwischen meine Hände. „Ich will, dass du glücklich bist, aber ich kann euch nicht dabei zusehen... *noch* nicht."

Ich sehe in ihre Augen. In das Gesicht meiner besten Freundin und der Frau, die ich liebe. Sie ist meine Familie. Die, die ich mir ausgesucht habe.

„Wohin gehst du?"

„Erst mal an die Westküste."

„Aber was wirst du tun?"

„Mr. Main hat für den restlichen Sommer etwas in einem seiner Hotels für mich klargemacht", antworte ich lächelnd. „Mach dir um mich keine Sorgen."

„Es tut mir so leid...", sagt sie und schüttelt den Kopf. „Ich... Ich wollte nie, dass das passiert."

Ich sehe sie nur an und wische mit dem Daumen die Tränen aus ihrem Gesicht.

„Ich weiß."

„Du wirst mir so fehlen", sagt sie und schluckt.

Ich spüre das Brennen in meinen Augen und das Lächeln auf meinen Lippen. „Jules, das hier ist kein *leb wohl*, es ist ein *wir sehen uns...* "

„Versprichst du mir das?"

„Ich verspreche es."

Sie legt ihre Arme um meinen Hals und vergräbt das Gesicht in meinem Nacken. Ich inhaliere mit geschlossenen Augen ihren Duft, spüre ihre Nähe, ihren bebenden Brustkorb. Ich spüre die Gänsehaut, die sich eng um meinen Körper legt, dann lasse ich sie los und schaue sie an.

„Schick mir unbedingt ein Lebenszeichen, wenn du angekommen bist, okay?"

„Das mache ich", flüstere ich und küsse sie auf die Wange. In meinen Augen schimmern Tränen. Ich schlucke. „Werd glücklich..."

Der Ausdruck in ihren Augen trifft mich wie ein Schlag. Die Tränen. Die Tatsache, dass sie weiß, wie schwer es mir fällt, das zu sagen.

„Du auch, Kyle..." Sie sieht mich an und jede Träne zeigt mir, dass ich das Richtige tue. „Danke. Für alles."

„Pass auf dich auf, Jules."

„Du auf dich auch." Mit diesem Satz steigt sie aus und wirft die Beifahrertür ins Schloss. Sie geht ein paar Schritte in Richtung Haus.

„Jules?“ Sie dreht sich zu mir um. „Es gibt immer diesen einen Sommer, der dein Leben verändert. Vielleicht ist das ja deiner...“

•••

Ich sehe, wie sie im Rückspiegel immer kleiner wird. Aber die Tatsache, dass sie stehen bleibt und wartet, bis ich wirklich weg bin, lässt mich lächeln. Sie wird kleiner und kleiner, bis sie letztlich in den Umrissen der Büsche untergeht. Hier beginnt ein neues Leben. *Mein* neues Leben.

Julie

Ich sehe ihm nach, während immer neue Tränen zäh über meine Wangen laufen. Abschied. Kyle hat vor ein paar Wochen noch gesagt, dass das der Sommer unseres Lebens wird. Ich war mir sicher, wir erleben ihn zusammen. Er und ich. So wie die vergangenen Sommer. Er setzt den Blinker links. Das regelmäßige Aufleuchten erinnert mich an einen Herzschlag. Er hebt kurz die rechte Hand. Und dann, einfach so, verschwindet er in der Dunkelheit. Was er heute für mich getan hat, werde ich niemals vergessen. Er lässt mich gehen, aber er wird mich trotzdem behalten. In Erinnerung und im Herzen. So wie ich ihn.

Ich atme ganz tief ein. Ab hier schreiben wir jeder unsere eigene Geschichte. Das erste Kapitel seit Jahren ohne Kyle. Aber unsere Wege werden sich wieder kreuzen. Es gibt uns noch. Und plötzlich habe ich die Hoffnung, dass wir wieder die werden, die wir waren. Nur anders. Irgendwann.

•••

Ich zittere am ganzen Körper, als ich langsam in Richtung Haus gehe. Erst höre ich nur die Musik. *You & Me* von *Disclosure.* Dann sehe ich das Licht brennen. Es strahlt in die Nacht hinaus, wie das eines Leuchtturms, der mir den Weg weist. Das mich nach Hause holt. Zu Jake.

Und dann sehe ich ihn. Er sitzt auf einem der Barhocker, das Gesicht in die Hände gestützt, die Finger in den Haaren. Oben ohne, in Jogginghosen und barfuß. Er wippt ungeduldig mit dem Bein. Versunken in Gedanken. *Wartend.*

Mein Herz galoppiert in meinem Brustkorb und ich atme flach. Sein Anblick treibt mir die Gänsehaut über den Körper. Sie kriecht überall hin und stellt jedes noch so kleine Härchen wie in Zeitlupe auf. Das Rauschen der Wellen mischt sich mit der Musik, die den Moment begleitet. Sie treibt die Anspannung in mir immer höher. Ich will rennen, die Sekunden überspringen, bis ich ihn endlich spüre, aber meine Gelenke zittern zu sehr. Alles passiert langsam. Die Zeitlupe lässt die Ungeduld in jeder einzelnen Zelle kribbeln.

Als ich die Terrasse betrete, knarzt das Holz. Jake schaut unvermittelt hoch. Und die Art, wie er mich ansieht, trifft mich wie ein Schlag. Diese schwarzen Augen, die meine suchen. Der Blick sehnsüchtig und tief. Ich schlucke. Jake steht auf und kommt langsam auf mich zu. Wir sind wie zwei Magnete, die gerade wieder zueinander finden. Die sich unermesslich anziehen. So als wären wir erst in einer Umarmung wieder vollständig.

Der Wind trägt Jakes herben Duft vor sich her, dann steht er vor mir. Einen Augenblick sehen wir einander nur an, als könnten wir nicht genug davon bekommen. Als wollten wir die verlorenen Stunden aufholen. Oder als hätten wir Angst, dass wir doch nur träumen. Sein flacher Atem mischt sich mit meinem. Die Luft knistert elektrisch, meine Haut brennt. Und in der Sekunde, als ich es nicht mehr aushalte, zieht er mich endlich an sich. Ich spüre seinen Mund auf meinem, seine Zunge, die meine Lippen teilt. Seine Wärme und seine Arme, die mich halten. In diesem Moment bleibt die Welt stehen. Ich spüre nur noch seinen rasenden Herzschlag dicht an meinem, spüre, wie meine Gedanken kapitulieren.

Jake saugt an meiner Unterlippe, meine Hände vergraben sich in seinem Haar und mein Körper drängt sich an seinen. Er sucht seine Nähe, will jeden Millimeter seiner Haut spüren.

Wir sind kein Geheimnis mehr. Keine Lüge. Wir sind einfach nur wir und dieser Kuss ist wie eine Flutwelle in meinem Hirn, wie ein Kurzschluss, wie eine Explosion, die sich bis tief in meinen Bauch entlädt. Jake zieht mich hoch und ich schlinge meine Beine um seine Hüften. Und während wir uns weiter küssen, trägt er mich ins Schlafzimmer.

Wir sind das Ende, das ich mir gewünscht habe. Und zur selben Zeit ist es erst der Anfang. Wir schreiben gerade Geschichte. Unser erstes Kapitel. Ja, das wird der Sommer meines Lebens. Zumindest der erste davon.

Happy End.

Jake's & Julie's Playlist

Titel die im Buch erwähnt werden (chronologisch).

01. Pink Rabbit - The National
02. I Do - Susie Suh
03. I Love You – Woodkid
04. Speadway - Counting Crows
05. Fleur Blanche – Orsten
06. A September Song - Original Mix - Simon Herron
07. First Light - My Morning Jacket
08. Let It Be Me – Ray LaMontagne
09. Strawberry Swing - Coldplay
10. Every Little Thing She Does is Magic – Sleeping At Last
11. Mad World - Gary Jules
12. First Day Of My Life - Bright Eyes
13. The Funeral - Band Of Horses
14. You & Me (Flume Remix) – Disclosure feat. Eliza Doolittle

Und das sind ein paar Lieder, die Ally beim Schreiben auf Endlosschleife gehört hat.

01. Breathe Me - Sia
02. Oh My Love - John & Jehn
04. My My love - Joshua Radin
05. Kiss Me - Ed Sheeran
11. Never Let Me Go - Florence + The Machine
12. Doses & Mimosas - Cherub
13. Blackout - Xenia Kriisin
15. Love In Motion (feat. Mayer Hawthorn) - Sebastian
19. Riverside - Agnes Obel
24. Wasting My Young Years – London Grammar

Want more?

Make it count – Sommersturm.

(Carrie Price)

Jen

Der Wind lässt meine langen, braunen Haare tanzen.

Die Luft schmeckt nach Meer.

Die Sonne streichelt zart über meine gebräunte Haut, während die Wasseroberfläche wie tausend Diamanten unter dem Boot funkelt.

Wenn es eine Jahreszeit gibt, die ich gerne für immer festhalten will, dann ist es der Sommer. Weil im Sommer alles nicht so schlimm ist. Die Tage erscheinen uns länger, aber wir füllen sie mit wunderschönen Erinnerungen, die wir an den verregneten Herbsttagen wie eine Diashow durch unseren Kopf jagen. Im Sommer tun auch die hässlichen Erinnerungen weniger weh.

Hier, auf dem Meer, könnte ich fast glauben, dass mein Leben perfekt ist. Vor mir in der Ferne liegt der Hafen von Oceanside, mit den vielen kleinen Booten, die wie Perlen an einer Halskette aufgereiht sind. Der Pier mit den zahlreichen Menschen, die jetzt so weit weg sind, und deren Geschnattere mich nicht erreicht, weil der Wind lieber die Geräusche der Natur zu mir trägt. Das Kreischen der Möwen, ein sicheres Zeichen, dass wir schon auf dem Rückweg sind.

Das Boot schaukelt ein bisschen hin und her, während sich das große Segel vom Wind aufblasen lässt und so weiß aussieht, wie ein frisch gewaschenes Leintuch am Himmel. Meine Sonnenbrille schiebe ich mir in die Haare und beobachte, wie das Wasser vom Boot durchschnitten wird, wie die kleinen Wellen sich kräuseln. Ich liebe das Meer. Ich liebe den Sommer. Ich schließe die Augen und konzentriere mich auf diesen kurzen Moment, der nur mir gehört. Diesen Moment, den ich ins Einmachglas der Erinnerungen stecken werde, das ich dann in einigen Monaten wieder öffne, um mir die Geräusche, den Duft und das Gefühl des Sommers wiederzuschenken. Nur so überlebt man die dunklen Monate, in denen man nicht hier sein kann. Die Monate, in denen man nicht frei ist ...

„So eine verdammte Scheiße!“

Seine Stimme rüttelt zuerst nur leicht an meinem perfekten Moment, so wie ein Kind an dem Rock der Mutter zupft, wenn es Aufmerksamkeit will.

„Fuck!”

Doch dann stößt er mit seinen Flüchen die Tür zu meinem geheimen Ort auf. Ich öffne die Augen, bin zurück im Hier und Jetzt – und sehe den kleinen Yachthafen bedrohlich schnell näherkommen.

„Fuck, wie funktioniert dieser Scheiß denn?”

Da steht er in seinem strahlenden, hellblauen Poloshirt, dessen Kragen er nach oben geklappt hat, weil es cool wirken soll. Dabei sieht alles schlichtweg nur dämlich aus: Seine dunkelblauen, kurzen Cargohosen mit Bügelfalte, auch die schicken Segelschuhe, die darauf hinweisen sollen, dass er gerne segelt. Die letzten zwei Stunden haben mich erfolgreich vom Gegenteil überzeugt. Kevin Bennett, der blonde Surferboy mit dem strahlenden Lächeln und den klaren Augen, mag aussehen wie ein perfekt gestylter, junger Mann, dessen größtes Hobby Segelboote sind. Aber die Realität ist leider eine andere. Nur meine gute Erziehung verbietet es mir, ihm zu sagen, für wie unfähig ich ihn halte. Also stehe ich lächelnd auf und nehme ihm die verschiedenen Seile aus der Hand.

„Das ist ganz einfach ..."

Ich ziehe an einem Seil und das Segel über unseren Köpfen bewegt sich, das Boot folgt dieser Anweisung und verliert an Geschwindigkeit. Ich greife nach dem Ruder und lenke es sanft an einer ziemlich teuer aussehenden Segelyacht vorbei. Sie liegt glänzend im Hafen, frisch poliert, als würde sie jeden Tag von einem ganzen Reinigungstrupp gewartet. Als würde sie nur auf den großen Einsatz für eine Regatta oder eine Weltumsegelung warten. *Annie* steht in geschwungener Schrift am Bug. Für einen kurzen Augenblick bleibt alles in mir und um mich herum stehen – und ich verliere diesen Moment.

Mit einem lauten Krachen prallt unser Boot gegen den Steg. Kevin hält sich an der kleinen Reling fest und wirft mir einen genervten Blick zu.

„Ganz toll, Jenny! Wolltest du uns umbringen?"

Wollte ich das? Ich weiß, es ist eine rhetorische Frage, aber manchmal würde ich sie gerne beantworten. Bedeutet Leben nicht auch Sterben? Sterben wir nicht alle langsam, während wir leben?

„Fuck! Mein Dad bringt mich um, wenn er das sieht!"

Wieder ist es Kevins Stimme, die mich zurück in die Realität holt, als er sich über die Reling beugt und das ganze Ausmaß des Zusammenpralls begutachtet. Ich habe in meinem Leben einige Segelunfälle miterlebt. Die Sache hier ist maximal ein kleiner Kratzer, ganz sicher nicht mehr ...

„Ganz toll gemacht, Jenny. Wie soll ich das denn jetzt erklären?"

Versuch es mal mit der Wahrheit! Dass du keine Ahnung vom Segeln hast und ich dich da draußen vor geschätzten zwanzig Anfängerfehlern bewahren musste!

„Es tut mir leid, Kevin. Ich war unaufmerksam."

Erneut spiele ich eine Rolle, die ich in den letzten Jahren immer wieder gespielt habe. Die ich beherrsche wie keine zweite Person, und die mir an manchen Tagen gar nicht mehr wie eine Rolle, sondern wie mein wahres Ich vorkommt.

„Mit ein bisschen Politur ist das verschwunden. Und, wenn ich das erwähnen darf, ich würde sagen, die junge Dame hat dir da draußen den Arsch gerettet. Oder wolltest du eine Eskimorolle mit dem Boot hinlegen?"

Ich höre die raue, tiefe Stimme, bevor ich das Gesicht dazu sehen kann. Kevin dreht sich, ebenso überrascht wie ich, zu dem Mann am Steg um. Er trägt dunkelblaue Jeans, die schon mal bessere Tage gesehen haben, dazu ein weißes Unterhemd, das sich über seinen muskulösen Oberkörper spannt. Seine kurzen, braunen Haare scheinen dem bekannten Out-of-Bed-

Look zu folgen, und seine warmen, braunen Augen funkeln Kevin herausfordernd an. Er scheint viel Zeit an der frischen Luft zu verbringen, denn seine Haut ist von der Sonne gebräunt. Schnell greift er nach dem Seil am Bug des Bootes und bindet es an einer in der Nähe schwimmenden Boje fest. Kevin starrt ihn noch immer fassungslos an, bevor er seine Stimme wiederfindet.

„Sie hat das Boot von meinem Vater fast geschrottet!"

Der junge Mann an Land schüttelt leicht lächelnd den Kopf.

„Sie hat dir nur gezeigt, wie man segelt, Kumpel."

Die Art und Weise, wie er das Wort "Kumpel" betont, lässt keinen Zweifel daran, dass die beiden genau *das* nicht sind.

„Und diese Schramme ...?"

Er ignoriert Kevin und sieht stattdessen zu mir. Seine Augen mustern mich kurz und ich spüre ein Kribbeln dort, wo sein Blick mich berührt. Meine Haut fühlt sich mit einem Mal ungewohnt heiß an.

„Die ist morgen nicht mehr zu sehen. Darum kümmere ich mich."

Erst jetzt fallen mir die Ölspuren an seinen Händen auf. Er muss hier arbeiten. Im Yachtclub. Das würde zumindest seinen Aufzug an diesem herrlichen Sommertag erklären. Kevin nickt langsam, als auch er versteht, dass es sich um einen Angestellten des Clubs handeln muss.

„Ich zahle dafür keinen Cent."

Der junge Mann verschränkt genervt die Arme vor der Brust, und ich kann sehen, wie seine Muskeln hervortreten. Nur eine kleine Geste, nicht mal besonders provozierend, aber Kevin wirkt davon eingeschüchtert. Ich hingegen bin fasziniert. Seine hellen, braunen Augen werden dunkler, als er Kevin anstarrt, und ich meine zu bemerken, dass sich sein Körper anspannt.

„Das habe ich von jemandem wie dir auch nicht erwartet."

Kevin würdigt mich keines Blickes, als er vom Boot steigt. Dabei verheddert er sich auch noch fast in einem der Seile und bleibt nur mit Mühe auf den Beinen. Er lässt mich und den anderen Mann einfach stehen.

„Ich muss mich für sein Verhalten entschuldigen, er ist ..."

Mir will keine passende Formulierung einfallen, kein Wort, das beschreibt, was ich von Kevin halte.

„... ein arrogantes Arschloch?"

Dabei schenkt mir der junge Mann ein Lächeln und streckt mir die Hand entgegen, um mir den Abstieg vom Boot zu erleichtern. Sein Blick, der eben noch Kevin gegolten und fast gefährlich gewirkt hat, ist mit einem Mal sanft, warm und unverschämt sexy. Seine Mundwinkel sind zu einem leichten Lächeln verzogen, seine Augen – das kann ich sehen – scannen meinen Körper völlig unverhohlen. Ich fühle mich nackt unter diesem Blick aus seinen braunen Augen. Ich trage Jeansshorts und ein helles Top, durch welches man das farbige Oberteil meines Bikinis sehen kann. Als ich seine Hand endlich annehme, passiert etwas ... Als würde mich eine Welle mitreißen. Eine Woge, die einen nicht nach unten drückt, sondern sanft mit der Brandung nach Hause führt. Sein Blick, den er die ganze

Zeit nicht abwendet, bringt mich sicher auf den Steg neben sich. Für mein Empfinden stehe ich vielleicht etwas zu nah an ihm dran, aber ich mache auch keine Anstalten, das zu ändern. Ich kenne zu viele Männer wie Kevin. Sie sind überall, sie sind wie der sprichwörtliche Sand am Meer. Etwas an diesem Mann hier ist anders. Ich kann nur noch nicht so genau sagen, was es ist. Da er meine Hand noch immer in seiner hält, entscheide ich mich dafür, das als Ausrede zu benutzen, um seinen Namen in Erfahrung zu bringen. Ich fange also an, seine Hand zu schütteln.

„Jennifer Main."

Wieder dieses Lächeln, wenn auch nur ganz kurz.

„Patrick Steel."

Patrick Steel ... Nur ein Name, der allerdings nicht passend sein könnte. Sein Blick lässt mich für einen kurzen Moment erröten. So sehen Männer mich für gewöhnlich nicht an. Ich will wegsehen, aber es fällt mir schwer, mich von dem Anblick seines markanten Gesichts zu lösen. Er trägt einen Dreitagebart, an dem wohl schon eher vier oder fünf Tage keine Rasierklinge mehr zum Einsatz gekommen ist. Eigentlich reagiert mein Körper nicht so auf die Nähe eines Mannes – aber alles, was ich kenne, scheint gerade ziemlich aus den Fugen zu geraten. Nicht nur mein Herz hämmert wie verrückt, auch meine Wangen fühlen sich ungewohnt heiß an. Dabei schütteln wir nur unsere Hände am Pier.

„Miss Main, ich werde mich um die Schramme kümmern."

Seine Stimme, tief und vibrierend, schlägt diese eine Saite in meinem Inneren an, die auch dann noch schwingt, als er meine Hand loslässt und wieder den Abstand zwischen unsere Körper bringt, der vom Anstand gefordert wird.

„Vielen Dank, Mr. Steel."

Er kann nur ein paar Jahre älter sein als ich. Obwohl er mit seinem Outfit hier, im schicken Bereich des Yachthafens, eine große Ausnahme bildet, fühle ich mich auf magische Weise zu ihm hingezogen. Er zwinkert kurz und wendet sich dann einem älteren Herren zu, der offenbar seine Aufmerksamkeit und seinen Rat braucht. Wie schade! Ich hätte plötzlich noch 327.362 Fragen an ihn, alles Vorwände, um mehr Zeit mit ihm verbringen zu dürfen. Aber mein Vater erwartet mich pünktlich und mit guten Nachrichten zurück. Ich werfe noch einen letzten Blick zu Patrick, der schon in das Gespräch mit dem Älteren vertieft ist, und spüre das Lächeln auf meinen Lippen. Ein ehrliches Lächeln. Eines, das ich viel zu lange nicht mehr gezeigt habe. Und schuld daran ist er: *Patrick Steel.*

Mein Dad erwartet mich im Restaurant des Yachtclubs mit einem liebevollen Lächeln, das über seine Augenringe hinwegtäuschen soll. Vermutlich gelingt es ihm bei den anderen Gästen, die ihm ehrfürchtig die Hand schütteln, aber mich kann er nicht täuschen. Manchmal habe ich das Gefühl, mein Vater spielt für alle eine Rolle – so wie ich. Er ist der erfolgreiche Geschäftsmann, der es von der Provinz bis ins wunderschöne

Oceanside geschafft hat. Yachtclubs an der ganzen Ostküste tragen unseren Namen. *Seinen* Namen. Die Liebe meiner Mutter zum Meer hat ihn schließlich für immer nach Oceanside gebracht, und diesen Sommer, das habe ich ihm versprochen, werde ich mit ihm hier verbringen.

„Du siehst aus, als hättest du eine tolle Zeit gehabt."

Er drückt mich an sich, und wie immer würde ich in seinen Umarmungen gerne die Zeit anhalten. Nur hier darf ich wieder Daddys kleines Mädchen sein, das fest daran geglaubt hat, dass ihr Vater alles aufhalten, verändern und verbessern kann.

„Es war ein toller Tag bisher."

Das Lächeln auf meinem Gesicht überrascht mich noch immer, weil es wieder mal schön war, draußen auf dem Boot – aber nicht so schön, um dieses Lächeln zu rechtfertigen. Nachdem wir Platz genommen haben, sieht mich mein Vater, James Main, gespannt an. Er hat das Date mit Kevin für mich arrangiert. Weil er denkt, er müsse das für mich tun, schließlich war ich nach meinem Ex-Freund Carl nicht mehr so richtig glücklich. Nun, zumindest denkt *er* das. Ich würde ihm so gerne sagen, dass ich keinen Mann an meiner Seite brauche, um einen schönen Sommer in Oceanside zu verbringen. Und das, was ich mir wünsche, damit ich wieder richtig lachen kann, das kann er mir nicht geben. Nicht mein Vater, nicht Carl – und ganz sicher nicht Kevin!

„Das freut mich. Kevin ist sehr angetan von dir."

Er zwinkert mir verschwörerisch zu, reicht mir die Karte und winkt einen der Kellner zu uns an den Tisch.

„Hank, was immer meine Tochter will, sie bekommt es."

Hank, der junge Kellner, nickt und schenkt mir ein Lächeln. Es ist eines dieser "Oceanside-Lächeln". So nenne ich sie. Seitdem ich hier bin, habe ich von allen Angestellten meines Vaters, von den Gästen, den Söhnen der Gäste, und allen anderen, die wissen, wer ich bin, genau dieses Lächeln bekommen. Mit einer Ausnahme ... Unauffällig schaue ich von der Terrasse, auf der wir sitzen, zum Hafen hinunter. Irgendwo dort kümmert sich Patrick Steel um die Schramme, die ich Kevins Boot verpasst habe. Patrick, dessen Lächeln anders war. Es wirkte nicht aufgesetzt, er wusste zu dem Zeitpunkt nicht, wer ich bin. Mir geht seine Berührung nicht mehr aus dem Kopf. Wie seine Haut sich angefühlt hat. Rau, aber nicht zu rau. Weich, aber nicht zu weich. Sein Blick, der erahnen lässt, dass er nicht aus Oceanside kommt. Das Funkeln, während er Kevin angesehen hat, als würde er Streit suchen – und dann sofort wieder die Sanftheit, als er mir vom Boot geholfen hat. Alleine der Gedanke an diese überraschende Nähe, lässt mein Herz kurz größer werden.

„Jen, ich habe dich schon lange nicht mehr so lächeln sehen ..."

Ich drehe mich schnell wieder zu meinem Vater und zucke die Schultern, tue so, als wäre die Sonne oder der Ort schuld daran, während gleichzeitig das schlechte Gewissen meine Wirbelsäule nach oben kriecht. Ich will ihm nicht wehtun.

„Ich war nur wirklich gerne mal wieder draußen."

Er nickt und greift nach der Serviette, weil er meinem Blick nicht standhalten kann. Aber diesen Sommer möchte ich es auf einen weiteren Versuch ankommen lassen.

„Daddy, vielleicht fahren wir beide auch mal wieder raus. Was meinst du?"

Meine Stimme ist nicht viel mehr als ein Flüstern, weil ich weiß, wie schwer es ihm fällt. Es bricht mir das Herz, ihn so zu sehen. Seit so vielen Jahren schon. Er starrt auf die Serviette in seiner Hand, die kurz verdächtig zittert, dann schüttelt er langsam den Kopf.

„Ich habe zu viel zu tun. Ich treffe mich nachher noch mit Bill und ..."

„Daddy ... Nur ein kleiner Törn?"

Ich will nicht betteln, wie damals, als ich noch ein Kind war, und er sich von mir zu jeder Schandtat hat überreden lassen. Ein Blick aus meinen Rehaugen hat früher gereicht. Mein Dad hat dann alles stehen lassen, um mir am Hafen alles über Boote beizubringen, was er wusste. Damals ... Es liegt nur ein paar Jahre zurück, fühlt sich aber wie ein anderes Leben an. Sind wir noch die gleichen Menschen?

„Jen ... Ich habe keine Zeit für so was. Aber frag doch Kevin! Ich bin mir sicher, dass ihm jede Ausrede einfällt, um mit dir Zeit zu verbringen."

Da ist es wieder: Das Lächeln, das ihn zum Erfolgsmenschen hat werden lassen. Keiner seiner Angestellten hat jemals schlecht über meinen Vater gesprochen. Nie kamen Beschwerden über ihn – den Chef, der sich alle Namen merken kann, der immer höflich ist und dabei dieses Lächeln benutzt. Aber ich kenne meinen Vater, der nicht zugeben kann, wie kaputt sein Inneres ist. Ich bin ihm verdammt ähnlich.

„Okay. Ich frage Kevin."

Nicht, weil ich will – sondern weil ich hoffe, durch mein Verhalten eines Tages wieder ein ehrliches Lächeln auf das Gesicht meines Vaters zaubern zu können.

Patrick

Oceanside hat gerade eine Attraktion mehr bekommen. Von meinem Platz am Hafen kann ich sie da oben sitzen sehen. Als sie mir ihren Namen verraten hat, hielt ich es kurz für einen Zufall. *Main.* Nicht gerade ein seltener Name. Aber hier, unter diesen Umständen ... Jetzt sitzt sie mit all den anderen reichen Bonzen auf der Terrasse, und hält sich vermutlich für etwas Besseres. Den Mann an ihrer Seite kenne ich, auch wenn er bestimmt vergessen hat, wer ich bin. Warum sollte er sich auch meinen Namen oder mein Gesicht merken? Schließlich arbeite ich nur für ihn. Und das auch nur in diesem Sommer. Und das auch nur, weil mein Kumpel Jackson mir den Job besorgt hat. Klar, das Geld ist super, die Trinkgelder sind höher als in der Stadt. Ich bin dankbar, während der Hochsaison diese Arbeit bekommen zu haben. Aber viel wichtiger als die Kohle ist der Stellplatz im Bootshaus hinter mir. Dort könnte ich mein Auto parken. Den Pick-up, mit dem ich zum Bewerbungsgespräch gefahren bin. Keine drei Stunden später habe ich ihn verkauft. Ein kurzer Blick auf die Schramme am Boot von diesem Lackaffen Bennett – und ich weiß genau, wie ich das Problem beheben kann. Der hat vorhin so getan, als wäre es ein Totalschaden. Idiot! Dabei hat Jennifer das alles ziemlich gut im Griff gehabt. Zumindest die meiste Zeit. Dann war sie einen Moment abgelenkt und hat zu spät reagiert. Trotzdem keine große Kiste. Ich will mir gar nicht ausmalen, wie das Boot aussehen würde, wenn Bennett es in den Hafen gelenkt hätte.

Ich werfe noch einen Blick nach oben zur Terrasse und verfluche mich dafür selbst. Sie ist die Tochter vom Chef, die Freundin von Kevin Bennett. Was um alles in der Welt will ich von ihr? Die ist doch wie alle anderen hier auch. Sie spielt einen perfekten Sommer lang die perfekte Tochter aus reichem Hause, die nett ist zu armen Kerlen wie mir. Weil man das so macht. Dann gibt sie mir zu viel Trinkgeld und glaubt, damit ist eine gute Tat getan. Ich scheiße auf ihre Kohle! Sobald ich hier fertig bin, sieht mich dieses Kaff sowieso nie wieder.

Ich sehe Jackson, der in seiner Resort-Uniform zu mir an den Hafen joggt. Er sieht aus wie alle, die für das *Main & Carmichael Resort* arbeiten, mit seiner kurzen Hose und dem weißen Polohemd mit eingesticktem Namen. Das sollte ich eigentlich auch tragen, aber ich mache mich ungerne zum Affen. Kein Bedarf.

„Pat, ich brauche deine Hilfe!"

Jackson Reed. Der einzige Mensch weit und breit, dem ich auch nur ein bisschen vertrauen würde. Er weiß mehr über mich, als die meisten anderen – und trotzdem weiß er bei Weitem noch nicht alles.

„Was kann ich für dich tun?"

„Lewis fällt für heute Abend aus. Ich springe ein bei den Kellnern."

Jackson, der eigentlich hier als Animateur sein Geld verdient, damit er nach dem Sommer endlich seinen Traum von der Schauspielschule in Erfüllung gehen lassen kann. Die Großstadt ruft seinen Namen. Ich habe Jackson immer nur arbeiten gesehen. Jeden Job nimmt er an, jeden Cent spart er zusammen. Er hat sein Ziel fest im Blick, ähnlich wie ich meines.

„Und wie kann ich da helfen?"

„Du springst für mich ein."

Jackson zwängt sich Tag für Tag in ein Piratenkostüm und bespaßt Kinder am Strand, während sich die Eltern mit Gin am Mittag für den Abend einstimmen. Oder er springt in einem Hot Dog-Kostüm durch die Stadt und verteilt kleine Flyer. Und so gerne ich ihn habe, für mich würde das zu weit gehen. Schnell hebe ich abwehrend die Hände.

„Vergiss es! Auf keinen Fall!"

„Du weißt doch gar nicht, was ich meine."

„Die Antwort ist: Nein!"

Damit drehe ich mich um und stapfe genervt zurück zum kleinen Holzhaus am Steg. Jackson wäre nicht Jackson, wenn er sich so leicht abschütteln ließe.

„Du kriegst einen Smoking!"

Ich bin schon fast an der Tür, als ich kurz stehen bleibe. Einen Smoking? Das klingt nicht nach einem Abend mit Kindern, die alle an meinen Armen und Beinen zerren.

„Und das Essen soll super sein. Alles, was du tun musst, ist ab und zu mit einer von den Frauen tanzen."

Ich will die Tür öffnen, aber Jackson ist schneller und schiebt sie wieder zu, bevor er sich mit dem Rücken dagegen lehnt und mich mit einem breiten Lächeln ansieht.

„Komm schon ..."

Wenn Jackson einmal aufhören würde, dieser Vicky hinterherzurennen, dann würde er mit diesem Lächeln jede Frau kriegen. Nur bin ich eben keine Frau, bei mir funktioniert der Trick nicht.

„Nein."

„Du schuldest mir was ..."

Oha, er zieht die Schuld-Karte. Verdammt!

„Jackson! Tu mir das nicht an."

„Was tue ich dir an? Einen schicken Anzug, gutes Essen, hübsche Frauen ... Du hättest es schlimmer erwischen können."

Jetzt wird das Lächeln zu einem breiten Grinsen und ich erkenne den Typen wieder, der mich in Boston in einer Kneipe aufgegabelt hat, als ich vom Barhocker gefallen bin, im wahrsten Sinne des Wortes sturzbetrunken. Nun, es wäre ja nur ein Abend. Und ich könnte ihm diesen Gefallen tun.

„Wer wird denn alles da sein?"

„Alle! Der Chef ruft und alle tanzen an. Du kannst doch tanzen, oder?"

„Für die alten Schachteln wird es reichen."

„Spitze! Komm um fünf einfach zu meiner Unterkunft, okay?"

Er klopft mir dankbar auf die Schulter und will dann schon wieder gehen. Ich könnte mich rausreden und ihm sagen, dass ich nicht tanzen kann. Den einen Sommer, den ich als Tanzlehrer in einer Kleinstadt in Vermont verbracht habe, könnte ich verschweigen. Zusammen mit den Erinnerungen an alles, was damals passiert ist. Und wieso ich den Sommerjob verloren habe ... Ehrlich gesagt, ich bin nicht der Typ für große Events. Ich bin lieber für mich alleine und verbringe Zeit mit einem Buch, einem Reiseführer und meinen Gedanken. Während ich im Kopf schnell die Tänze durchgehe, die ich noch beherrsche, zuckt ein Frauengesicht vor meinem inneren Auge auf. Schnell drehe ich mich um.

„Jackson!?"

Er bleibt auf dem Steg stehen und dreht sich zu mir um.

„Hm?"

„Es kommen alle, sagtest du?"

„Alle."

Mein Blick wandert zur Terrasse des Restaurants, aber sie ist nicht mehr da. So ist das mit Menschen, die einfach so auftauchen und einfach so wieder verschwinden. Wir treffen so viele von ihnen und die meisten werfen dir nicht mal einen Blick zu. Aber *sie* hat mir diesen Blick zugeworfen. Diesen einen Blick, den man nur dann draufhat, wenn da etwas ist, was man sehen will. Ungewohnt, dass mir solche Blicke gelten. Bisher haben die Menschen immer versucht, mich nicht zu sehen. Das ist wie ein Fehler auf einem Foto. Klar, die Technik bietet inzwischen unendliche

Möglichkeiten, einen ungewollten Farbfleck zu entfernen. Man wird sehr schnell unsichtbar und verschwindet, obwohl man da ist. Blicke, die durch einen hindurchgehen, sind so schmerzhaft, als würde man körperlich aufgespießt. Das kann vielleicht nur jemand verstehen, der selbst einmal unsichtbar war.

Unsichtbar ...

Es gibt kein schlimmeres Gefühl. Wenn es danach geht, habe ich eine stattliche Sammlung von unangenehmen Gefühlen in mir. Ich weiß, wie es sich anfühlt, wenn eine Nase bricht. Ich kenne das Geräusch, wenn Knochen zersplittern, den Schmerz, der wie eine Explosion das ganze Gesicht lähmt. Ich weiß, wie es sich anfühlt, wenn die grimmige Kälte einen umfasst, wie eine grausame Umarmung, aus der man sich nicht mehr lösen kann – egal, wie viel Kraft man aufbringt. Es ist zwecklos, weil man niemals genug Feuer in sich hat, wenn *diese* Kälte kommt. Das ist ein emotionales Gesetz, gegen das man sich nicht wehren kann.

Alleine der Gedanke jagt mir eine Gänsehaut über den Körper, versetzt mich zurück in eine Zeit, so weit weg von hier. Weit weg von Oceanside. Die Sonne strahlt heute von einem wolkenlosen Himmel. Die meisten Gäste am Strand tragen leichte Kleidung, schlendern barfuß durch den feinen Kies am Strand und sonnen sich auf den blauen Liegestühlen, zu denen die Kellner mit makellosen, weißen Hemden die Cocktails bringen. Und obwohl ich weiß, dass es Sommer ist, fühlt es sich plötzlich wie eine eiskalte Nacht in Chicago an. Wenn mich diese Erinnerungen so überfallen, dann muss ich für einen kurzen Moment die Augen schließen. Es sind nur Erinnerungen ... Im

Moment können sie mir nichts anhaben. Aber diese Nachwirkungen sind heimtückisch. Weil sie Erinnerungen an die Zukunft sind. Wenn der Winter kommt, wird auch die Kälte wiederkommen. Sie wird mich suchen und umarmen, ob ich das will oder nicht. Deswegen bin ich hier. Weil es meine letzte Chance ist, ebendieser Angst zu entkommen.

Jennifer Mains Gesicht flackert vor meinem inneren Auge auf. Nur kurz und unscharf, aber ihr Lächeln wärmt den Teil in meinem Inneren, der immer zuerst von der Kälte erschlagen wird. Das ist verrückt und albern, weil wir nur einige Minuten gesprochen haben, weil es nur ein Blick und eine kurze Berührung war. Und trotzdem. Dieses Lächeln ...

Ich öffne die Augen und es ist wieder Sommer.

Danksagung.

Mein erster Dank gilt dieses Mal all denen von euch, die mich aufgebaut haben, als ich wirklich am Boden lag. Denen, die wussten, dass ich wieder aufstehen würde.

Und als zweites muss ich Allys **Willenskraft** danken. Ohne das Eisen wäre das nichts geworden.

Ich danke meiner **Familie** für ihre Unterstützung. Für den ganzen Zuspruch. **Danke, dass ihr an mich glaubt.** Ganz besonders meinem **Bruder,** der mir auf den letzten Metern die Hand gehalten hat.

Ich danke dir, **Adriana.** Für die stundenlangen Telefonate, das *Polten,* das viele viele Lachen und den felsenfesten Glauben daran, dass ich es doch noch in einem Stück ins Ziel schaffen werde. Vielleicht mit einem nervösen Augenzucken, aber zumindest auch mit einem Lächeln auf den Lippen. Ich bin mehr als nur dankbar, dass ich dich habe.

Ich danke meinen **Freunden** (ganz besonders **Eleni, Gerdi** und **Johanna,** und all denen, die mir das Gefühl gegeben haben, dass ich eine Burg baue und kein Luftschloss.

Ich danke dir **Julia,** weil ich durch das *Julinar* sehr viel gelernt habe. Viele Klammern gibt es nur, weil ich deine Stimme im Ohr hatte.

Vielen lieben Dank auch an euch beide: **Konni** und **Susanne.** Für eure Zeit, eure Ideen und die vielen tollen Anmerkungen. Ich danke euch *1000-fach.* Eure Argusaugen verleihen diesem Roman seinen letzten Schliff. Euch entgeht einfach nichts. Danke.

Und ich danke auch dir, liebste **Kora,** für ein weiteres geniales *Zusammenvergnügen.* Danke für deine hilfreichen Anmerkungen, deine Spürnase für Fehler und auch für alles andere. Du bist spitze.

Und du, liebe **Anja,** bist die Entdeckerin der letzten Kleinigkeiten. Die Frau für den Feinstschliff. Vielen Dank dafür.

Der vorletzte Dank geht an meine **Testleser.** Eure Rückmeldungen haben einen beträchtlichen Teil der Nervosität vor der Veröffentlichung genommen. Ihr seid mein rezeptfreies Valium.

Und zu guter Letzt danke ich dir, **Michael.** Immer. Für alles.

Über Ally Taylor

Da steckt doch die Freytag dahinter...
Stimmt.
Ally Taylor ist die amerikanische Freytag. Die, die sich mit ihrer besten Freundin Carrie Price (aka Adriana Popescu) malerische Städtchen an der amerikanischen Ostküste erfindet, im Klischee badet, tief ins Drama eintaucht und prickelnde Erotik ihr Handwerk nennt. Anne Freytag ist die Ur-Freytag. Die fürs Reale. Die, deren Geschichten in München spielen und in der Nachbarwohnung stattfinden könnten. Und die liebe Anne Sonntag ist die unterhaltsame Freytag, bei der es kribbelt, knistert und lustig zugeht. Man könnte sagen, sie ist *irgendwo dazwischen.*

Romane:

Ally Taylor:
„Make it count – Gefühlsgewitter" (März 2014) (Oceanside Love Stories)
„Make it count – Dreisam" (August 2014) (Oceanside Love Stories)

Anne Freytag:
„434 Tage" (Juli 2013)
„Irgendwo dazwischen" (Juli 2013)
„Renate Hoffmann" (Juli 2013)

Anne Sonntag:
„Eigentlich Liebe" im PIPER Verlag (Oktober 2014)

3926979R00207

Printed in Germany
by Amazon Distribution
GmbH, Leipzig